戰地春夢

A Farewell to Arms

海明威——著
林步昇——譯

目次

二十週年版自序

這本書的寫作地點遍布法國巴黎、佛羅里達州基韋斯特、阿肯色州皮哥特、密蘇里州堪薩斯城、懷俄明州謝里登，最後是在懷俄明州大角郡附近完成初稿。我在一九二八年初冬開始寫作，同年九月完成初稿，一九二八年秋冬在基韋斯特重寫一遍，最後於一九二九年春天在巴黎完成最終修訂。

我撰寫初稿期間，次子派翠克在堪薩斯城剖腹出世。而我重寫過程中，父親在伊利諾州橡樹園鎮自殺身亡。這本書寫好時，我不到三十歲，出版當天還正逢股市崩盤。我以前老是在想，父親也許就是在等這本書問世，但也許他那時也等不及了。我不想妄加評判，因為我深愛著父親。

我清楚記得那年發生的大小事，還有我們住過的地方、一起度過的美好時光和慘淡歲月。但最鮮明的記憶是，我每天沉浸在創作中、構思書中的情節，而打造那片土地、那些人物和發生的事件，著實讓我感受到無比的快樂。每天我都會從頭開始重讀這本書，一直讀到能重新提筆寫作，而且每天往往都見好就收，只要對後面的情節有把握就停筆。

儘管這本書寫的是悲劇，但我並沒有因此覺得不開心，因為我認為人生本來就是一齣悲劇，也知道人生只有一種結局。但發覺自己居然能憑空生出東西，寫得足夠符合現實，自己也讀得開心不已，而且每天工作都這樣，帶給我無與倫比的滿足。除此之外，其他的事都微不足道了。

我先前出版過一本小說。但我動筆時對寫作一無所知，所以寫得太快了，每天都筋疲力盡。結果，初稿爛到不行。我花了六星期就寫好了，只好從頭到尾重寫。但在重寫的過程中，我得到很多收穫。

這本書的出版商查爾斯·史克芮納對於馬匹的了解甚深，可能不亞於對於出版業應有的認識。而且沒想到，他對於書籍本身也有一定的見解。他要我寫篇文章，聊聊對於插圖、找人幫書加上插圖的看法。這個問題的答案可以很簡單：除非插畫家本身的繪圖或素描水準，等於或超越作家的寫作能力，否則對作家來說，看到自己記憶中的事物、地方和人物被不在場的人繪製出來，絕對會失望透頂。

假如我能寫一本背景是巴哈馬的書，我會希望由溫斯洛·荷馬來畫插圖，前提是他不是加上插畫，而是單純地畫出他在巴哈馬看到的景象。

假如我是莫泊桑（無論生死都滿棒的），我會希望自己的作品能配上圖盧茲·勞特雷克的畫作，以及雷諾瓦中期的部分戶外場景，但別碰我筆下描述的諾曼地風景，因為沒有任何畫家能呈現得比我的文字來得好。

你可以繼續猜想，假設自己是其他作家，會希望有什麼樣的插圖。但這些作家和畫家都已不在人世，包括麥克斯·帕金斯，還有那些去年死掉的人。這是今年唯一的好處：無論今年有誰去世，都不可能比去年更慘，也不可能比一九四四年、一九四五年初冬與春天還慘，因為那幾年才是最值得紀念的死亡之年。

今年年初在愛達荷州太陽谷，大家喝著免錢的香檳、認真地玩著小遊戲，就是要爬過一條拉緊的繩子或木棍，可是不能碰到啤酒肚、鼻子、提洛爾外套肩帶或其他凸出部位。我坐在角落裡，和英格麗．褒曼小姐一起喝著東道主請的香檳。我對她說：「小姑娘，今年會是我們見過最慘的一年喔。」（省略了部分修飾詞）

褒曼小姐問我，今年為何會這麼慘。她自己度過了許多美好的年分，不太願意接受我的看法。我告訴她，我不會多加說明，因為我的語言能力有限、措辭也不太準確，但根據許多目前看似不相關的觀察中，我就知道今年這會是很慘的一年，而看到眼前的有錢人開開心心地在拉緊的繩子或木棍底下匍匐前進，我也不覺得安心。但我們就此打住。

這本書最初出版於一九二九年股市崩盤的那天。插圖版會在今年秋天出版，史考特．費茲傑羅死了，湯瑪斯．伍爾夫死了，詹姆士．喬伊斯死了（他是很不賴的朋友，不像他傳記作者筆下的官方版本喬伊斯。有一次他喝醉問我，會不會覺得他的作品太過俗氣）、約翰．畢曉普死了、麥克斯．帕金斯死了。許多應該死掉的丑角也確實死了：有的被倒掛在米蘭加油站外，有的是在被炸爛的德國城鎮匆匆處以絞刑。還有許多無名之輩也死了，其中大多數都對生命充滿著熱愛。

這本書的書名字面上是「永別了，武器」（A Farewell to Arms），但除了前後三年的時光，成書以來戰爭都一直以某種形式存在著。以前有些人會納悶，為何有人如此執著於戰爭的主題，但到了現在，也許從一九三三年開始，應該就不意外為何身為作家，會對於戰爭中不斷發生的弱肉強食、殘忍失序的罪行深感興趣。我參加過太多戰爭，肯定帶有自己的偏見，也很希望自己的偏見夠深。但身為這本書的作者，我堅信打仗的人都是最優異的人，但其實就是平凡人，儘管愈接近戰場，遇到的人就愈優異；但挑起戰爭、煽動戰爭和發動戰爭的人，都是肇因於經濟競爭，以及從中獲利的敗類。我認為，所有發戰爭財、從旁煽動的人，應該在戰爭開始當天，就由即將參戰的愛國公民代表來槍決。

身為本書作者，我會十分樂意負責執行槍決，只要得到即將參戰士兵的合法授權，而且能以符合人道的方式正確執行（部分被槍決者必定會表現得較有尊嚴），再確保所有屍體得到妥適安葬即可。我們甚至可以把他們埋在玻璃紙或新型塑膠材料中。假如最後有任何證據顯示，我在煽動戰爭上也有分，或沒有正確履行職責，我即使不會太開心，也願意被同一個行刑隊槍決，用不用玻璃紙埋葬，或赤裸裸地遺棄在山上都沒關係。

這本書初版距今近二十年，在此重新獻給讀者，以上為我的自序。

海明威

古巴聖佛朗西斯科・德帕拉區瞭望山莊

一九四八年六月三十日

導讀

如何在戰雲密布的時代識破一場春夢

文／作家 廖偉棠

年輕的時候不喜《戰地春夢》中譯本，總覺得把*A Farewell to Arms*翻譯成「戰地春夢」非常鴛鴦蝴蝶派，很不像我從《老人與海》等認識的海明威。據說始作俑者是林語堂之姪林疑今，她在一九四〇年創造了這個經典譯名。

不知道海明威知道這個譯名會怎麼想？我覺得有夠反諷——從後現代角度看，這個譯名帶著波普藝術的粉紅色，更調侃了戰爭的虛無與參戰者的荒誕，彷彿說不只是在戰地做了一場春夢，而是戰爭本身就是一場夢。

卡爾維諾在《為什麼讀經典》裡認為這是海明威最好的小說，我想是因為他感知到了這場噩夢的詭異氣味。

讀林步昇的新譯本，更證實了我這種感覺。這些一百年前在義大利對奧地利前線的厭戰大兵，一言一語的來往間帶著《等待果陀》的虛無；男女主角費德里克．亨利與凱瑟琳．巴克莉的綿綿情話，似乎是肥皂劇的定製對白。這未必不是海明威的初衷，他要這樣揭露給讀者看：這可不是又一齣《亂世佳人》。就像巴克莉自己說的：「我們這場戲還演得真爛，對吧？⋯⋯你很盡力在演這場戲，但是戲本身還是糟。」

不過正正因為這場戰爭和這場愛情開始得荒腔走板，小說後半部直到結尾才那麼驚心動魄，令人嘆為絕唱。「春夢」恰似一語成讖，一如白居易的名句「來如春夢幾多時？」接著的就是「去似朝雲無覓處」——當現實露出其猙獰面目，那怕只是匆匆一瞥，就足以絕望我們這些苟活的人類。海明威一再把我們推近死神，又拉將出來，當你以為幸運兒不死的時候，命運奪走他最寶貴的存在座標，讓他生不如死。

「好啦。我怕雨，是因為偶爾我會看見自己死在雨裡。」

「才不會咧。」

「有時候，我也會看見你死在雨裡。」

這段天真的對白，在全書最後一句以最不動聲色的方式回應的時候，你不得不承認對命運輸得心服口服。

「『放心啦，親愛的，』凱瑟琳說：『我一點都不怕，死亡就是一種賤招。』」原文是"Don't worry, darling," Catherine said. "I'm not a bit afraid. It's just a dirty trick." 林疑今譯本是「『別擔心，親愛的，』凱瑟琳說。『我一點也不害怕。人生只是一場卑鄙的騙局。』」其實海明威沒有說「It」是死亡還是人生，兩位譯者截然相反的選擇一方面表露了不同世代對海明威的理解，但還像是說：死亡和人生，都是a dirty trick。

回到戰爭本身，這句話更加確切。比如說我們都會惋惜亨利的同袍荒誕的死亡，但為什麼沒有留意到亨利作為一個軍官的草菅人命呢？會不會就在他處決逃兵的輕率之中，就埋下了命運的報應？

春夢必醒，無人可以置身事外——這是海明威奮力鋪墊悲劇終結前那百分之九十的瑣碎煩膩的目的，那些看似與他簡潔短篇迥異的漫筆閒筆，實際上是更大的算計。生育比死更冷、比戰爭更危險，更是我們在女性主義時代才能讀出來的，所謂「鋼鐵直男」的海明威以那百分之十的悲劇篇幅留下的隱喻——這點，不容他本人反駁。

這時候，我們回看亨利的口頭禪「我只在夜裡相信上帝」，這句話所包含的歧義裡面彰顯了欲望的絕望，因為相信也無用，上帝並沒有垂憐這些曾在黑夜做著春夢的人類。亨利與巴克莉在黑夜裡的歡愉埋下了死亡的種子，相愛的人注定四周戰雲密布，即使是在所謂和平時代，我們也告別不了上帝放在我們手上的武器。

本書謹獻給古斯塔夫斯．阿道夫斯．菲佛[1]

1 編注：古斯塔夫斯．阿道夫斯．菲佛（Gustavus Adolphus Pfeiffer）為海明威第二任妻子寶林的父輩親戚，也是海明威的摯友。

第一部

第一章

那年夏末，我們住在鄉下一棟村屋裡。從村子眺望，越過河流與平原，看得到整片山巒。河床上有大大小小的鵝卵石，在陽光下乾燥白亮，河水湛藍、清澈又湍急。屋外那條路有部隊經過，揚起的塵土讓樹葉沾滿粉末，連樹幹也灰撲撲的。那年樹葉落得早，我們看著部隊沿路行進、塵土飄揚，葉子被風吹落。士兵走過的道路一片白禿，徒留落葉。

平原作物結實纍纍，還有數不盡的果園，遠處群山呈現褐色，植被稀疏。山裡有士兵正在交戰，夜晚看得到槍砲的閃光，黑暗中宛如夏日閃電，不過夜晚涼爽，少了暴雨來襲前的窒悶。

在黑夜中，我們偶爾會聽到部隊從窗下行軍而過，還有牽引車拉動的槍砲聲響。夜間交通繁忙，路上有許多騾子，兩側馱鞍掛著一盒盒彈藥；還可見到運送人員的灰色軍卡，以及移動速度較慢、覆蓋著帆布的其他卡車；白天有牽引機拖著重型槍砲，長長的砲管用綠色枝葉偽裝，牽引機上也鋪滿了綠枝藤蔓。朝北邊望向河谷另一頭，我們看得到一大片栗樹林，林後是河流這側的另一座山。那座山上也發生過交戰，但最後占領失敗。秋天來臨時，雨把葉子全打光了，只剩光禿禿的枝枒和黑漆漆的樹幹。各個葡萄園也變得稀疏光禿。每到秋天，鄉下無不溼漉漉，眼前所見一片褐色、沉悶肅殺。河面飄霧、山上繞嵐，軍卡在路上濺起泥漿，穿著斗篷的士兵全身溼透、泥濘骯髒，他們的步槍也溼了大半。斗篷下的腰帶繫著兩個皮製彈匣，裡頭裝滿一排排細長的六點五毫米子彈，彈匣在斗篷下鼓起，因此他們走路經過時，活像懷了六個月的身孕。

部分灰色小汽車車速很快，前座通常是司機與一名軍官，後座坐著其他軍官。小汽車濺起的泥漿甚至比軍卡還多，假如後座軍官格外矮小、又坐在兩位將軍之間，可能連臉孔都看不到，只露出軍帽頂部和窄背。要是汽車疾駛而過，裡頭很可能就是國王。

他住在烏迪內，幾乎天天都像這樣出來觀察戰況，然而事態每下愈況。初冬一來，雨不停歇，霍亂隨之蔓延，所幸疫情得到控制，最後軍中僅僅死了七千人。

第二章

隔年接連打了不少勝仗，奪下河谷那頭高山與栗樹林生長的山坡，平原另一頭的南邊高地也捷報連連。我們在八月渡河，住進哥里加一棟屋子，圍牆花園內有座噴泉，茂密樹木可供遮蔭，屋側種了一株紫藤。此刻，戰鬥遠在幾個山頭之外，不再是僅一英里這麼近了。小鎮宜居，我們落腳的屋子也無可挑剔，後方便流淌著河水。當初軍隊漂亮地拿下小鎮，卻無法攻下鎮旁那幾座山。幸好，奧地利人似乎打算戰爭結束後回來，因為他們並非以夷平小鎮的態勢在猛烈轟炸，僅出於軍事目的略為攻擊。鎮上居民的日子照過，醫院與咖啡館林立，巷弄裡駐紮砲兵，還有兩家妓院，分別接待軍官與士兵。夏末夜涼，鎮外山頭交戰不斷，鐵路橋上砲彈轟炸痕跡斑斑，曾發生戰鬥的河邊可見遭炸毀的隧道；長長的林蔭大道通往廣場，廣場四周有樹木圍繞；鎮上住著風塵女子，而國王坐車經過時，偶爾看得到他的臉孔、長長的脖子、矮小身體與灰色山羊鬍；此外，還不時會見到一棟棟遭到砲擊而少了整面牆的房屋，裡頭擺設一覽無遺，斷垣殘礫堆在花園內或散布於街上。而卡索一帶戰況順利。諸如此類的事態，都讓今年秋天迥異於去年鄉間情景，就連戰爭也有所轉變。

鎮外山上的橡樹林已然消失。我們剛到鎮上時正逢夏天，橡樹林仍顯翠綠，如今徒留斷樁殘樹，地面裂痕斑斑。猶記得秋末某日，我在橡樹林中閒晃，眼見一大片雲壓著山頭而來，速度飛快，太陽頓時變得暗黃，接著周遭都灰濛濛的，舉目不見藍天。雲順著山坡而下，忽然間我們身陷其中，才發覺原來是雪。雪花被風吹得斜舞，覆蓋了光禿禿的地面，僅剩樹樁露出。槍砲上也積起了雪。地面積雪已走出幾條小徑，通往壕溝後方的茅廁。

下山回到鎮上，我坐在專門服務軍官的妓院內，望著窗外飄雪，並跟一名友人舉杯喝著一瓶阿斯蒂葡萄酒。外頭雪花沉緩落下，我們曉得那年就這樣結束了。河流上游幾座山未被攻占，遠處山頭也一直拿不下來，留待明年傷腦筋了。友人看到平時與我們在交誼廳用餐的神父經過：他小心翼翼地在泥濘中走著。友人敲了敲窗戶，想吸引他注意。神父抬頭看到我們，露出微笑。友人招手要他進來，神父搖了搖頭，繼續往前走。當天晚餐前菜是義大利麵，大夥都吃得飛快又起勁，用叉子捲起義大利麵，直到懸空麵條捲好才送進嘴裡，有的人則一邊拉起麵條一邊簌簌入口，再從覆蓋著乾草的一加侖酒壺裡倒葡萄酒；酒壺在金屬搖架上晃動，只要手持酒杯，伸出食指扳下壺身，帶著丹寧酸的透亮紅酒便會傾倒入杯。吃完這道前菜後，上尉開始尋神父開心。

年輕的神父動不動就臉紅，身穿與我們一樣的制服，但在灰色束腰上衣左胸口袋正上方，縫著暗紅色的天鵝絨十字架。上尉疑似是替我著想，說著簡化過的義大利語，好讓我能完全聽懂，不致遺漏訊息。

「神父今天找妹子呀。」上尉瞧著我和神父。神父僅面露微笑、雙頰泛紅，隨即搖搖頭。這名上尉時常會調侃他。

「沒有嗎？」上尉說：「我今天明明看到神父身邊有妹子。」

「沒有。」神父說，其餘軍官看著好戲。

「神父沒有找妹子唷，」上尉繼續說，還向我強調：「神父絕對沒找過妹子。」他拿起我的杯子，斟滿了酒，雖然始終盯著我的雙眼，餘光卻留意著神父。

「神父每天晚上都在跟五個姑娘玩。」此話一出，同桌弟兄都笑了。「懂我意思吧？他每天晚上都是五打一喔。」他比了個手勢，隨即放聲大笑。神父把這番話當成玩笑。

「教宗希望奧軍能打勝仗，」少校說：「他最愛法蘭茲．約瑟夫[2]了，錢都是帝國捐的。我才不相信神的存在。」

「你讀過《黑豬》[3]這本書嗎？」中尉問：「我送你一本，它可是動搖了我的信仰唷。」

「那本書骯髒又下流，」神父說：「你不可能真的喜歡。」

「那本書可珍貴了，」中尉對我說：「裡頭有很多神父的祕辛，你絕對會喜歡。」我對神父微笑著，他隔著燭光也回了個笑容說：「真的不要去讀。」

「我送你一本。」中尉說。

「懂得思考的人都是無神論者啊，」少校說：「不過我對共濟會[4]也不太信任。」

「我倒是相信耶，」中尉說：「共濟會是個了不起的組織。」有人走了進來，開門的當下，我看見外頭正在飄雪。

「下雪了耶，敵軍不會再進攻了。」我說。

「當然不會，」少校說：「你應該休個假放鬆，晃去羅馬、那不勒斯、西西里——」

「那應該去阿瑪菲，」中尉說：「我很樂意寫幾張卡片，讓你捎給我在那裡的親戚，他們絕對會把你當成兒子來疼。」

「應該去巴勒莫。」

「不如去卡普里啦。」

「我希望你去阿布魯齊，順便到卡普拉科塔幫我探望一下家人。」

「聽他在那邊說阿布魯齊咧，那裡比這裡還會下雪，任誰都不想去鄉下看農夫，不如讓人家去那些充滿文化的文明城市吧。」

「他應該要有漂亮妹子陪伴啊。我會給你那不勒斯幾個地址，都有一大堆年輕貌美的妹子，身旁還有她們母親陪同唷，哈哈哈。」上尉攤開手，拇指向上、四指外伸，彷彿要表演手影戲般，牆上出現他的手影。他又用簡單義大利語開口說：「你剛去時會像這樣……」他手比拇指，「回來後會變這樣……」，他改摸小指，惹得眾人大笑。

「看好囉。」上尉說著，隨即又攤開手，燭光再次在牆上映出手影。他先從豎立的拇指開始，依序把所有指頭命名：「少尉（拇指）、中尉（食指）、上尉（中指）、少校（無名指）、

---

2 法蘭茲．約瑟夫（Franz Joseph, 1830-1916）：奧匈帝國皇帝。

3《黑豬》（*Black Pig*）：義大利書名為《*Il Maiale Nerov*》，作者為翁貝托．諾塔里（Umberto Notari），該書在當時因為內容驚世駭俗又反宗教而被列為禁書。

4 共濟會（Free Mason）：十八世紀初成立於英國的國際祕密組織共濟會（Freemasonry）成員，帶宗教色彩，透過隱晦符號或象徵架構組織，自稱宣揚博愛與慈善思想。

中校（小指）。你剛去時就是拇指，回來後就變成中校囉！」在場弟兄無不笑翻。上尉這番手指的表演大受好評，他看得神父大喊：「神父每天晚上都是五人行唷！」大夥又笑了起來。

「你一定要馬上休假啦。」少校說。

「我想跟你一起休假，帶你四處瞧瞧。」中尉說。

「你回來的時候，順便帶一台留聲機吧。」

「帶些好聽歌劇唱片。」

「帶卡魯索[5]的唱片。」

「不要啦，卡魯索只會咆哮。」

「難道你不想跟他一樣嗎？」

「他唱歌咆哮啊，我就是這麼想！」

「希望你能去阿布魯齊，」神父說，其他人則大聲嚷嚷。「那兒適合打獵物，當地人很友善。雖然天氣寒冷了些，但是晴朗乾燥。你可以借住我家。家父打獵的功夫可有名了。」

「走吧，」上尉說：「我們上妓院去吧，免得打烊了。」

「晚安。」我對神父說。

「晚安。」他說。

---

5 卡魯索（Enrico Caruso, 1873-1921）：二十世紀初聞名歐美的義大利歌劇男高音。

第三章

我回到前線時，大夥仍然駐留在小鎮上，鄉間的槍砲比以往還多。春天來臨，田野一片綠油油，葡萄藤吐出青芽，路旁樹木長出嫩葉，微風從海邊吹來。我看到小鎮上頭的小丘與古堡，由群山環抱成杯狀，遠處的山巒呈棕色，山坡點綴著些許翠綠。鎮內的槍砲更多，還新蓋了幾間醫院，街上看得到英國軍人走動，偶爾還有英國婦女，遭受砲擊的房屋也更多了。天氣和煦如春，我走在樹蔭夾道的小巷中，陽光自牆上反射，照得我暖洋洋的。我發覺，大夥仍然住在同一棟屋子裡，眼前景象與我當初離開時一模一樣。大門敞開，外頭長椅上坐著一名曬太陽的士兵，側門停著一輛救護車。我一進門，便聞到大理石地板與醫院的味道。一切都無異於我當初離開的模樣，只不過如今是春天。我往大房間的門內瞧了瞧，看到少校坐在辦公桌前，窗戶開著，陽光照了進來。他沒有看見我，我在想自己要先進去報告，還是先上樓打理一下，最後決定直接上樓。

我和雷納迪中尉同住一個房間，向窗外看就是中庭。窗戶敞開，我的床上鋪著毯子、牆上掛著個人物品，防毒面具收在長方形鐵罐裡，鋼盔掛在同個木釘上。床腳放著我的扁皮箱，箱上擺著一雙冬靴，塗過鞋油的皮面光晃晃的。我那把奧地利狙擊步槍懸掛在兩張床中間，槍管是泛藍的八角形，槍托是深色胡桃木製成，可貼頰射擊。我記得，那把步槍的瞄準鏡鎖在皮箱裡頭。雷納迪中尉原本躺在床上睡覺，聽到我進房的聲響，便醒過來坐起身子。

「哈囉！」他說：「玩得開心嗎？」

「開心得不得了。」

我們握了握手，他勾住我的脖子親了一下。

「唉唷。」我說。

「你髒死了，」他說：「還不去洗個澡，你上哪去了？幹了啥？馬上全招出來！」

「什麼地方都去了，米蘭、佛羅倫斯、羅馬、那不勒斯、聖喬凡尼、莫西拿、陶爾米納——」

「說得好像在背火車時刻表喔，有沒有豔遇呀？」

「有啊。」

「哪裡？」

「米蘭、佛羅倫斯、羅馬、那不勒斯——」

「夠了夠了，直接說哪個地方最棒就好。」

「米蘭。」

「那是因為你先去米蘭呀。你在哪裡遇見她的？在科瓦巧克力店嗎？你們去哪裡玩？感覺如何？一五一十告訴我，你們玩了整晚嗎？」

「對唷。」

「那不算什麼。現在我們這裡有漂亮的妹子，這些新來的妹子從未來過前線咧。」

「讚喔。」

「你不相信嗎？我們今天下午就一起去看看，鎮上還有美翻天的英國妹子。我現在愛上了巴克莉小姐，我再帶你去拜訪人家，說不定我會娶巴克莉小姐為妻唷。」

「我得盥洗一下，就要去報到了，現在沒人值班嗎？」

「你走了以後，我們沒啥重大傷患，都是凍傷、凍瘡、黃疸、淋病、自殘、肺炎、軟性和硬性下疳。每個禮拜都有人被碎石弄傷，有些傷勢比較嚴重。下個禮拜又要開始打仗了，可能啦，我也是聽別人說的。你覺得我娶巴克莉小姐好嗎？當然啦，要等打完仗才結婚。」

「很棒啊。」我邊說邊把臉盆倒滿水。

「今天晚上你可要好好交代喔，」雷納迪說：「我要睡回籠覺了，才有精神和體力去見巴克莉小姐。」

我脫下制服外套和襯衫，用盆內的冷水清洗。我一邊用毛巾擦拭身子，一邊環顧房間、望向窗外，又瞧著躺在床上閉目養神的雷納迪。他長得俊朗且跟我同年，家鄉在阿瑪菲。他熱愛外科醫生這份工作，我們倆感情很好。我看著他時，他睜開雙眼。

「你身上有錢嗎？」

「有啊。」

「那借我五十里拉。」

我擦乾了手，從掛在牆上的衣服中拿出了皮夾。雷納迪沒從床上起身，只顧接過紙鈔、折好塞進了及膝馬褲的口袋。他面帶微笑地說：「我得讓巴克莉小姐覺得自己夠凱才行。你真是超棒的朋友耶，錢就靠你罩了。」

「去死啦你！」我說。

當晚用餐時，我坐在牧師旁邊。他得知我沒去阿布魯齊，表情滿是失望，忽然難過了起來，因為他還寫了信給他父親說我會去拜訪，家人也準備好接待我了。我內心也跟他一樣不好受，不懂為何自己沒有去一趟。我當初確實有此打算，便設法說明路上許多事接二連三，他才明白我真的想去但抽不了身，最後終於釋懷。我喝了不少葡萄酒，又灌了咖啡和女巫利口酒，隨後帶著朦朧醉意說，許多事我們往往想做卻未做，從來都沒去行動。

我們倆聊著天，其他人在旁邊吵個沒完。我真的想去阿布魯齊，這輩子還沒去過冰天雪地，路面凍得像鐵一樣硬邦邦，天空清朗、冷冽乾燥，落雪宛如乾粉，雪地上留著野兔足跡，農夫紛紛脫帽喊你老爺，而且很適合打獵。但我無緣造訪，反而去了煙霧瀰漫的咖啡館，到了夜晚整個房間都在旋轉，你得努力盯著牆才會停下來；夜裡喝到醉了就躺在床上，心想一切不過如此，醒來伴隨著異樣的興奮，不曉得身旁躺著誰，黑暗中世界虛幻不實，刺激得不得了，於是再度不知不覺、不管不顧，深信眼前這些就代表一切，覺得無所謂了。但忽然又百般在意，或睡或醒都惦記著，有時到了早上，原有的感受消失無蹤，現實變得尖刻、困難又清晰，不時跟人討價還價；偶爾醒來心情愉快、喜悅、溫暖，吃了早餐和午餐；有時整個人沒好氣，只願上街晃晃，總之就日復一日、夜復一夜。我設法描述夜晚的情景、日夜的區別，還有除非白天清爽寒冷，否則夜晚通常較快活，可我卻說不出所以然，現在依然無法說清楚，但只要有過類似經驗就會明白。雖然他缺乏經驗，但他曉得我真心想去阿布魯齊，雖然最後沒有成行，仍無損兩人友誼。我們有許多共同的嗜好，也有個別的興趣。無論是我不懂或忘掉的東西，他都了然於心，這點我也是後來才明白。此刻，全部人都在飯廳裡，晚餐吃完了，大夥仍爭論不休。我們倆剛停止交談，上尉便大喊：「神父不開心囉，沒有妹子就氣噗噗了。」

「我很開心呀。」神父說。

「神父不開心了，他希望奧軍打勝仗。」上尉說。其他人都聽著，只見神父搖搖頭。

「沒這回事。」他說。

「神父要我們絕對不能發動攻擊，難道不是嗎？」

「不是，如果發生戰爭，我想就不得不攻擊。」

「一定要進攻，也應該進攻！」

神父點點頭。

「別煩人家啦，」少校說：「他是好人。」

「反正他也無能為力。」上尉說。我們紛紛起身離開餐桌。

第四章

早上，我被駐紮在隔壁花園的砲兵連吵醒，看到窗外陽光照了進來，便起身下床。我走到窗前向外望：砂石小徑溼漉漉，草皮都霑著露水。部隊兩次開火，每次空氣的擾動都讓窗戶震得作響、我的睡衣前襟抖動。我雖然看不到槍砲，但聽得出來砲兵就在我們正上方開火。砲火如此靠近固然令人心煩，但幸好不是更加巨大槍砲。我望著花園時，聽到路上有輛卡車引擎聲。我穿好衣服、下了樓，先在廚房喝點咖啡才走到車棚。

長長的車棚內共有十輛車子並排，都是頭重腳輕、扁車頭的救護車，車身塗成灰色，外觀像搬家貨車。數名保修官兵正在院子裡修理一輛救護車，還有三輛在山上的維修站。

「敵人轟炸過砲兵連嗎？」我問其中一名保修士。

「報告中尉，沒有，因為有小山的天然屏障。」

「情況都還好嗎？」

「還行，這輛可能不太管用，但其他還開得動。」他停下手邊工作，微笑地說：「你剛收假嗎？」

「是啊。」

他把手在衣服上抹了幾下，咧嘴而笑：「玩得開心嗎？」其他人跟著笑開了。

「開心啊。」我說：「這輛車怎麼了？」

「拋錨啦。接二連三出問題。」

「現在呢？」

「要換鋁圈。」

我不吵他們工作，那輛車看起來實在破爛，裡頭空空如也，引擎露在外頭，零件攤在工作臺上。我走到車棚下面瞧了瞧每輛車，多半還算乾淨，有些剛剛才洗好，有些布滿灰塵。我仔細地觀察輪胎，看看有無裂開或被石頭磨損，整體看似車況良好，可見我人是否在場並無差別。我原本以為確認車況、物資補給，順利把傷病患從山中救護站運至醫療後送站，再轉送病歷上指定的醫院等任務，多半要靠我來處理。但如今已很明顯，我在不在那裡絲毫不重要。

「申請料件還順利嗎？」我問那位保修士。

「報告中尉，很順利。」

「現在油庫在哪裡？」

「在同一個地點。」

「很好。」語畢，我回到屋內，在飯廳喝了碗咖啡；咖啡添了煉乳，故呈淺灰色，入口帶甜味。窗外是晴朗的春日早晨，鼻內開始略感乾燥，代表天氣必定轉熱。那天我查訪了山中救護站，傍晚左右回到鎮上。

我不在時，一切似乎進行得更順利。聽說我軍即將再度進攻，我們隸屬的師將在上游發動攻擊。少校表示，這段期間由我負責各個救護站。這次軍隊將在狹窄峽谷上游渡河，並把兵力部署至山坡上。救護站的設置得盡可能靠河，同時確保有足夠掩蔽；確切地點當然由步兵挑選，但我們還是要解決執行問題。正是這類任務讓人有上戰場的錯覺。

我滿身灰塵髒汙，就回房洗個澡。雷納迪坐在床上，正在翻閱《雨果英文文法》。他衣著整齊、腳穿黑靴，頭髮梳得油亮。

「太好了，」他看到我時說：「你就跟我一起去找巴克莉小姐吧。」

「不要。」

「好嘛，拜託陪我去，讓她對我有個好印象。」

「好啦，等我洗好澡。」

「洗洗就好，不必特別整理啦。」

我洗完澡、梳好頭，我們便出門了。

「等一下，」雷納迪說：「我們不如先喝一杯。」他打開皮箱，拿出一瓶酒。

「不要利口酒喔。」我說。

「不是，是渣釀白蘭地格拉帕。」

「好。」

他倒了兩杯酒，我們翹起食指、碰了碰杯。這酒喝起來還真烈。

「再一杯嗎？」

「好啊。」我說。我們又喝一杯白蘭地，雷納迪收起酒後，我們倆走下樓。走在鎮上其實滿熱的，但太陽開始下山，整體還算舒適。鎮上的英軍醫院是德國人在戰前蓋的一座大別墅。

巴克莉小姐正在花園中，旁邊有另一名護士。我們透過樹縫看到兩人的白色制服，便朝她們走去。雷納迪行著禮，我同樣行禮但略顯拘謹。

「你好嗎？」巴克莉小姐說：「你不是義大利人，對吧？」

「喔，不是。」

雷納迪正跟另一名護士聊起來，有說有笑。

「那也真奇怪，你居然加入義大利軍隊。」

「不算真正的軍隊啦，只是救護單位。」

「還是很奇怪呀，為什麼要加入呢？」

「我也不知道，」我說：「不見得所有事情都有原因吧。」

「喔，這樣嗎？我從小就認為事出必有因。」

「那也很好啊。」

「我們有必要繼續這樣講話嗎？」

「不必呀。」我說。

「那就好，對吧？」

「那根棍子是？」我問。巴克莉小姐身材高䠷，看似穿著護士服，頂著一頭金髮，有著淡棕色肌膚與灰色眼睛。我心想，她未免太漂亮了。她手裡拿著捆著皮革的細藤棍，活像一根玩具短馬鞭。

「這根棍子的主人去年死了。」

「太令人難過了。」

「他是非常貼心的男生，本來要跟我結婚的，但後來在索姆河戰死。」

「那場戰鬥非常慘烈。」

「你當時在那裡嗎？」

「沒有。」

「我聽人說過而已，」她說：「這裡的戰爭都沒那麼嚴重。他們把棍子寄給我，寄件人就是他的母親，連同他的遺物都寄給我了。」

「你們本來訂婚很久了嗎？」

「八年。我們從小一起長大。」

「那為什麼沒有結婚呢？」

「我也不知道，」她說：「是我自己太傻，我大可以早點跟他結婚，可是我以為這樣對他不好。」

「原來如此。」

「你有沒有愛過誰？」

「沒有。」我說。

我們在一張長椅上坐下，我看著她。

「妳的頭髮很漂亮。」我說。

「喜歡嗎？」

「很喜歡。」

「他死後，我本來打算全部剪掉。」

「不要吧。」

「我本想為他做點什麼。其實，我本來對結不結婚無所謂，他想要什麼都可以。要是早知道他的心思，我什麼都會聽他的，本來也會嫁給他的，這件事情我現在才懂。但是他後來卻跑去打仗，我當時想不明白。」

我不發一語。

「那時我什麼都不懂，以為結婚只會害了他，以為他可能會受不了。後來他死了，什麼都沒了。」

「難講啦。」

「噢，事實如此，」她說：「什麼都沒了。」

我們看著雷納迪跟另一名護士聊天。

「她叫什麼名字？」

「佛格森，海倫．佛格森。你的朋友是醫生，對嗎？」

「是啊，他的醫術高明。」

「太好了。這麼接近前線的地帶，很難找得到醫術高明的人。這裡離前線很近，對吧？」

「滿近的。」

「這個前線真是鬧事，」她說：「不過景色非常漂亮。他們計畫要發動攻擊嗎？」

「是啊。」

「那我們到時候有得忙了，現在倒很清閒。」

「妳當護士當很久了嗎？」

「從一九一五年年底到現在，他一跑去打仗我就開始當護士了，還記得當時傻到以為他可能會到我工作的醫院治療，像是刀傷啊，包著滿頭繃帶，或是肩膀中彈，反正會是很有看頭的場面。」

「這個前線就很有看頭啊。」我說。

「沒錯。」她說：「大家要是真的清楚法國的狀況，這場仗就打不下去了。他才沒受到什麼刀傷，而是被炸得粉身碎骨。」

我沒吭聲。

「照你來看，這場戰爭會不會沒有盡頭？」

「不會的。」

「怎樣才會停戰呢？」

「防線總會有個破口。」

「我們會先成為破口，我們在法國就會被攻破。類似索姆河那場戰鬥再發生個幾次，絕對會失守。」

「這裡不會失守。」我說。

「你覺得不會嗎？」

「不會，他們夏天就守得很好。」

「還是可能會失守，」她說：「是人就有可能失守。」

「德軍也是啊。」

「不可能，」她說：「我覺得不一樣。」

我們朝雷納迪和佛格森小姐走去。

「妳愛義大利嗎？」雷納迪用英語問佛格森小姐。

「還不錯。」

「不懂。」雷納迪搖了搖頭。

「Abbastanza bene（還行）。」我翻譯成義大利語，他又搖搖頭。

「這意思是還好，那妳愛英格蘭嗎？」

「不太愛，我其實是蘇格蘭人。」

雷納迪不解地看著我。

「她是蘇格蘭人，她愛的是蘇格蘭，不是英格蘭。」我用義大利語說。

「但蘇格蘭就是英格蘭呀。」

我替佛格森小姐翻譯了這句話。

「Pas encore（又來了）。」佛格森小姐說。

「不算是嗎？」

「絕對不是。我們不喜歡英國人。」

「不喜歡英國人？所以不喜歡巴克莉小姐？」

「喔，這是兩回事。你不能把什麼都看得那麼簡單。」

不久後，我們互道晚安就各自離去了。走回家的路上，雷納迪說：「巴克莉小姐比較喜歡你耶，明眼人都看得出來，不過那個蘇格蘭妹子人滿不錯的。」

「是啊。」我說，但其實自己沒注意到她。「你喜歡她嗎？」

「沒有耶。」雷納迪說。

第五章

隔天下午，我又去找巴克莉小姐。她人不在花園，我就到救護車停靠的別墅側門，看到護士長剛好在裡面，她說巴克莉小姐在上班——「現在在打仗嘛。」

我說我明白。

「你就是義大利軍隊裡那個美國人嗎？」她問。

「是的，女士。」

「你怎麼會跑去從軍呢？為什麼沒加入我們？」

「我也不知道，」我說：「現在還來得及嗎？」

「恐怕沒辦法。告訴我，你為什麼會進入義大利軍隊？」

「我當時在義大利，」我說：「又會講義大利語。」

「是喔，」她說：「我正在學，義大利語很美。」

「有人說應該兩個禮拜就能學會了。」

「喔，我沒辦法兩個禮拜學會，現在已經學好幾個月了。你看要不要七點以後再來找她。那時候她就下班了，不過可別帶一堆義大利人來喔。」

「就算為了聽美麗的義大語也不行？」

「不行，制服再好看也不行。」

「晚安。」我說。

「再見囉，長官。」

「再見。」我行了禮後離開。學義大利人向外國人行禮，勢必會感到尷尬；這禮節感覺只適合當地人。

當天實在炎熱。我沿河而上來到普拉瓦的橋頭，軍隊由此發動攻擊。前一年根本無法攻到另一頭，因為隘口到浮橋只有一條路，前後近一英里得承受機關槍與砲火轟炸。而那條路本身也不夠寬，難以承載進攻所需的交通工具，況且會被奧地利軍隊炸得面目全非。但義大利軍隊已渡了河，稍微在對岸拓展陣地，占領大約一英里半的奧軍據點。該處地勢險惡，奧軍理應不會令義軍得逞。我猜這是彼此讓步，因為奧軍在下游仍然占據一座橋頭。奧軍的壕溝就築在山坡上，距離義軍防線僅數碼之遙。過去該地曾有一座小鎮，但如今已是一片廢墟，徒留殘破的火車站與遭炸毀的大橋，而由於該橋毫無遮蔽，故無法修復和使用。

我沿著小徑朝河邊開去，把車停在山腳救護站，走過那座由山肩掩護的浮橋，穿越殘破小鎮和山坡邊側的壕溝。所有人都躲在防空洞內，一排排火箭彈豎立著，倘若電話線遭切斷，便可用來向砲兵求援或發送訊號。此處既安靜、炎熱又骯髒。我望向鐵絲網對面的奧軍陣營，半個人影都沒看到。防空洞內有名上尉我認識，我們喝一杯後，我便返回橋的另一頭。一條全新的寬闊大路即將峻工，往上越過山巔再蜿蜒向下通往浮橋。新路一旦築好，攻擊便會展開。這條路呈之字型穿越森林；軍方的盤算是部隊全部走新路，回程時空卡車、馬車與滿載傷患的救護車等所有車輛再走狹窄舊路。而救護站設置山下河邊，屬於奧軍那側，擔架兵得走浮橋把傷患抬回來，發動攻擊後同樣如此。就我視線所及，山路轉平地的最後一英里左右，恐會遭受奧軍猛烈砲擊，屆時恐怕頗為慘烈。所幸我找到一個掩護之處，供車輛行經最後危險路段後停靠，等待被抬下浮橋的傷患。我原本想開車上新路，但當時尚未完工；整條路看來寬敞、坡度適中，山邊森林空隙露出的轉彎處也精心設計。所有車輛均裝有優良的金屬剎車，況且下山時不會載傷患。我順著窄路開車上山。

兩名憲兵把車攔下，因為剛才有枚砲彈落下。我們等待當下，又有三枚砲彈落地。這些砲彈全是口徑七十七毫米，伴隨呼嘯的氣流、刺眼的爆炸閃光，在路面揚起一陣灰色煙霧。憲兵揮手示意我們繼續往前開。我行經砲彈轟炸處時，避開了地面的坑坑洞洞，撲鼻而來的味道混雜著濃濃的火藥、炸散的泥石與崩裂不久的燧石。我開車回到哥里加的別墅，然後如前所述，跑去拜訪巴克莉小姐但她正在值班。

晚餐時分，我三兩下就吃飽了，便前往英軍設置醫院的那棟別墅；別墅外觀龐大、極為壯麗，腹地內種植許多高大的樹木。巴克莉小姐坐在花園內一張長椅上，身旁有佛格森小姐陪著。兩人似乎很高興見到我。沒多久，佛格森小姐便藉故離開。

她說：「我要先走囉，少了我打擾，你們倆就能好好相處。」

「不要走啦，海倫。」巴克莉小姐說。

「我真的要走啦，還有些信得寫。」

「晚安啦。」我說。

「晚安，亨利先生。」

「不要寫會讓審查員頭痛的東西啊。」

「別擔心。我只會寫我們住的地方有多美麗、義大利人有多勇敢。」

「那就可以得到勳章了。」

「那樣最好。晚安啦，凱瑟琳。」

「等會見囉。」巴克莉小姐說。佛格森小姐走入黑夜中。

「她人真好。」我說。

「噢這是當然，她真的人超好，人家是護士。」

「妳不也是護士嗎？」

「喔，不是耶，我是救護志工。我們再怎麼拚命，都得不到信任。」

「為什麼？」

「平時沒事情的時候，大家不信任我們。真的有工作的時候，大家才信任我們。」

「有什麼差別嗎？」

「護士就跟醫生很像，需要長時間的訓練。救護志工是抄捷徑。」

「原來如此。」

「義大利人不希望女人靠前線太近，所以我們一舉一動都要小心，不出門拋頭露面。」

「但是我可以過來呀。」

「喔，對啊。我們又沒有與世隔絕。」

「別再聊打仗了吧。」
「很難耶，想避都避不開。」
「就不要提了嘛。」
「好吧。」
我們在黑暗中凝視彼此。我覺得她長得好美，便牽起她的手。她任憑我牽著手，而我握著握著便伸出手臂抱她。
「不要啦。」她說。我的手臂仍在原處。
「為什麼不要？」
「就不要。」
「好嘛，」我說：「拜託啦。」我在黑暗中湊上前想吻她，卻瞬間感到一陣發燙的刺痛。她狠狠地賞了我一個巴掌，正好打到我的鼻子和雙眼，眼眶反射地泛滿淚水。
「真是不好意思。」她說。我自認占了某種優勢。
「錯不在妳啦。」
「非常抱歉，」她說：「我只是受不了護士難得下班就得被調侃，不是故意要傷害你，但是剛才那一下很痛吧？」
她在黑暗中盯著我瞧。我雖然生氣，卻也肯定自己率先看清眼前這盤棋的走法。
「妳這巴掌打得好，」我說：「沒事、沒事。」
「委屈你了。」

「我的人生一直都滿奇怪的，甚至也不太說英語。妳又長得這麼美麗。」我看著她。

「少在那邊扯東扯西啦，我都跟你道歉了。我們確實滿合得來的。」

「是啊，」我說：「而且已經沒在聊打仗囉。」

她笑了起來，這是我初次聽見她笑。我端詳著她的臉龐。

「你真會說話。」她說。

「沒有啦。」

「你真的很討人喜歡啊。可以的話，我滿想親你呢。」

我注視著她的雙眼，像先前那樣摟著她，隨即吻了上去。我使勁地親著她，緊緊地抱住她，亟欲打開她緊閉的雙唇，內心那股氣還沒消。她忽然在我懷中顫抖了一下，我把她摟得貼近身體，感受著她的心跳。她張開雙唇、頭朝後靠在我手上，隨即偎著我的肩膀哭了出來。

「噢，親愛的，」她說：「你會好好疼我對吧？」

我心想，這在演哪齣啊。我撫著她的頭髮，拍拍她的肩膀。她的淚水依然不止。

「真的會疼我吧？」她抬頭看著我，「因為我們之後的生活會很奇特喔。」

過了一會，我陪她走到別墅門口，看她進門後我才離開。到家後，我上樓回到房間，雷納迪正躺在床上。他瞧了我一眼。

「你和巴克莉小姐進展得如何呀？」

「就朋友啊。」

「瞧你像隻發情的狗，一副很爽的模樣。」

我沒聽懂他的意思。

「什麼狗？」

他說明了一遍。

「你啊，」我說：「才爽得好像一隻……」

「別說了，」他說：「不然，我們會愈講愈難聽喔。」他大笑出聲。

「晚安啦。」我說。

「晚安囉，小狗狗。」

我拿枕頭丟他，打翻了蠟燭，便摸黑上床。

雷納迪撿起蠟燭，再度點燃，繼續讀著書。

第六章

我在各個救護站待上兩天，回家時天色已晚，隔天傍晚才去找巴克莉小姐。她不在花園裡，我只得待在醫院辦公室等她下樓。這間辦公室的牆邊有許多上漆的木柱，每個都擺放著大理石半身雕像；外頭大廳兩側也有一排排的雕像，純大理石的外觀看起來如出一轍。雕刻這一行總讓人覺得沉悶，銅像算有些特色，但整群大理石半身像看來就像大片墓園。說到墓園，比薩倒是有座墓園有模有樣；而想看品質粗劣的大理石，必定要到海港熱那亞。這座別墅當初的主人是一名家財萬貫的德國人，這些半身像絕對所費不貲。我很好奇它們出自哪位師傅之手，他又因此賺了多少錢。我設法想釐清這些雕像是否有親戚關係，但清一色都是古典風格，根本推敲不出其他線索。

我坐在一張椅子上，手中拎著帽子。按照規定，我們即使在哥里加也得戴鋼盔，但鋼盔戴起來太不舒服，更何況鎮上居民尚未疏散，全副武裝未免太浮誇了。我們前往救護站時，我便戴著鋼盔，還帶了英國製的防毒面具。當時，我們才剛取得少數防毒面具，品質如假包換。所有人都要佩戴自動手槍，就算醫生和衛生官員也不例外。我此刻就感覺手槍緊貼著椅背；佩戴的手槍必須清晰可見，否則就可能遭到逮捕。雷納迪只是把槍套塞滿了衛生紙，我則是佩戴了一把真槍，感覺活像個持槍歹徒，但射擊練習時才見識自己的爛槍法。那是一把口徑七點六五鳌米的阿斯特拉手槍，槍管短，開槍時會猛然上抬，休想打中任何目標。我不斷練習，瞄準靶子下方，努力想控制那短到不行槍管的跳動，好不容易才能在二十步外擊中離靶子一碼的位置，隨後深感佩戴手槍有夠荒謬，不久便忘了它的存在，任其垂在下背部左搖右晃，除了遇到說英語的人略感羞恥外，其餘時間毫無感覺。如今我坐在椅子上，某個勤務兵從桌後不以為然地看著我，我一邊盯著大理石地板、擺著半身像的木柱與牆上的壁畫，一邊等待著巴克莉小姐到來。這些壁畫的模樣還不賴；凡是剛開始剝落，品質都算好的。

我看到凱瑟琳．巴克莉從大廳走來，便站了起來。她走過來的模樣並不高大，但看起來十分可人。

「晚安，亨利先生。」她說。

「妳好。」我說。勤務兵坐在桌後聽著。

「我們要在這裡坐嗎？還是到花園晃晃？」

「還是出去晃晃吧，外頭涼快多了。」

我跟在她身後走進花園，後頭的勤務兵目送我們出去。我們走到碎石路上時，她開口說：

「你這陣子上哪去了？」

「我都在值班呀。」

「難道不能捎個便條給我嗎？」

「沒辦法。」我說：「有點困難，我以為馬上就會回來。」

「你應該說一聲啦，親愛的。」

我們離開車道，走在樹蔭底下。我牽著她的手，停下腳步，吻了她。

「我們沒別的地方可以去嗎？」

「沒有，」她說：「我們只能在這裡散步。你好久沒來找我了。」

「今天是第三天，但我這不是來了。」

她看著我說：「你真的愛我嗎？」

「是啊。」

「你說過你愛我，對吧？」

「說過，」我撒了謊，「我愛你。」我先前並沒有說過。

「直接叫我凱瑟琳。」

「凱瑟琳。」我們走了一段路，停在一棵樹下。

「說『我在夜裡回到凱瑟琳身邊了』。」

「我在夜裡回到凱瑟琳身邊了。」

「噢，親愛的，你真的回來了吧？」

「回來了。」

「我好愛你，這幾天好難熬。你不會離開我吧？」

「不會，我怎麼樣都會回到妳身邊。」

「噢，我好愛你喔，再把手放過來嘛。」

「一直都沒移開唷。」我把她身子轉過來，才能邊看她的臉邊吻她。我看到她的雙眼緊閉，就左右眼都輕啄一下，心想她八成有點瘋，但這樣並不打緊。我並不怕有任何瓜葛。這總好過每晚到軍官妓院，任憑那裡的妹子爬到身上、把你的軍帽反過來戴來展現親暱感，時不時還隨其他弟兄上樓歡愉。我清楚自己並不愛凱瑟琳．巴克莉，也缺乏愛她的念頭。這不過就是逢場作戲，就像打橋牌一樣，重點不是玩牌而是說話；另外跟橋牌相同的是，你得假裝自己在賭錢，或為了某些賭注而玩。沒人提到賭注為何，但對此我無所謂。

「但願我們有地方可以去啊。」我說，深刻體會男性長時間站著談情說愛的難處。

「沒有其他地方了。」她開口說，這下終於回神了。

「我們可以去那裡坐一下子。」

我們坐在平坦的石椅上，我握著凱瑟琳的手，但她不願給我摟著。

「你很累嗎？」她問。

「沒有啊。」

她低頭看了看草皮。

「我們這場戲還演得真爛，對吧？」

「什麼戲？」

「別裝傻了你。」

「我沒裝啊。」

「你是個好男人，」她說：「你很盡力在演這場戲，但是戲本身還是糟。」

「妳老是能看穿別人的心思嗎？」

「看情況。但是我能看穿你的心思，你不必假裝自己愛我，今天晚上就這樣吧，你還有別的話想說嗎？」

「可是我真的愛妳呀。」

「拜託，不必撒謊的時候就省點力氣吧。我演戲演得很開心，現在沒事了，我可沒有發神經，也沒有發脾氣喔，只是偶爾有點瘋罷了。」

我捏捏她的手，「親愛的凱瑟琳。」

「這個稱呼現在聽起來可好笑了——你念凱瑟琳的發音有點跑掉，但是你很貼心，是個好男人。」

「神父也這麼說。」

「對吧，你人很好。你還會來看我嗎？」

「當然會。」

「然後用不著說你愛我了，那些場面話暫時就免了吧。」她站了起來，接著伸出手。「晚安。」

我想吻她。

「不要，」她說：「我累死了。」

「那妳親我。」我說。

「親愛的，我累死了。」

「親我嘛。」

「你那麼想親嗎？」

「對。」

我們接了吻，但她忽然後退說：「算了，晚安，親愛的。」我們倆走到門口，我目送她進大廳。我喜歡觀察她的舉動，見到她往裡頭走，我才轉身回家。當晚天氣悶熱，山中並不寧靜。我注視著聖加百列鎮上不時閃爍的砲火。

我在紅院[6]前停下腳步。百葉窗全都關上了，但裡頭仍頗熱鬧，聽得到有人唱歌，我繼續走回家。我在家換衣服時，雷納迪走了進來。

「啊哈！」他說：「約會不大順利呀，你這兔崽子一臉茫然。」

「你剛才跑哪去啦？」

「紅院呀，玩得醍醐灌頂啊，兔崽子，大家唱得可開心了。那你又跑哪去啦？」

「探望英國人囉。」

「謝天謝地，幸好我沒跟英國人扯上關係。」

---

6 紅院（Villa Rossa）：妓院名稱。

第七章

隔天下午，我從山中第一醫療救護站回來，把車停在檢傷站，傷病人員在此按照病歷分類再後送不同醫院。當天我負責駕駛，便坐在車中，由同事把病歷拿進去。天氣炎熱，天空明亮蔚藍，路上白茫茫一片、塵土飛揚。我坐在飛雅特的高座上，把腦袋完全放空。一支軍團在路上走著，我望著他們從眼前經過。這些士兵熱得汗流浹背，有些人戴著鋼盔，但大多數人都是吊掛在背包上。鋼盔往往尺寸過大，幾乎要蓋住士兵的耳朵；軍官則是清一色戴著大小適中的鋼盔。眼前是巴西利卡塔旅的一半兵力，我是依紅白相間的領口樣式來辨認。軍團經過後許久，出現的是跟不上同排弟兄的脫隊士兵，個個滿頭大汗、骯髒又疲憊，有些明顯快撐不下去了。這批人經過後來了一名士兵，走路一瘸一拐。他停下腳步，坐在路邊。我下車朝他走去。

「還好嗎？」

他看了我一眼，隨即站了起來。

「我要走了。」

「發生什麼事了？」

「——就打仗啊。」

「你的腿怎麼了？」

「腿沒事，是疝氣。」

「為什麼不搭車呢？」我問：「怎麼沒去醫院？」

「他們不讓我去啊，中尉說我故意搞丟疝氣帶。」

「我摸摸看。」

「跑出來了。」

「哪一邊？」

「這邊。」

我摸了摸。

「咳兩下。」我說。

「我怕這樣會變嚴重，現在比早上腫一倍了。」

「坐下吧，」我說：「等我拿到這些傷患的病歷，就把你送到你們醫官那裡。」

「他會說我是故意的。」

「他們也拿你沒辦法，」我說：「這不算是傷口，以前也發作過對吧？」

「但是我弄丟疝氣帶了。」

「他們會把你後送到醫院。」

「長官，我不能待在這裡嗎？」

「沒辦法，我沒有你的病歷。」

司機走出大門，手裡拿著車上傷患的病歷。

「四人送一〇五號，兩人送一三二號。」他說。這兩間醫院都在河的另一頭。

「你來開車。」我說，隨後把那名有疝氣的士兵扶上車，坐我們旁邊。

「你會說英語嗎？」他問。

「當然。」

「對這場爛仗有什麼看法？」

「有夠爛。」

「真的爛透了，真是天殺地爛透了。」

「你去過美國嗎？」

「當然，待過匹茲堡。我就知道你是美國人。」

「我義大利語說得不夠溜嗎？」

「我直覺認為你是美國人啦。」

「又是美國人。」司機看那個疝氣男，用義大利語說。

「長官啊，你非得要把我送回軍團嗎？」

「對啊。」

「那個上尉醫官知道我有疝氣，所以他媽的我就把疝氣帶給扔了，這樣就會惡化，也不必再去前線打仗了。」

「原來如此。」

「你就不能帶我去其他地方嗎？」

「要是離前線近一點，我就能帶你到第一救護站。這裡的話你必須要有證明文件。」

「我回去的話，他們一定會逼我動手術，然後再把我丟到前線，我就回不來了。」

我想了想。

「你也不想一直待在前線吧？」他問。

「不想。」

「天哪，打這場仗真是他媽的該死！」

「這樣吧，」我說：「你下車，想辦法在路邊摔倒、把頭撞出大包，我們回程再來接你，送你到醫院。我們先在這裡停一下，奧多。」我們在路邊停下車，我扶著士兵下來。

「我在這裡等你喔，長官。」他說。

「再見囉。」我說。我們繼續向前開了一英里左右，經過了剛才那支軍團，接著越過河，河水因雪水渾濁，迅速流過橋樁。我們沿著公路穿越平原，把傷患分別送到兩家醫院。回程由我開著空車，加速趕去接那名匹茲堡的士兵。我們再度經過了那支軍團，似乎比先前更熱昏頭、行動更加緩慢，後面跟著脫隊的士兵，接著看到一輛救護馬車停在路邊，兩名男子正把那名疝氣士兵抬上車。他們回來接他了。士兵對我搖搖頭，沒戴鋼盔、髮線以下額頭淌著血，鼻子磨破了皮，血漬和頭髮都沾了灰塵。

「你看我的頭撞成這樣，長官！」他大喊。「沒辦法，他們回來接我了。」

我回到別墅時已是下午五點，我走到洗車處沖了個澡，便回房間寫報告；我僅穿著長褲和內衣，眼前是敞開的窗戶。兩天後，攻擊就要展開，我會隨車隊前往普拉瓦。我好久沒有寫信回美國了，雖然內心知道應該要動筆，但我拖拖拉拉到現在不曉得從何寫起。實在沒什麼好寫的。我寄了幾張戰區明信片回去，刪掉原本想好的內容，只說我一切安好，這應該足以應付親友了。這類明信片寄到美國想必很新奇，既陌生又神祕。這個戰區的確陌生又神祕，但相較於以往跟奧軍的戰役，這次算是運作嚴謹、一絲不苟。奧地利軍隊當初不敵拿破崙，屢戰屢敗。但願我們也有拿破崙相助，可是只有肥胖又物欲重的卡多納將軍，還有個子矮小、長脖子且蓄山羊鬍的維托里奧．伊曼紐國王，再來是奧斯塔公爵，也許公爵長得太俊朗，不像威風的將領，但看起來有男子氣概。許多人都希望是他當國王。他本身就長得帝王之相，是國王的叔叔，指揮第三軍隊，而我們則隸屬第二軍隊。部分英國砲兵連與第三軍隊共同行動，我在米蘭就認識兩名英國砲兵，他們為人親切，那晚大夥聊得開心極了。他們倆都是大塊頭、性情害羞，凡事心存感激。我真希望自己在英國部隊，這樣便單純多了，只是可能仍難逃一死，除非是開救護車；不對，即使開救護車也可能喪生。英國救護車司機不時也會陣亡。嗯，我知道自己不會死的，一定要撐過這場戰爭。就我看來，這場戰爭跟我毫無瓜葛，跟觀賞電影裡的戰爭差不多危險。但願上帝保佑戰爭結束，也許今年夏天就會結束，說不定奧軍會先被擊潰，畢竟先前的戰爭中，奧軍都出現了破口。這場戰爭是在搞什麼？人人都說法軍完蛋了。雷納迪說法軍叛變，改向巴黎進逼。我進一步追問，他卻說：「喔，有人阻止他們了。」我想在承平時期前往奧地利，想到黑森林，也想去哈茨山看看。哈茨山究竟在哪裡？目前軍隊在喀爾巴阡山脈交戰。反正我也沒興趣去那，不過說不定景色優美。若非戰事爆發，我便可以到西班牙觀光了。夕陽即將西下，漸漸有了涼意。晚餐後，我想去看看凱瑟琳．巴克莉。真希望她就在我身邊。我好想跟她待在米蘭，到科瓦吃東西，在暑氣逼人的夜晚，散步於曼佐尼大街上，過了橋，沿著運河一起前往飯店。說不定她也願意。說不定她會把我當成命喪沙場的前男友。我們倆會走進大門，門房摘帽致意，我在迎賓櫃檯前停下腳步拿鑰匙，巴克莉則站在電梯旁，接著我們走進電梯，電梯緩緩向上，每到一層樓便發出叮叮聲。抵達我們的樓層時，門房會打開電梯門，站在一旁恭候，巴克莉先走出電梯，我則跟在她身後，我們倆沿著走廊到客房。我把鑰匙插入房門，開門進房，再打電話請房務人員送來一瓶卡普里白酒，酒還要裝在滿冰塊的銀桶裡，然後走廊傳來冰塊撞擊桶子的聲響，門房會敲敲門，我說麻煩放門外就好；除了因為我們倆已赤身裸體，也因為溽暑難耐。客房窗戶敞開著，成群燕子在屋頂周圍飛舞。天色漸暗後，走到窗前可見小隻蝙蝠在家家戶戶上方捕食、低飛掠過樹梢。我們啜飲著卡普里白酒，鎖著門，只蓋一條涼被，享受整夜歡愛，度過米蘭酷熱的夜晚。這樣子才像話嘛。我要盡速用完餐，早點去見凱瑟琳．巴克莉。

大夥在飯廳吃飯時話匣子停不下來，我也不得不喝了酒，因為除非今晚不把大夥當兄弟，否則我得喝點酒，還得與神父聊聊約翰．愛爾蘭這位總主教，他似乎為人高尚，但蒙受了不白之冤，而我雖然聞所未聞但身為美國人也有分，只好假裝自己略知一二。聽了神父精采地說明種種不公的來龍去脈（感覺都是誤會），我還表示一無所知未免太過失禮。我覺得總主教的名字取得好，他老家又在明尼蘇達州，整個頭銜饒富趣味，諸如明尼蘇達的愛爾蘭、威斯康辛的愛爾蘭、密西根的愛爾蘭等等。妙就妙在，這個名字聽起來像「愛蘭」。不對，其實也不算是發音，沒那麼單純。是啊，神父；真的，神父；也許吧，神父；沒這回事，神父。嗯，大概是吧，神父；這你懂得比我多，神父。神父人品好但很無趣，軍官們人品差又無趣，國王人品好但無趣，酒的品質差但可不乏味，酒能把牙齒琺瑯質帶到上顎去。

洛卡說：「然後那位神父就被關了，因為他被發現身上有百分之三的債券。當然是法國才會這樣啦，假如是這裡的話，神父絕對不會被逮捕。他堅稱自己對於債券毫不知情。整件事情是在貝齊耶發生，我人剛好在那裡，從報紙上得知這個消息，立刻就去監獄一趟，說想見見神父。各種跡象顯示，他就是偷債券的人。」

「你這話鬼才相信。」雷納迪說。

「信不信隨便你囉，」洛卡說：「但是我是說給眼前這位神父聽的，這很有參考價值。人家是神職人員，一定會覺得受用。」

神父面露微笑。「然後呢，」他說：「我在聽喔。」

「當然，有些債券不知去向了，不過那位神父持有全部的百分之三債券，還有幾個當地債務憑證，我記不得具體是哪些了。總之我跑去探監，精采的部分來囉，我站在他的牢房外頭，好像我是要告解一樣說：『請保佑我，神父，因為你有罪。』」

此話一出，哄堂大笑。

「那他說了什麼？」神父問。洛卡沒有理會這個問題，開始跟我解釋為何好笑。「聽懂笑點了吧？」這個笑話似乎聽懂了才會非常好笑。他們又幫我添了酒，我說了某個英國大頭兵被迫沖澡的故事；然後換少校說起十一名捷克斯洛伐克人與匈牙利人下士的遭遇；又幾杯黃湯下肚後，我分享了一名賽馬騎師找到銅板的故事；少校又說，義大利有個故事是關於夜夜失眠的公爵夫人。此時神父先行離席。換我說起四處旅行推銷員的故事，他頂著冷冽又強勁的西北風，清晨五點抵達馬賽。少校說他聽說我酒量很好，我矢口否認。他說真有此事，我們便發誓來證明看看。我說不要拿酒神巴克斯起誓，但他說當然要以巴克斯之名。我應該要跟巴斯・菲利普・文森札比拚一下。巴斯卻說這不能算數，因為他先喝的量是我的兩倍。我說他扯謊不打草稿，不管跟誰發誓都好，菲利普・文森札・巴斯——還是叫巴斯・菲利普・文森札？——整晚根本就滴酒不沾，他到底叫啥鬼名字？他說搞不清楚我叫費德里克・亨利克還是亨利克・費德里克？我說別管酒神不酒神了，直接來看誰的酒量厲害。少校幫我們把紅酒倒進馬克杯。酒灌了一半時，我不想再喝了，想到自己還有事。

「巴斯贏了，」我說：「他比我還厲害，我先告辭啦。」

「的確，」雷納迪說：「他有個約會，我清楚得很。」

「先走囉。」

「再找個晚上唄，」巴斯說：「再找個晚上，挑你狀況好的時候。」他拍了拍我的肩膀。桌上燭光熠熠，軍官們無不興高采烈。

「各位晚安啦。」我說。

雷納迪陪我一起走了出來。我們倆站在門外，他說：「你醉了的話就別上樓。」

「我沒醉，雷雷，真的沒醉。」

「最好先嚼點咖啡豆。」

「胡說八道。」

「我去弄一點來，小老弟，你先自己走兩步。」他回來時，手上拿著一把烤好的咖啡豆。

「拿去嚼吧，再會啦。」

「酒神再會。」我說。

「我陪你走過去。」

「我沒事啦。」

我們一同穿越鎮上，我邊走邊嚼著咖啡豆，一到英國別墅的車道口，雷納迪道了晚安。

「晚安，」我說：「你幹嘛不一起進來？」

他搖了搖頭。「不了，」他說：「我喜歡單純找樂子就好。」

「謝謝你的咖啡豆啊。」

「小事，你乖，小事。」

我沿著車道往裡頭走，兩旁柏樹的輪廓清晰。我回頭望了一眼，看到雷納迪站在原地注視我離開，便向他揮了揮手。

我坐在別墅的會客大廳裡，等待凱瑟琳．巴克莉下樓。走廊傳來腳步聲，我站了起來，但不是凱瑟琳，是佛格森小姐。

「你好呀，」她說：「凱瑟琳要我跟你說不好意思，她今天晚上沒辦法見你。」

「真是抱歉，希望她沒有生病。」

「她身體不太舒服。」

「麻煩轉達我的關心。」

「好的，沒問題。」

「依妳看，我明天再來找她好嗎？」

「我覺得可以。」

「謝謝妳喔，」我說：「晚安。」

我走出大門，心頭忽然湧現一陣孤獨與空虛。原本跟凱瑟琳見面一事，我不太放在心上，剛才還喝得有點醉，差點忘記要過來，但如今見不到她，我卻備感空虛寂寞。

第八章

隔天下午，我們聽說夜裡上游會發動攻擊，因此要開四輛救護車過去待命。沒人曉得其中細節，卻都說得頭頭是道，一副深諳戰略的模樣。我搭第一輛車，駛經英軍醫院入口時，我叫司機停車，後頭救護車也跟著停下。我下車後要後頭司機繼續往前開，若到往科蒙斯的叉路我們這輛還沒趕上，就先在路口稍候。我匆匆走上車道，進了會客大廳，說想找巴克莉小姐。

「她在值班喔。」

「可以跟她碰個面嗎？」

他們派了一名勤務兵前去詢問，隨後他與巴克莉小姐一同出現。

「我剛好路過，想問問妳身體有沒有好點，妳同事說妳在值班，我才問能不能見妳一面。」

「我很好啊，」她說：「昨天大概是熱昏頭了。」

「那我走囉。」

「我送你出去吧。」

「真的沒事？」我在外頭問。

「真的，貼心鬼，今天晚上要過來嗎？」

「不行耶，我要到普拉瓦上游看好戲。」

「好戲？」

「應該不是什麼大事。」

「你會回來嗎？」

「明天吧。」

她從脖子解下一樣東西，塞到我手裡。「這是聖安東尼[7]吊墜，」她說：「明天晚上再過來。」

「妳不是天主教徒吧？」

「不是，但是大家都說聖安東尼很有用。」

「我會替妳保管的，再見。」

「不行，」她說：「別說再見。」

「好吧。」

「聽話，小心點。你不行在這裡親我，不可以喔。」

「好吧。」

我回頭看見她站在台階上，她朝我揮了揮手，我吻了自己的手再送出飛吻，她再度揮手。我離開車道，回到救護車上，我們出發了。聖安東尼像裝在一只金屬小白盒內，我打開盒子，把它倒入手中。

7 聖安東尼（St. Anthony）：公元三至四世紀左右埃及的聖人，是基督徒苦修生活先驅。

「聖安東尼嗎？」司機問。

「對啊。」

「我也有一個。」他的右手離開方向盤，打開上衣一個鈕釦，從內衣底下掏出來。

「你看。」

我把聖安東尼裝回小盒子內，把細細的金鏈子捲在一塊，再放進胸前口袋。

「你不戴起來嗎？」

「不用。」

「還是戴起來好，這才保平安。」

「好吧。」我說。我解開金鏈的扣環，繞到脖子後方扣上，聖人像垂掛在制服外頭，我打開外套衣領、解開襯衫領釦，把它塞進襯衫底下。開車時，那只金屬盒緊貼著我的胸膛。後來我也忘了這件事，受傷後卻遍尋不著，可能被人在救護站撿走了。

我們車速很快，隨即過了橋，不久便看見前面救護車揚起的滾滾塵土。道路轉了個彎，前方三輛車看上去很小，灰塵被車輪捲起，飄散在樹林之間。我們追上他們後便直接超車，爬上一條山路。只要開在最前面，車隊共同移動倒也不賴。我安穩地向後靠著，欣賞著鄉間景色。我們在近河這側的小丘行駛，路愈爬愈高，可見北方山峰依然覆著積雪。我回頭瞧了瞧，三輛救護車都在爬坡，車與車之間塵土漫舞。我們經過長長的騾子隊伍，上頭滿載軍用品；騾夫戴著紅色軟氈帽，跟在騾子旁邊走著。這些都是步槍兵。

騾隊後頭空無一人，我們翻山越嶺，沿著一座長長的山肩向下進入河谷。兩旁樹木夾道，右側一棵棵樹木間看得到小河，淺淺的河水清澈湍急。河面頗低，堆積出一塊塊沙地和鵝卵石，河道更顯狹窄，偶爾河水漫過礫石河床，形成一層光澤。接近河岸時，我看到好幾個深不見底的水池，池水湛藍如天。河上有拱形石橋，道路也在此轉進許多小徑。我們經過幾間石頭農舍，數棵梨樹的枝枒像燭架般貼著南邊牆上，低矮的石牆豎立在田野中。我們沿著道路在山谷轉了好一陣子，接著拐彎又開始往山上開，路途陡峭，又在栗樹林來回穿梭，最後才變得平坦，沿著山脊而行。我低頭向下望，目光穿越樹林，看見遠處那條隔開敵我雙方的河流，陽光普照。我們沿著山脊上凹凸不平的新軍路走著，我望向北邊那兩座山脈，黑綠色一片延伸至雪線，陽光照耀下潔白壯麗。接著，路沿著山脊爬升，我看到第三座山脈，即更為高聳的雪山群，貌似顏色粉白、溝壑縱橫，有著奇異的平面，而層層山巒後還有其他高山，但實在教人難辨真假。這些山脈都是奧地利的領土，我們倒缺乏類似的高山。前方的道路向右轉彎，我往下望，透過林間縫隙，只見路陡然向下。這條路上有軍隊、卡車和載著山砲的騾子。我們貼著路肩往下開，我看得到遙遠低處的河流，沿河設置的枕木和鐵軌，橫跨至對岸的舊鐵路橋，以及對岸山腳下即將被攻占的破敗小鎮。

我們下山開上河濱大路時，天色已逐漸暗了。

第九章

道路壅塞，兩邊都用玉米稈和草蓆當作偽裝，頭頂同樣鋪著草蓆，活像馬戲團或原住民部落的入口。我們在鋪滿草蓆的隧道緩緩開著車，出隧道後是被清得光禿禿的空地，這裡原本是座火車站。此處路面比河岸還低，下陷路面兩邊的河岸挖了許多洞，裡頭都埋伏著步兵。夕陽漸漸西下，我們驅車前進，我抬頭望向河岸，看見對岸山丘上空飄著奧地利的偵察氣球，背對著落日完全漆黑。我們把車停在造磚場外頭，那些磚窰與部分洞窟已改成包紮救護站，那裡有三位我認識的醫官。我跟其中的少校聊了一下，得知萬一發動攻擊，救護車載滿傷患，我們就要沿著那條草蓆掩蓋的道路回去，開到山脊幹道上的醫療後送站，由其他車來接走傷患。少校希望屆時道路暢通，畢竟沒別條路可走了，而以草蓆偽裝才不會被對岸奧軍看得清清楚楚。造磚場在河岸遮蔽下，可躲避步槍與機關槍的射擊。河上有一座遭炸毀的橋。砲擊剛開始時，他們打算蓋另一座橋，部分士兵要在河流上游淺水處渡河。少校的個子矮小，蓄著上翹的八字鬍。他打過利比亞戰爭，佩戴著兩條戰傷勳章。他說若一切順利，就會確保我也授勳。我說自己也希望順利，還說他人未免太好了。我問他附近是否有大型地下掩體可供救護車司機休息，他便派了名小兵帶路。我跟隨小兵找到了掩體，裡頭有模有樣，司機們看了滿意，我才先行離開。少校找我跟他與兩名軍官喝一杯。我們喝了蘭姆酒，氣氛愉快。外頭天色漸暗，我問攻擊何時展開，他們說天黑後就會發動。我回到掩體找其他司機，他們當時正坐著聊天，看我進來才安靜下來。我遞他們每人一包馬其頓香菸，但菸捲鬆散到菸絲跑了出來，得把兩頭給擰緊才能抽。馬內拉點了打火機，輪流傳了一圈；打火機形狀活像飛雅特的水箱。我把聽到的消息轉述了一遍。

「為什麼我們剛才下來沒看到醫療站啊？」帕西尼問。

「就在我們轉彎的地方再過去一點。」

「那條路到時鐵定會很慘烈。」馬內拉說。

「他們肯定會把我們炸個半死。」

「大概吧。」

「啥時放飯呀，中尉？開打後就沒機會吃東西囉。」

「我現在去了解一下情況。」我說

「你要我們待在這裡，還是四處看看呀？」

「最好待在原地。」

我回到少校的地下掩體。他說晚點會有野戰廚房，司機可以來領一份燉菜，假如沒餐盒也可借用，我說他們應該有自己的餐盒。我走回去跟司機說，餐點一到就會告訴他們。馬內拉說，希望吃飯時轟炸還沒開始。他們等我離開才打開話匣子。這群司機都是機械士，痛恨戰爭。

我出去看看車輛，觀察四周情況，隨後回到掩體內，坐在四名司機旁邊。我們背貼著土牆，抽著菸，外頭天色幾近全暗。掩體內的土壤溫暖乾燥，我雙肩靠著牆、尾椎處頂著地面，小憩一下。

「誰負責攻擊？」葛夫齊問。

「步槍兵。」

「全體嗎？」

「應該是。」

「這裡的兵力根本沒辦法發動真正的攻擊。」

「說不定是聲東擊西，其實攻擊別的地方。」

「大家曉得是誰負責攻擊嗎？」

「應該不知道。」

「當然不知道，」馬內拉說：「要是知道就不會攻擊了。」

「當然會，」帕西尼說：「步槍兵是一群蠢蛋。」

「他們很勇敢也有紀律啊。」我說。

「他們只有胸肌大、四肢發達，但是頭腦簡單啦。」

「擲彈兵就長得很高。」馬內拉說，這個玩笑大夥聽了笑成一團。

「那次他們抗命不肯攻擊，每十個人抽出一個槍決。中尉你也在場嗎？」

「不在。」

「這件事是真的。他們要抗命的士兵排排站，每十個挑一個槍決，由憲兵來行刑。」

「憲兵，」帕西尼說完朝地面吐了口水，「但是那些擲彈兵個個身高超過一百八十公分，就是不願意攻擊。」

「要是沒有人願意攻擊，戰爭就結束了。」馬內拉說。

「擲彈兵不是不願意，是害怕啦。軍官都有顯赫的家世背景。」

「有些軍官獨自上戰場。」

「有個士官射殺了兩名不想打仗的軍官。」

「有些士兵也上陣了。」

「這些到前線的就不用擔心被槍決。」

「憲兵槍決的一個士兵是我的老鄉，」帕西尼說：「他在擲彈兵裡算是有腦袋的大個子，老是待在羅馬，身旁少不了妹子，也常常跟憲兵鬼混。」他笑了出來。「現在呢，軍方派了個配備刺刀的衛哨守在他家門外，誰都不准來探望他父母和姐妹，父親喪失公民權，連票都不能投。全家人沒有法律保護，誰都可以奪走他們的財產。」

「要是家人不必遭受這種懲罰，肯定就沒有人想上戰場了。」

「還是會有人啦，像是高山特種兵、義大利士兵，還有一些步槍兵。」

「步槍兵也有臨陣脫逃的啊，現在大家都假裝沒發生過。」

「報告中尉，你最好不要任憑我們說下去，軍隊萬歲啦！」帕西尼酸溜溜地說。

「我懂，你們說話就這副德性，」我說：「但是只要你們好好開車、一切按規矩來——」

「——還有別給其他長官聽到就好。」馬內拉接著把話說完。

「我們一定會把這場仗打完的，」我說：「假如只有一方停戰也結束不了，要是我們不打只會更慘吧。」

「不可能更慘了，」帕西尼必恭必敬地說：「戰爭本身就夠慘了。」

「戰敗更慘啊。」

「我不這麼認為，」帕西尼依然語帶恭敬，「戰敗代表什麼？回老家罷了。」

「敵人會追殺你，霸占你的家園，擄走你的姊姊或妹妹。」

「我不覺得，」帕西尼說：「他們不可能對所有人都這樣，大家各自捍衛家園，叫姊妹們待在屋內就好。」

「他們會吊死你，或是把你捉回去當兵，而且不是回去開救護車，是去當大頭兵。」

「哪可能吊死每個人。」

「外國人不可能逼你當兵啦，」馬內拉說：「隨便打一場仗，人就全跑光了。」

「捷克軍隊就是這樣。」

「看來你們不懂被統治的痛苦，才會覺得不是什麼壞事。」

「報告中尉，」帕西尼說：「我們明白你隨我們說想說的，那就麻煩聽好了，沒有什麼比打仗還慘的了。連我們這些開救護車的司機，也沒辦法體會戰爭有多慘。一旦大家發覺戰爭多可怕也束手無策，因為那時候也都瘋了。有人是永遠都弄不明白，還有人只怕上級長官，戰爭就是這種人造成的。」

「我也曉得戰爭很慘，可是我們必須打完才行。」

「打不完的，戰爭根本沒有終點。」

「當然有。」

帕西尼搖了搖頭。

「打勝仗也贏不了戰爭，我們就算拿下聖加百列又怎樣？拿下卡索、蒙法爾科內和德里雅斯特港又怎樣？然後呢？今天有沒有看到遠山那些高山？你覺得我們可以全部攻下嗎？奧軍不打才有辦法，有一方必須先停，為什麼不是我們咧？就算他們攻進義大利，到時累了膩了就會離開，回到自己的國家。但是沒有人要先妥協，戰爭才會開打。」

「你還真滔滔不絕。」

「我們懂得思考，也懂得讀書。我們又不是種田的，是機械士欸。但是就連種田的都知道不能相信戰爭，任誰都恨死這場戰爭了。」

「國家的統治階級就是蠢，根本什麼都不懂，也絕對不會懂，所以才會爆發戰爭。」

「他們還大發戰爭財咧。」

「大部分都發不了財啦，」帕西尼說：「他們笨得可以，到頭來一場空，就只有愚蠢可言。」

「我們別再說啦，」馬內拉說：「中尉人再好，也聽太多我們的苦水了。」

「他愛聽的咧，」帕西尼說：「我們幫他換個腦袋。」

「不過現在先閉嘴。」馬內拉說。

「中尉，我們要吃飯了嗎？」葛夫齊問。

「我去看看。」我說。哥迪尼站起身，陪我走到外頭。

「中尉，我需要做什麼嗎？有什麼我可以幫忙的？」四名司機裡就他的話最少。「要的話就一起過去吧，我們去看看。」我說。

外頭天已全黑，探照燈長長的光柱劃過群山。那邊戰場上有許多大型探照燈安裝在軍用卡車上，有時夜晚路上會經過，距離前線後方極近。軍卡停靠位置離道路稍遠，一名軍官指揮著探照燈方向，士兵們滿臉恐懼。我們穿越造磚場後，在主要救護站停了下來。入口上方有綠色枝葉搭成的小遮蓬，晚風把被曬乾的樹葉吹得沙沙作響。救護站裡頭有一盞燈，少校正坐在箱子上講電話，一名上尉醫官說攻擊提前了一小時，接著遞給我一杯干邑白蘭地。我瞧著那幾張板桌，只見器具、盆子與蓋好的瓶罐在燈光下閃閃發光，哥迪尼站在我身後。少校講完電話便站了起來。

「現在開打了。」他說：「又回到原訂時間表。」

我望向外頭，一片漆黑，奧軍探照燈在我們後方山區移動，周圍原本安靜無聲，不一會後面的槍砲齊發，轟炸正式開始。

「是薩沃亞[8]的部隊。」少校說。

「少校，晚餐的部分……」我說，但他沒聽見，我又問了一遍。

「還沒送來。」

一枚大型砲彈飛來，就在外頭的造磚場爆炸，接著又傳來一聲爆炸，同時還有磚頭混雜泥巴宛如雨水落到地面的細碎聲響。

「有什麼吃的嗎？」

「還剩點沒調味的乾義大利麵。」少校說。

「有什麼我就拿什麼吧。」

少校跟一名勤務兵囑咐兩句，該員走到後頭消失了半晌，回來時手中拿著一盆煮好的冷義大利麵。我把盆子遞給哥迪尼。

「有沒有起司？」

少校一臉為難地吩咐勤務兵，於是他又鑽到後頭洞穴，拿來四分之一塊白色起司。

「太感謝了。」我說。

「你們最好不要出去。」

外頭入口傳來擺放東西的聲響，一個人朝掩體內探頭。

「帶他進來吧，」少校說：「杵在那裡幹嘛？難道要我們出去抬他嗎？」

兩名擔架兵分別著抬著傷患的腋窩和雙腿，把他帶進掩體。

「割開制服。」少校說。

他手握一把鑷子，夾著一塊紗布，兩名上尉醫官隨即脫掉外套。「出去吧。」少校朝兩名擔架兵說。

「走吧。」我對哥迪尼說。

「你們最好等轟炸結束再出去。」少校轉頭對我說。

---

8 薩沃亞（Savoia）：位於法國東南部的區域，原屬撒丁尼亞王國，十九世紀被割讓給法國。

「司機都餓了。」我說。

「隨你便。」

我們一出來就狂奔穿越磚場。一枚砲彈在河岸附近爆炸，接著又有一枚砲彈落下，但當下我們沒聽見，忽然一陣衝擊波襲來才曉得。我們倆立即趴在地上，伴隨爆炸的是閃光、撞擊與火藥味，同時傳來彈片咻咻聲、磚頭掉落的碰撞聲。哥迪尼爬起來衝向地下掩體，我緊跟在後，手握那塊起司，原本光滑的表面已蒙上磚灰。掩體裡頭，三名司機倚牆坐著抽菸。

「來了，各位愛國同胞。」我說。

「車子有怎樣嗎？」馬內拉問。

「沒事。」

「嚇到你了吧，中尉？」

「他媽的嚇死人了。」我說。

我掏出小刀，打開後擦擦刀身，再把起司髒掉的表層刮掉。葛夫齊遞給我那盆通心義大利麵。

「中尉你先吃吧。」

「不用，」我說：「擺在地上，大家一塊吃吧。」

「沒有叉子耶。」

「管他去死啦。」我用英語說。

我把起司切成小片，鋪在義大利麵上。

「坐下來吃吧。」我說。他們紛紛坐下等著。我伸手抓麵、向上一拉，一塊麵團鬆開了。

「拉高一點，中尉。」

我把麵條拉得跟手臂一樣長才沒纏，放進嘴巴，邊吸邊咬斷麵條才開始咀嚼，接著吃了口起司，配一口葡萄酒，味道活像生鏽的金屬。我把餐盒還給帕西尼。

「臭掉了吧，」他說：「放在裡頭太久了，我一直都擺在車上。」

他們全都吃了起來，下巴貼著鐵盆邊緣，腦袋往後仰吸進麵條。我又吃一口麵、咬了點起司、喝了口酒。某個物體落在外頭，地面都在震動。

「不是四二〇迫擊砲，就是榴彈機槍。」葛夫齊說。

「山裡沒有四二〇吧。」我說。

「他們有斯柯達大砲，我看過它轟出來的坑。」

「口徑三〇五毫米。」

我們繼續吃著晚餐。外頭傳來宛如火車發動的咳聲，接著又是一陣爆炸，再度撼動地面。

「這個掩體不夠深欽。」帕西尼說。

「這次是大型戰壕迫擊砲在轟炸。」

「中尉說得沒錯。」

我吃完自己那塊起司，又吞了一大口酒。我在周圍聲響中聽到一聲咳嗽，然後傳來的聲音——接著是一道閃光，宛如熔爐鐵門猛然旋開，隨即傳來隆隆低吼，閃光先白後紅，強風持續灌了進來。我努力想呼吸卻吸不到氣，感覺自己衝出了身體，不斷向外、向外、向外，隨風飄散。我迅速地向外飛，完全脫離了軀殼。我曉得自己死了，也才了解以前的想法大錯特錯，還以為人死了就死了。然後我浮在空中，但沒有繼續往前飄，而是整個人滑了回去。我恢復呼吸，也回到身體了。地面已被炸開，我的腦袋正前方有根斷裂的木梁。此時頭部猛然震了一下，我聽到有人在哀嚎，感覺有人哭喊。我設法移動身體，卻動彈不得。河的對岸與沿岸各處充斥著機關槍和步槍的射擊聲。一陣巨大的水花飛濺聲傳來，我看見照明彈升空爆炸，白晃晃的光芒四散，數枚火箭彈也射入天際，同時聽到炸彈的聲音，一切都發生在一瞬間。接著，我聽到旁邊有人說：「我的媽呀！噢，我的媽呀！」我死命地拉扯扭動，好不容易鬆開雙腿，轉身碰觸對方，原來是帕西尼。我一碰他，他就哀嚎起來。他兩條腿朝著我，忽明忽暗之中，我看到他膝蓋以上全被炸爛，一條腿沒了，另一條僅剩肌腱和殘破的褲子，斷肢還兀自抽搐，彷彿不再與身體相連。他咬著自己的手臂，痛苦呻吟著：「噢我的媽呀，我的媽呀！」然後喊著：「天主保佑啊！瑪利亞！天主保佑啊！瑪利亞！噢耶穌開槍殺了我吧！耶穌基督，開槍吧！我的媽呀，媽呀！噢，聖潔的瑪利亞，殺了我吧！拜託不要折磨我了，拜託不要、不要！噢耶穌，聖潔的瑪利亞，不要折磨我，噢痛痛痛！」又語帶哽咽：「我的媽呀，媽呀！」隨即安靜下來，緊咬著手臂，斷肢仍抖動著。

「來抬傷患！」我把雙手拱在嘴邊大喊：「來抬傷患！」我設法靠近帕西尼，想幫他雙腿綁上止血帶，但我實在動不了。我拚命再試一次，雙腿總算稍稍移動，可以用手臂和手肘向後退。帕西尼現在沒了聲音，我坐在他旁邊、脫掉上衣，用力撕起襯衫下擺，卻怎麼都撕不開，只好改用嘴巴咬摺邊來撕。然後我想到他的綁腿布，我穿的是羊毛長筒襪，帕西尼和其他司機都使用綁腿，但帕西尼只剩一條腿了。我解開綁腿布，當下卻發覺沒必要做止血帶了，因為他已死了。我很肯定他斷氣了。還有三名司機下落不明。我坐直了身子，此時腦袋有東西晃動，宛如洋娃娃眼睛上附著的金屬，擊中我的眼球後方。我的雙腿又熱又溼，鞋子裡也又溼又熱。我知道自己中彈了，便彎身把手擺在膝蓋，膝蓋卻不在原位，我把手往下伸，發覺膝蓋壓在脛骨上。我在襯衫上擦了擦手，另一枚照明彈的亮光緩緩落下，我看著自己那條腿，萬分恐懼。噢天啊，救我出去吧，我說著。然而，我明白還要找到另外三個人，總共有四名司機，帕西尼死了，剩下三個人。此時，有人抓住我的腋窩，還有人抬起我的雙腿。

「還有三個人，」我說：「另一個死了。」

「我是馬內拉。我們出去找擔架但沒找到，中尉你還好嗎？」

「哥迪尼和葛夫齊呢？」

「哥迪尼在救護站包紮，葛夫齊抬著你的腿。抱緊我的脖子，中尉。你傷得很重嗎？」

「腿傷，哥迪尼還好嗎？」

「他還好。剛才真是大型戰壕迫擊砲。」

「帕西尼死了。」

「嗯，他死了。」

此時一枚砲彈落下，離我們很近。他們倆立即撲倒在地，把我摔了下來。「抱歉中尉。」

馬內拉說：「抱住我的脖子。」

「我可不想再摔一次了。」

「剛才是因為我們被嚇到啦。」

「你們都沒受傷嗎？」

「都只有輕傷。」

「哥迪尼還能駕駛嗎？」

「應該沒辦法。」

抵達救護站前，我又被摔了一次。

「兩個小王八蛋！」我說。

「抱歉抱歉，中尉，」馬內拉說：「下次不敢了。」

黑夜中，我們這些傷患全都躺在救護站外頭的地上。一個個傷患被抬進抬出，透過拉開的簾子，我看見救護站裡的燈光。罹難者全都排在同一側。醫官袖子捲到肩上，全身紅得活像屠夫。現場擔架不夠。傷患哀嚎不斷，但多半默不作聲。救護站門口上方樹叢的葉子隨風飛舞，夜晚寒意漸濃。擔架兵一直抬人進來，放好擔架、抬下傷患又匆匆離開。我剛到救護站，馬內拉就帶了一名中士醫官出來，把我雙腿都纏上繃帶。他說，因為太多汙泥飛進傷口，所以出血不算太嚴重，他們會盡快把我後送，語畢就回到裡頭。馬內拉說，哥迪尼無法開車了，不但肩膀中流彈，頭部也受創，原本感覺無大礙，但如今肩膀整個僵硬，便坐在一堵磚牆旁休息。馬內拉與葛夫齊兩人還可以駕駛，分別開車載了一群傷患離開。英軍先前則備妥三輛救護車，每輛車上有兩名士兵，一名司機朝我走來，哥迪尼跟在旁邊，模樣極為蒼白又病懨懨。英國司機彎下身子。

「你的傷還好嗎？」他問，人長得頗高，戴著鋼框眼鏡。

「是腿傷。」

「希望不會太嚴重，要抽菸嗎？」

「謝謝。」

「聽說你們少了兩個司機。」

「嗯，一個死了，另一個是帶你過來的這位。」

「太倒霉了。要不要換我們來開？」

「正有此意。」

「我們會小心駕駛的，幫你們開回別墅。地址是二〇六號嗎？」

「是。」

「那個地方很不賴喔。我印象中見過你，聽說你是美國人。」

「對呀。」

「我是英國人。」

「真假！」

「是啊，英國人，你以為我是義大利人嗎？我們隊上也裡有些義大利人。」

「如果你們願意幫忙開車，那就太好了。」我說。

「我們一定會小心駕駛的，」他直起身子，「這傢伙急著要我來關心你的傷勢。」他拍了拍哥迪尼的肩膀，哥迪尼尷尬地擠了個笑容。英國人忽然講起一口流利的義大利：「現在一切都搞定了，我看過了你的長官，兩輛救護車交給我們開，你可以放心了。」他停頓半晌說：「我一定會想辦法帶你離開這裡，我去找一下醫療人員，之後會帶你一起走。」

他朝救護站走去，小心翼翼地繞過傷患。我看見簾子打開，透出燈光，他走了進去。

「他會好好照顧你的，中尉。」哥迪尼說。

「還好嗎？法蘭科？」

「我沒事。」他在我旁邊坐下。沒多久救護站的簾子又開了，兩名擔架兵走了出來，後面跟著那名高大的英國醫官。他帶著擔架兵朝我走來。

「就是這位美國中尉。」他用義大利語說。

「我還是等等吧，」我說：「還有人傷得更嚴重，我不要緊。」

「好了，好了，」他說：「別逞英雄了。」然後換成義大利語說：「把他抬起來，千萬注意那兩條腿，現在痛得不得了，人家可是威爾遜總統的公子咧。」他們把我抬進了救護站，裡頭手術檯上全都有傷患在動手術。那名矮少校怒瞪著我們，認出了我，邊揮鑷子邊說：

「還好嗎？」

「還好。」

「我帶他來囉，」那名英國高個子用義大利語說：「這位是美國大使的獨生子，他先待在這裡，你們忙完就來治療他，我再把他跟其他傷患一起帶走。」他彎下腰對我說：「我會請他們副官來處理你的病歷，這樣手續才快。」他彎下腰，走出門口。少校正取下鑷子，扔進盆中。我的目光跟著他的雙手，他正在包紮傷口，然後擔架兵把男子抬下手術檯。

「我來治療美國中尉吧。」其中一位上尉醫官說。他們把我抬到手術檯上，台面又硬又滑，許多濃烈氣味撲鼻而來，混雜化學藥物與血液的膩味。他們脫下我的長褲，醫官一邊處理傷口，一邊口述予身旁事務官：「左右大腿、左右膝蓋和右腳多處皮肉傷，右膝和右腳傷口較深，頭皮多處撕裂傷（他邊檢查邊問我：這樣痛嗎？我說：啊靠，好痛！）顱部疑似有骨折，寫上因公受傷，別人才不會以為你自戕而受到軍法審判。」他又說：「想喝口白蘭地嗎？你是怎麼受傷的啊？那時候在幹嘛？自殺嗎？打一針破傷風，兩條腿上都畫上十字記號，感謝。我先把傷口稍微清洗乾淨，再上敷料。你傷口出血凝固得很漂亮。」

事務官寫到一半抬頭問：「受傷原因是？」

上尉醫官說：「你被什麼打中了？」

我閉著眼睛說：「戰壕迫擊砲彈。」

醫官一邊處理我的傷口（痛到想死）、切割肌肉組織，一邊問我：「你確定？」

我努力躺著避免亂動，每次挨刀，胃部都一陣翻攪。我回答：「應該吧。」

醫官發現某個東西，饒有興致地說：「找到敵人迫擊砲彈碎片囉，要的話我可以再找找，不過實在沒必要啦。我會把傷口全都消毒，痛嗎？痛就好，這還不算什麼，之後你才會知道什麼叫痛，現在還沒開始咧。給他喝一杯白蘭地吧，中彈的衝擊減輕了痛感，但是沒關係，只要沒有進一步感染，你就不必擔心，而且目前看來不太會感染了。你的頭感覺怎樣？」

「哇靠！」我說。

「最好不要喝太多白蘭地，怕頭部骨折弄到發炎。喝了感覺怎麼樣？」

我渾身冒汗。

「天哪！」我說。

「看樣子你真的有骨折。那我幫你包紮一下，之後小心不要搖頭晃腦啊。」他把我的頭部纏起繃帶，雙手動得飛快，三兩下繃帶就綁牢了。「好囉，那就祝你好運啦。法國萬歲。」

「他是美國人。」另一名上尉說。

「我以為你說他是法國人，他會說法語啊，」醫官說：「我先前就知道他了，一直以為他是法國人咧。」他喝了半杯干邑白蘭地，又說：「抬個重傷的人過來，準備多一點破傷風疫苗喔。」醫官向我揮了揮手。他們把我抬下手術檯，出救護站時簾毯拂過我的臉。到了外頭，事務官半跪在我身旁，輕聲地問起我的姓名、軍階、出生地、隸屬軍團等等問題，然後說：「頭部受傷想必很不舒服，上尉，希望你儘快康復，現在就帶你去坐英國救護車。」

「我還好，」我說：「太謝謝你了。」醫官剛才所說的劇痛開始出現，當下發生的一切讓人難以關注，也無關緊要了。沒多久，英軍救護車來了，他們把我放到擔架上，抬到救護車高度，再把我推進車內。旁邊還有一張擔架，上面躺著一名男子，他鼻子從從繃帶露出來，光澤活像蠟一樣。他費勁地喘著氣。我正上方的吊索也有擔架被推起來。高個子英國司機轉過身來，朝車內看了看說：「我會穩穩地開，希望你們坐得舒服。」我感受到引擎發動了，司機爬上了駕駛座，也感覺到他拉開剎車、踩上離合器，我們上路了。我躺著不動，任憑疼痛來襲。

救護車緩慢地沿路往上爬，偶爾停下、偶爾倒車轉彎，好不容易才加速。我感覺上頭有東西在滴，起初緩慢又規律，然後像水柱般啪嗒啪嗒流下。我朝著司機大喊，他停下車，從座位後方小洞往車內看。

「怎麼啦？」

「我正上方擔架上那個人在流血。」

「我們離山頂不遠了。我沒辦法一個人把擔架抬出來。」他發動車子繼續上路。血仍舊汩汩往下滴。在黑暗中，我看不清楚上頭帆布何處在滴血。我努力把身體挪向側邊，免得血滴到身上，但部分已流進襯衫，又暖又黏。我整個人發冷，腿也疼得很難受。過了一會，上頭擔架流下的血水減少，再度變得滴滴答答。我聽到上方帆布有動靜，擔架上男子似乎找到舒服的位置。

「他還好嗎？」英國人朝後頭喊：「我們快到了。」

「我覺得他死了。」我說。

血水愈滴愈慢，宛如夕陽西下後冰柱的水滴。黑夜中，山路不斷爬升，車內寒意逼人。抵達山頂醫療站後，人員把上頭擔架抬出來，放進另一張擔架。我們再度上路。

第十章

在野戰醫院的病房中，我得知下午有名訪客來探視。當天無比炎熱，病房內有許多蒼蠅飛舞。我的勤務兵把紙張剪成條狀，綁在一根棍子上，做成一把拂塵，用來驅趕蒼蠅。我看著蒼蠅在天花板上歇著。他一旦停止揮舞、打起瞌睡，蒼蠅就飛下來了。我設法張嘴吹走牠們，最後乾脆雙手摀著臉，也沉沉睡去。天氣太熱，我醒來時雙腿發癢，便叫醒勤務兵，他便把礦泉水倒在繃帶上，把整張床弄得又溼又涼。我們這些醒著的人在病房中聊了起來，度過安靜的午後時光。隔天早上，三位男護理師與一位醫生輪流到每張病床前，把傷患逐一從床上抬到包紮室換敷料，這樣才能趁空檔把病床給鋪好。被抬到包紮室的過程實在難受，後來我才知道床躺著人照樣可以鋪。我的勤務兵已倒好了水，床又涼又舒服，我正要他幫我抓抓癢得難受的腳底板，醫生就雷納迪進來病房。他飛快地走到病床邊，彎下身子親了我一下。我看到他戴著手套。

「還好嗎，小老弟？感覺怎麼樣？我帶來了這個唷——」他手中是瓶干邑白蘭地。勤務兵搬來一把椅子，他便坐了下來，「還有一個好消息。你要拿勳章囉，上頭想幫你申請銀勳章，不過大概只拿得到銅的。」

「要幹嘛？」

「因為你傷得很重啊，他們說假如你能證明做過英勇的事情，就能拿到銀勳章，不然只能拿銅的。快把事情經過一五一十告訴我。你有沒有什麼英勇的行為呀？」

「沒有，」我說：「大家吃起司的時候，我就被炸飛了。」

「別鬧啦。爆炸之前或之後，你一定有做什麼英勇的事情，仔細想想看嘛。」

「沒有。」

「你沒有背人嗎？」哥迪尼說你背了幾個人，但救護站的少校醫官說不可能。受勳申請書要他簽名才算數。」

「我沒有背人，當時連動都動不了。」

「不重要啦。」雷納迪說。

他脫下手套。

「我們應該可以幫你要到銀勳章。你不是堅持要讓其他人先接受治療嗎？」

「也沒有很堅持啦。」

「沒關係啦，看看你傷成這副德性，還有老是自告奮勇上前線，況且作戰很成功。」

「他們順利過河了嗎？」

「超級順利，還抓了將近一千個戰俘，你還沒看到報紙嗎？」

「還沒。」

「我等等拿給你看，這次奇襲太成功了。」

「一切都還好？」

「好得不得了，大家都開心得不得了。每個人都以你為榮，快告訴我事情發生的經過。我肯定你會拿到銀勳章啦。說嘛，快告訴我事情怎麼發生的。」他頓了一下，邊想邊說：「說不定你還會得到一枚英國勳章。那裡有個英國人，我等等就去問問他願不願意推薦你。他應該可以想想辦法。你很不舒服嗎？喝杯酒吧。勤務兵，去把開瓶器拿來。喔對了，你真的應該看看我怎麼切除三公尺的小腸，技術愈來愈好啦，簡直就可以刊登在《刺胳針》期刊上。你到時幫我翻譯一下，我再投稿給《刺胳針》。我每天都在進步唷。真是辛苦你了，感覺還好嗎？他媽的開瓶器怎麼拿這麼久？你好勇敢喔，又不吭聲，我都忘了你現在難受。」他用手套拍了拍床邊。

「報告中尉，開瓶器來了。」勤務兵說。

「打開瓶子、拿杯子來，喝一口吧，小老弟。你可憐的腦袋還好嗎？我剛才看了你的病歷，沒有骨折。第一救護站少校醫官根本是殺豬的野蠻人。我來的話絕對不會傷到你，畢竟我可是沒傷過任何人。其中技巧我學會囉，每天都愈來愈順手、愈來愈好。可別怪我這麼聒躁啊，小老弟。看到你傷這麼重，我很心疼欸。喝一杯酒吧，味道很好，要價十五里拉，應該不錯的。五顆星。我等等離開後，就去找那個英國人，他一定會給你頒一枚英國勳章。」

「他們才不會隨便亂給。」

「別謙虛了啦。我會派聯絡官過去，他有辦法應付英國人。」

「你最近有沒有看到巴克莉小姐？」

「我去帶她過來，現在就去帶她來見你。」

「別急著走，」我說：「說說哥里加的情況吧。最近妹子都好嗎？」

「哪來的妹子。足足兩個禮拜沒換人了，我現在都不過去了。真是有夠丟臉，她們才不是妹子，算是戰場上的同梯啦。」

「你完全沒去嗎？」

「只會去看看有沒有什麼新鮮事，順路經過一下。她們每個人都問起你。現在她們住在那裡久到已經成了姊妹淘，實在丟臉。」

「也許妹子不願意上前線吧。」

「當然願意啊。其實妹子不缺啦，只是行政流程太囉嗦，留下來的妹子都是為了取悅後頭躲在掩體裡的人。」

「可憐的雷納迪，」我說：「孤伶伶地上戰場，又沒有新來的妹子。」

雷納迪又給自己倒了一杯白蘭地。

「喝一點不會怎樣啦，小老弟，就喝唄。」

我喝了口白蘭地，一股暖流往下直衝。雷納迪又倒了一杯，他現在安靜下來，舉起杯子說：「敬你英勇負傷，還有拿到銀勳章，乾杯！對了，小老弟，天氣這麼熱，你整天躺在床上，下面難道不會很硬嗎？」

「有時候會。」

「很難想像一直躺著欸，要是我肯定發瘋。」

「你本來就很瘋了。」

「唉你趕快回來啦。沒有人一起晚上鬼混回家，沒有人可以開玩笑，沒有人可以借錢，沒有了換帖兄弟和室友。你好好的幹嘛受傷咧？」

「你可以去開神父玩笑。」

「神父喔，不是我開他玩笑，是上尉。我倒滿喜歡那個神父，假如非得要有個神父，找他準沒錯。他也打算來探望你，忙著張羅東西咧。」

「我也滿喜歡他的。」

「我就知道。有時候，我總覺得你和他倆人有點那個，你懂我的意思吧。」

「你少來。」

「真的啊，有時候隱約有那種感覺，有點像安科納旅第一軍團的那個傢伙。」

「哼，去死啦你。」

他站起來，戴上手套。

「欸我就愛鬧你，小老弟。就算你有了神父和英國妹子，骨子裡其實跟我一樣嘛。」

「一樣才怪。」

「我們就是一樣。你骨子裡就是義大利人，心裡除了風花雪月，其餘什麼都沒有，你只是假裝自己是美國人。我們根本是兄弟，愛死對方了。」

「我不在的時候，你給我乖一點。」我說。

「我會叫巴克莉小姐來。你和她在一起比較好，我不要打擾你們小倆口，這樣你比較純真，也比較貼心。」

「胡說八道，去死啦你。」

「我會叫她過來的，她可是你心中美麗的女神，英國女神嘛。天哪，男人遇上這樣的女人，都只能拜倒在她的腳下吧？這大概就是英國女人最大的用處了吧？」

「你還真是狗嘴吐不出象牙，無知的臭義佬。」

「啥？」

「無知的義大利鬼子。」

「鬼子。你才是死魚臉的……鬼子。」

「你不但無知，還笨到有剩。」眼見這話戳到了他，我便繼續說下去，「沒見過世面，嫩到不行，因為太嫩才會這麼笨。」

「是嗎？我來告訴你什麼是好女人吧，你眼中的女神。搞上乖巧的妹子和搞上普通的女人，其中只有一個差別：妹子會痛。這點我十分肯定。」他用手套拍了拍床。「你永遠不曉得妹子是不是真的喜歡。」

「別動怒啊。」

「我才沒生氣。我告訴你，小老弟，是為了你好，省得你之後麻煩。」

「所以只有這個差別嗎？」

「是啊。但成千上萬的呆瓜都不曉得，你也是呆瓜。」

「你真貼心啊，還告訴我。」

「我們不會吵架啦，小老弟，我這麼愛你，但是可別犯蠢啊。」

「不會，我會跟你一樣有智慧。」

「好啦，別生氣，小老弟，笑一個，再喝點。我真的得走了。」

「你真是個好兄弟。」

「你總算明白了唄。其實我們是同一種人，我們也是戰友，快給我吻別一下。」

「你還真肉麻。」

「哪裡，我只是感情豐富嘛。」

我感覺到他的氣息逼近。「保重啦，我過不久就會再來看你。」此刻他的氣息已遠離。「你不要我就不親啦。我會叫你的英國妹子過來，再見囉小老弟，白蘭地擺在床鋪下，希望你早日康復呀。」

他離開了病房。

第十一章

日暮時分，神父來了。醫護人員先前已送過晚餐，也已收走了碗盤，我躺在床上，看著一排排的病床，隨後眺望窗外，樹梢在傍晚徐風中微微搖晃。微風吹拂進窗，此時較有涼意。那些蒼蠅都停在天花板上，以及懸掛於鐵絲的電燈泡上。晚上只有患者被送進病房或有事得處理時，電燈才會打開。黃昏後，一片黑漆漆，不禁讓我覺得自己回到小時候，彷彿早早吃完晚餐，就被哄著上床睡覺。勤務兵來到床邊，停下腳步，身旁有另一個人，正是神父；他站在那裡個頭很小，有著棕色的臉龐，神情顯得不好意思。

「還好嗎？」他問，把幾個包裹擺在床邊地板上。

「還行，神父。」

他坐在原本替雷納迪搬來的椅子上，尷尬地望著窗外。我發覺他看起來很累。

「我只能待一會，」他說：「天色也晚了。」

「不算晚啦。飯廳的弟兄還好嗎？」

他露出微笑。「我還是大家的笑柄，」他的聲音聽起來也疲乏，「感謝主，他們都很平安。」

「你沒事就好，」他說：「希望你不會覺得太難受。」他這般疲倦的樣子，我看了實在不太習慣。

「現在沒事了。」

「真想念你一起吃飯的日子呀。」

「我也希望自己能回去，我很喜歡跟你聊天。」

「我帶了點小東西給你。」他邊說邊拿起地上那幾個包裹。

「這是蚊帳，這是一瓶苦艾酒，你愛喝苦艾酒嗎？還有這些是英文報紙。」

「麻煩打開讓我看看。」

他聽了很高興，便把包裹都打開了。我雙手拿著蚊帳，他把苦艾酒舉起來給我看，再放回床邊地板上。我拿了一張英文報紙，稍微轉動便可借用窗外的昏暗光線，閱讀報上標題，原來是《世界新聞報》[9]。

「其他都有插圖。」他說。

「讀這些報紙一定很開心，你從哪裡找來的？」

「我請人寄到梅斯特，之後還會有喔。」

「神父，真是太謝謝你來看我了，要不要喝一杯苦艾酒？」

「謝謝，你自己留著吧，這是給你喝的。」

「別客氣，喝一杯嘛。」

「好吧，到時候我再幫你帶幾瓶來。」

勤務兵拿來玻璃杯，然後打開瓶子，不過他把軟木塞弄斷了，只好把下半推進酒瓶裡。神父一臉失望的模樣，但他說：「沒關係，這不要緊。」

「祝你健康，神父。」

「也祝你早日康復。」

隨後，他手裡拿著杯子，我們面面相覷。我們之前不時都會聊天，有著不錯的交情，但今晚卻話不投機。

「怎麼了，神父？你看起來很累耶。」

「累啊，但我沒有理由累。」

「太悶熱了。」

「不是，現在才春天而已，我覺得心情很差。」

「應該是覺得戰爭很煩吧。」

「也不是，但是我好討厭這場戰爭。」

「我也不愛啊。」我說。他搖了搖頭，望向窗外。

「你不在乎，也不明白。原諒我這麼直接，我知道你受傷了。」

「這是意外啦。」

「但是，即使你受傷了，我看得出來你還是不明白。我自己也不明白，只是稍微有點感覺。」

「意外發生之前，我們正好在聊，帕西尼就說到這件事情。」

9《世界新聞報》（*News of the World*）：當時英國八卦小報。

神父放下了杯子，若有所思。

「我懂他們，因為我跟他們一樣。」他說。

「你並不一樣啊。」

「其實我跟他們一樣。」

「軍士官什麼都不明白。」

「有些看得很透徹，有些心思細膩，就會比我們都慘。」

「大部分都不太一樣啦。」

「這無關學歷或貧富，而是牽扯到其他東西，即使像帕西尼受過良好的教育、出身富貴，也不會想當軍士官。我就不想當軍士官。」

「你的軍階就算啊，我也是。」

「其實我不算是啦，你甚至不是義大利人，是個外國人。不過，你比較像軍官，比較不像一般兵。」

「兩個有什麼差別？」

「我也說不上來，有些人會發動戰爭，這個國家裡有很多這種人，有些人則是不會發動戰爭。」

「但發動戰爭的人會逼其他人加入。」

「是啊。」

「我還幫他們咧。」

「你是外國人，是愛國的人。」

「那些不想發動戰爭的人呢？他們阻止得了戰爭嗎？」

「我不知道。」

他又朝窗外看了看，我看著他的臉。

「歷史上有成功的例子嗎？」

「他們沒有組織起來阻止戰爭爆發，但是即使真的組織起來，也會被領袖給出賣。」

「那豈不是絕望了。」

「不可能真的絕望，但有時候我真的不敢奢望，雖然都努力抱持一絲希望，但有時候就是沒辦法。」

「也許這場戰爭會結束。」

「希望如此。」

「假如打完了，你有什麼打算？」

「可能的話，我會回阿布魯齊。」

他那張棕色臉龐忽然展露笑意。

「你很愛阿布魯齊嗎？」

「是啊，非常喜歡。」

「那你真應該回去。」

「當然樂意，但願我能在那定居，愛主、服侍主。」

「還要受人敬重。」我說。

「沒錯，還要受人敬重，有什麼不好？」

「沒什麼不好，本來就應該受人敬重。」

「沒關係。不過在我的國家，大家都能理解男人也能愛主，這可不是什麼下流的笑話。」

「我了解。」

他看著我，露出微笑。

「你了解，但你不愛主。」

「對啊。」

「一點也不愛祂嗎？」他問。

「有時在夜晚我很怕祂。」

「你應該去愛祂。」

「我不太愛。」

「你愛主，」他說：「當然愛呀，你口中那些夜晚的風流瀟灑，都不是愛，只是情欲罷了。你真正有愛的話，就會想要為愛付出，想要為愛犧牲，想要為愛服侍。」

「我就不愛啊。」

「早晚會的，我很肯定，然後你就會幸福快樂了。」

「我很快啊，一直都很快樂。」

「那是兩碼子事，你要真正擁有愛，才會曉得其中的感受。」

「是喔，」我說：「那如果我哪天真的愛上帝了，一定會告訴你。」

「我待太久了，也太多話了。」他深怕自己打擾到我。

「不會啊，先別走嘛。那愛女人呢？如果我真的愛上某個女人，會是一樣的感覺嗎？」

「我不知道。我從來沒有愛過女人。」

「令堂也沒有？」

「當然有，我一定愛自己的母親。」

「你一直愛著上帝嗎？」

「小時候就愛主了。」

「是喔。」我說，當下詞窮了。「真是乖孩子，」我說。

「我是孩子啊，」他說：「可是你叫我神父耶。」

「禮貌用語囉。」

他又露微笑。

「我真的得走了，」他說：「沒有其他事情要我幫忙嗎？」他語帶期盼地問。

「沒有，只是想找人講講話。」

「我會幫你向大家問好。」

「謝謝你帶來這麼多禮物啊。」

「小事。」

「再來看我吧。」

「好的，再見。」他拍拍我的手。

「再會啦。」我故意用上方言。

「再見。」他回了句義大利語。

病房內十分昏暗，原本坐在床腳的勤務兵，起身送神父出去。我非常欣賞這位神父，希望他有天能回到阿布魯齊。他在飯廳受到離譜的對待，居然能不以為意；我不禁想，他在自己國家的景況為何。他曾告訴我，卡普拉科塔小鎮南邊小溪裡有鱒魚。夜晚禁止吹笛子，因此年輕人唱小夜曲可以，但不准吹笛子。我探問其中理由，原來因為少女晚上聽到笛聲不吉利。那裡的農民都叫你「Don」（老爺），見到你都恭敬地脫帽。他父親成天出門打獵，經常順路在農家用餐，莫不覺得萬分榮幸。假如一個外國人要打獵，就要出示未曾遭捕的良民證。義大利的大薩索山上有熊出沒，但路途遙遠。阿奎拉是一座美麗小鎮，夏夜涼爽，而阿布魯齊春天之美是全義大利之最。不過最美好的事，當屬秋天時在栗樹林中打獵。鳥兒都生養得很好，因為主食是葡萄。你出門也不必自備便當，農民認為客人來家中吃飯是榮幸。過了不久，我便沉沉睡去。

第十二章

我的病房是狹長型，右手邊是整排窗戶，盡頭那扇門通往包紮室。我那排的病床都面對窗戶，窗下另一排病床則面對牆壁。只要把身子往左側躺，就看得見包紮室那扇門。盡頭還有另一扇門，偶爾會有人員進出。假如有病患即將死亡，該病床周圍就會拉起屏風，以免旁人親眼目睹，只有屏風底下看得到醫生與男護理師的鞋子與綁腿布，偶爾病患死亡時，聽得到竊竊私語。接著，神父會從屏風後頭出來，男護理師再進去把蓋了毯子的死者抬出來，沿著兩排病床之間的走道，最後會有人把屏風摺好帶走。

早上，掌管病房的少校醫院問我隔天能否動身，我回答可以，他說大清早就會送我離開，還表示現在上路比較好，不然天氣會愈來愈熱。

醫護人員把你抬下床、送到包紮室換藥時，可以藉機眺望窗外，看到花園裡一座座剛蓋好的新墳墓。一名士兵坐在通往花園的門外，他正在製作著十字架，把埋葬在花園內弟兄的姓名、軍階、所屬軍團漆在上頭。他也替病房跑腿打雜，還抽空幫我用奧軍步槍彈殼做了個打火機。這兒醫生們都極為和善，感覺也非常幹練。他們急著想把我轉送米蘭的醫院，那裡X光儀器較先進，我在動完手術後，也可以接受力學治療。我也想去米蘭。醫生莫不希望盡量把病患轉診、送得愈遠愈好，因為等到軍隊展開攻擊，就會用到所有空的病床。

離開戰地醫院前一晚，雷納迪帶著同飯廳的少校來探望我。他們說我會到米蘭一家剛蓋好的美國醫院。部分美國救護車會派到義大利，並由這家醫院照顧在義大利服役的美軍。紅十字會內有許多美國人。美國當時已向德國宣戰，但尚未向奧地利宣戰。

義大利人確信美國也會對奧地利宣戰，凡是有任何美國人，甚至是紅十字會成員抵達義大利，都會備感開心。他們問我威爾遜總統是否會對奧地利宣戰，我說這只是時間早晚的問題，我不曉得美國與奧地利有何過節，但就邏輯來看，若美國已對德國宣戰，理應也會對奧地利宣戰。他們又問，美國是否會向土耳其宣戰。我說那就難說了，畢竟「Turkey」[10]是我們的國鳥呀。但這個笑話翻譯得太爛了，搞得他們一臉疑惑，我乾脆說，是啦，美國可能會對土耳其宣戰。他們又問那保加利亞呢？我們已幾杯白蘭地下肚，我便說絕對啦，美國也會對保加利亞和日本宣戰。但他們說，日本可是英國的盟國耶，他媽的誰信得過英國人啦。我說，日本人想拿下夏威夷。夏威夷在哪裡？在太平洋上。為什麼日本人想要啊？我說，他們不是真的想要啊，全都是說說罷了。日本人是很奇特的小小民族，特別喜歡舞蹈與淡酒。少校說，這就像法國人一樣，我們會從法國人手裡奪回尼斯和薩沃亞。雷納迪說，我們會得到科西嘉島和整個亞得里亞海岸線。少校說，義大利會重現羅馬的榮光。我說，我不喜歡羅馬，又熱又有跳蚤。你不喜歡羅馬嗎？當然喜歡，我愛羅馬。羅馬是萬國之母。我永遠忘不了台伯河孕育著羅穆盧斯。啥？沒事。咱們一起去羅馬吧，今晚就去羅馬，再也不要回來！少校說，羅馬真是一座美麗的城市。我說，萬國之母，萬國之父。雷納迪說，「Roma」是陰性，不可能當父親啦。那誰算是父親呢？難不成是聖靈嗎？不可以褻瀆神靈喔。我才沒有褻瀆神靈，我只是在問問題而已。你喝醉了，小老弟。是誰把我灌醉的啊？少校說，是我把你灌醉的唷，我讓你喝醉是因為我愛你，因為美國在打仗。我說，打得不可開交咧。雷納迪說，明天早上你就要走囉，小老弟。我說，要去羅馬。喔不是啦，要去米蘭。少校說，去米蘭啊，去水晶宮啊，去科瓦啊，去金巴利酒吧啊，去比菲餐酒館啊，去迴廊購物街啊。你這孩子還真是走運。我說，去義大利大飯店吃飯，我要找領班喬治借錢。雷納迪說，去斯卡拉歌劇院，你一定會去。我說，每天晚上都去。少校說，你沒那個本錢每天晚上都去啦。

看戲票價很貴欸。我說，我用爺爺的名義開張即期匯票就好。什麼票？即期匯票啦，他不付錢我就要坐牢。銀行的康寧漢先生都會幫我忙。我就是靠即期匯票過活。爺爺怎麼忍心，讓在義大利灑熱血又有愛國精神的孫子坐牢呢？雷納迪說，美國的加里波底[11]萬歲！我說，即期匯票萬歲！小聲一點啦，少校說，我們被人家嫌吵許多次了。你明天真的要走喔，費德里克？雷納迪說，就跟你說，他要去美國醫院啦。敬漂亮的護士！不是野戰醫院留著鬍子的護士喔。對啦對啦，少校說，我知道他要去美國醫院。我說，就算有鬍子也沒關係啊，有人想留鬍子就留吧。少校，那你怎麼不留鬍子呢？鬍子塞不進防毒面具啊。可以啦，防毒面具裡什麼都塞得下，我還戴著防毒面具吐過咧。雷納迪說，你太大聲了，小老弟，大家都知道你上過前線啦。欸，小老弟啊小老弟，你離開以後，我該怎麼辦啊？少校說，我們該走了，再講下去太傷感

10「Turkey」：在英文中，火雞與土耳其同音同形。

11 加里波底（Giuseppe Garibaldi, 1807-1882）：義大利民族統一運動的重要領袖。

了。對了，我要跟你說個驚喜的消息，記得妳的英國妹子嗎？每天晚上你都跑到醫院看人家？她也要去米蘭喔。她和另一個護士都會到那家美國醫院，因為美國的護士還來不及過來。我今天跟她們單位主管聊過了。現在前線的護士太多了，所以派一些人支援後勤。開心嗎小老弟？不賴吧？你要去大城市住了，又有英國妹子可以抱。我怎麼就沒受傷咧？我說，搞不好你也會受傷喔。少校說，真的得走了。我們又喝酒又吵鬧又打擾費德里克。不要走啦。要啦，我們得走了。再見啦，祝你好運，一切順利。保重。保重。保重。早點回來啊，小老弟。雷納迪親了我一下。你身上有清潔劑的味道。再見，小老弟。再見囉，一切順利。少校拍了拍我的肩膀。他們躡手躡腳地離開。我發現自己喝得醉醺醺，便直接睡著了。

隔天早上，我們動身前往米蘭，四十八小時後抵達。這趟旅程有夠糟糕。我們在梅斯特耽擱了很長一段時間，許多小朋友跑進來偷看。我叫一個小男孩幫我買瓶干邑白蘭地，但他回來卻說只有渣釀白蘭地。我只好將就叫他去買回來，酒買回來後，我便把零錢給他當小費，隨後我與鄰座乘客喝醉睡著，一直到過了維琴察才醒來，結果吐滿整個地板。但這也不算什麼，因為旁邊乘客早就吐了好幾次。後來，我實在渴得受不了，便在維洛納站外調車場內，喚來了在火車旁邊走來走去的一名士兵，他便拿了些水給我喝。我叫醒了旁邊爛醉的男生喬吉帝，分給他一些水喝。他要我直接把水倒在他肩膀上，隨即又沉沉睡去。那名士兵說什麼都不願拿我給的一分錢，還送了我一顆多汁的柳橙。我吮吸著柳橙、吐出裡頭的籽，看著外頭那名士兵在一節貨運車廂旁踱步。沒過多久，火車猛地一顛，繼續上路。

第二部

第十三章

一大清早，我們就到了米蘭。他們在車站的貨場抬我們下來，一輛救護車把我載到那間美國醫院。我躺在救護車的擔架上，不曉得我們正經過米蘭何處，但他們把擔架抬下車時，我看見一個市集，還有一家營業中的酒館，裡頭有女孩正在打掃；有人正在街上灑水，空氣中瀰漫著清晨的氣息。他們放下擔架走進大門，出來時身旁多了一名門房。他蓄著灰色八字鬍，戴著一頂制服帽，身上只穿了件襯衫。擔架進不了電梯，於是他們討論著要把我抬下擔架、搭電梯上樓，或是直接抬擔架走樓梯。我仔細聽著他們的討論，最後的決定是搭電梯。他們把我抬下擔架。「麻煩輕一點，」我說：「慢慢抬就好。」

電梯裡我們全部的人擠成一團，我的雙腿被迫彎曲，疼得受不了，便說：「幫我把兩條腿伸直吧。」

「報告中尉，實在沒辦法啦，空間太小了。」說這話的男子用手臂架著我，我的手臂則摟著他脖子。他的氣息撲鼻而來，滿是大蒜和紅酒的味道。

「溫柔點。」另一個人說。

「他媽的，誰不溫柔了！」

「溫柔一點嘛。」抬著我雙腳的男子又說一遍。

我看見電梯門關上，格柵也隨之關起，門房按下四樓按鈕，滿是擔心的神情。電梯緩緩上升。

「重嗎？」口氣有大蒜味的男人問。

「輕啦。」他說，但臉上滿是汗水，低沉的喉音顯得吃力。電梯平穩地上升，然後停了下來。抬著我雙腳的男子打開電梯門，先踏了出去。我們一行人來到露臺，數扇門上都有銅製門把。抬著我雙腳的男子按下了其中一個門鈴。我們聽到屋內傳來的聲音，但沒人前來應門。接著，走樓梯的門房也到了。

「人跑哪去了？」抬擔架的醫護人員問。

「不曉得，」門房說：「他們的臥房在樓下。」

「找人來吧。」

門房按了門鈴，又敲了敲門，隨後開門走進去。他回來時，身旁跟著一位戴眼鏡的老太太；她散亂的頭髮半垂著，身穿著護士制服。

「聽不懂欸，」她說：「我聽不懂義大利語。」

「我會說英語，」我說：「他們想找個地方把我放下。」

「病房全部都還沒準備好，沒辦法收任何病人。」她撥了撥頭髮，近視般地瞧著我。

「隨便帶他們到一間空房吧，只要能把我放下就好。」

「我也不知道，」她說：「我們沒準備好收病人啦，總不能隨便幫你安排病房。」

「隨便一間都可以，」我說，又用義大利語對門房說：「去找間空房吧。」

「全部都是空的，」門房說：「你是第一個病人。」他手持鴨舌帽，看著老護士。

「靠，隨便帶我去一個房間啦。」我彎曲的雙腿疼痛不已，感覺骨頭都要散了。門房走進門，白髮蒼蒼的老護士跟在後頭，不久後又匆匆回來。「跟我來。」他說。他們抬著我走過一條長廊，進到一間拉著百葉窗的房間，裡頭滿是新家具的味道，擺了一張床、一個附鏡子的大衣櫃。他們把我抬到床上。

「我沒辦法鋪床單，」老護士說：「床單全都鎖起來了。」

我沒有理她，只對門房說：「我口袋裡有錢，都放在扣好的口袋裡。」門房把錢掏出來，抬擔架的兩人握著帽子站在床邊。「給他們每個人五里拉，你自己也拿五里拉。我的病歷放在另一個口袋裡，麻煩幫我交給護士。」

抬擔架的人行禮道謝。我說：「保重，感謝你們。」他們又行了禮，便走出病房。

「看看病歷吧，」我對老護士說：「上頭寫了我的病情和接受過的治療。」

她拾起了病歷，戴著眼鏡閱讀。那份病歷總共有三張，每張都對折起來。「我不知道該怎麼辦啦，」她說：「我看不懂義大利文，沒有醫生的指示，我什麼也做不了。」她哭了起來，把病歷放進圍裙口袋。「你是美國人嗎？」她邊哭邊問。

「沒錯。麻煩妳幫我把病歷放在床邊的桌子上。」

病房內陰暗涼爽。我躺在床上，看見病房另一頭那面大鏡子，但看不清楚鏡中影像。門房站在床邊，他的臉很好看，態度十分和善。

「你可以走了。」我對他說，又對老護士說：「妳也可以走了，請問怎麼稱呼？」

「沃克太太。」

「妳可以走了，沃克太太，我想睡了。」

我獨自一人，病房內十分涼爽，沒有醫院的氣味。床墊穩固舒適，我躺著不動，幾無感受到呼吸，也欣慰疼痛終於減輕。過了一會，我覺得想喝點水，發現床邊有條電線接著呼叫鈴，便按了兩下，卻沒人前來。我直接睡著了。

醒來時，我環顧四周。陽光透過百葉窗照了進來。我看見了大型衣櫥、光禿禿的牆壁與兩張椅子。我的雙腿被髒兮兮的繃帶綁著，直挺挺地伸在床上。我小心翼翼，深怕不小心動到腿。我實在好渴，伸手去按鈴，聽見開門的聲音，抬頭一看是名護士。她看起來年輕又漂亮。

「早安。」我說。

「早安。」她邊說邊走到床邊。「我們還沒聯絡到醫生。他到科莫湖去了，大家都不知道有病人要來。你哪裡不舒服？」

「我受傷了，兩條腿和腳都受傷了，而且頭很痛。」

「你叫什麼名字？」

「亨利。全名是費德里克・亨利。」

「我會幫你洗洗身體，不過我們沒辦法處理傷口，要等醫生來看。」

「巴克莉小姐在這嗎？」

「不在，這裡沒有人叫這個名字。」

「我剛到的時候，那個說話哭出來的婦人是誰？」

護士笑了。「那是沃克太太，她值夜班，當時她在睡覺，不知道有病人要來。」

我們一邊聊天，她一邊幫我脫衣服，只剩下身上的繃帶。她溫柔又熟練地幫我擦洗身體，整個過程非常舒服。我頭上仍纏著繃帶，但她沿著邊緣清洗乾淨。

「你在哪裡受傷的啊？」

「在普拉瓦北邊的伊松佐河。」

「那是哪裡？」

「哥里加北邊。」

我看得出來，這些地名對她毫無意義。

「你很痛嗎？」

「還好，現在不太痛了。」

她把溫度計放到我嘴裡。

「義大利人都量腋溫。」我說。

「不要說話。」

她把溫度計拿出來看，又甩了甩。

「幾度？」

「你不必知道。」

「告訴我嘛。」

「溫度算正常。」

「我沒有發過燒，兩條腿裡都是破銅爛鐵。」

「什麼意思？」

「裡面全都是迫擊砲的碎片、舊螺絲釘和床彈簧之類的東西。」

她搖搖頭，露出微笑。

「要是你腿裡有任何異物，就會造成發炎，整個人也會發燒。」

「好吧，」我說：「就等著看囉。」

她先走出病房，隨後與凌晨見到的那位老護士回來。她們兩人一起鋪著我的床，絲毫不介意我仍躺在上頭。對我來說這是很新奇的體驗，令人欽佩。

「這裡的主管是誰？」

「范・卡彭小姐。」

「有多少位護士呢？」

「就我們兩個人。」

「不會再有其他人了嗎？」

「之後會有其他護士來。」

「他們什麼時候來？」

「不知道。你這個病人的問題還真多耶。」

「我沒生病，」我說：「我是受傷了。」

她們鋪好了床，我躺在乾淨滑順的床單上，身上也蓋了一層被子。沃克太太出去拿了一件睡衣外套，兩人合力幫我換上。我覺得自己又乾淨又整齊。

「你們真的對我太好了。」我說。名叫蓋淇小姐的護士咯咯地笑出聲。「可以給我喝點水嗎？」我問。

「當然可以，然後就要吃早餐囉。」

「我不想吃早餐，可以把百葉窗打開嗎？」

房內原本燈光昏暗，百葉窗打開時，耀眼的陽光射入。我望向窗外的露臺，遠處是瓦片屋頂與煙囪。我再往上眺望，看到藍天白雲。

「妳們知道其他護士什麼時候會來嗎？」

「怎麼了？我們照顧得不周到嗎？」

「妳們很周到。」

「你想用便盆嗎？」

「我可以試試看。」

她們幫忙扶我起來，但還是沒辦法。之後我躺在床上，透過敞開的門望向露臺。

「醫生什麼時候回來？」

「等他回來囉。我們打過電話到科莫湖找他。」

「沒有別的醫生了嗎？」

「他就是這家醫院唯一的醫生。」

蓋淇小姐端來一壺水和一個玻璃杯，我一連喝了三杯水。她們離開後，我看了一下窗外的景色，不知不覺又睡著了。午餐我只吃了一點。到了下午，醫院負責人范・卡彭小姐來探望我。她看我不順眼，我也看她不順眼。她的個子矮小，凡事疑神疑鬼，一副大材小用的德性。她問了我許多問題，似乎覺得我加入義大利軍隊有點丟臉。

「我吃飯可以配酒嗎？」我問她。

「只有醫生說可以才可以。」

「他不回來我就不能喝嗎？」

「絕對不行。」

「你們到底有沒有打算讓他來啊？」

「我們已經打過電話到科莫湖找他了。」

她離開病房，換蓋淇小姐進來。

「你為什麼對范・卡彭小姐那麼沒禮貌呀？」她熟練地替我打點完後問道。

「我不是故意的，但是她的態度很傲慢。」

「她倒說你盛氣凌人又沒禮貌。」

「我才沒有，但是醫院沒有醫生是怎麼回事？」

「他在回來的路上，先前打過電話到科莫湖找他。」

「他去那裡幹嘛？游泳嗎？」

「不是，他在那裡開了間診所。」

「他們幹嘛不找另一個醫生呢？」

「好啦、好啦，你乖，他會來啦。」

我叫來了門房，用義大利語要他幫我到酒館買一瓶苦艾酒仙山露、一瓶奇揚地紅酒和一份晚報。他回來時把酒瓶包在報紙裡，隨後攤開報紙，我要他打開瓶塞，把紅酒和苦艾酒放在床底下。所有人都離開後，我獨自躺在床上看報紙，讀著前線戰事的新聞、陣亡軍官名單與授勳，然後彎下腰拿出仙山露，筆直擺在肚子上，涼涼的瓶身貼著我的肚子，我再小口小口地喝著酒，瓶底在肚子上壓出圓圈，我看著城市上頭空天色漸暗。燕子在空中盤旋，我一邊欣賞燕子與夜鷹在屋頂上飛翔，一邊喝著仙山露。蓋淇小姐端來一杯蛋酒，她一進來時，我就把苦艾酒擺到另一頭的床腳。

「范．卡彭小姐在裡頭加了點雪利酒，」她說：「你應該對人家禮貌點，她也不年輕了，這家醫院對她來說責任重大。沃克太太年紀太大，幫不上什麼忙。」

「真是了不起的女人，」我說：「非常感謝她。」

「我等等就把你的晚餐送來。」

「沒關係，」我說：「我不餓。」

她把托盤端來放在床邊桌子上，我向她道謝，便吃了點晚餐。後來外頭天色全黑，探照燈的光束在天空移動。我瞧了一陣子，便沉沉睡去，僅有一次流汗嚇醒，然後又睡了回去，想盡辦法不要做夢。天還沒亮我就醒了，聽到公雞啼叫，一路清醒地躺到天光出現。我實在好累，天全亮後，就又睡著了。

第十四章

我醒來時，陽光照得病房一片明亮。我以為自己回到前線，在床上伸展起來，但雙腿一陣劇痛，我低頭看到腿上還裹著髒兮兮的繃帶，這才想起自己身在何處。我伸手去抓電線上的呼叫鈴，壓下按鈕，走廊傳來電鈴的聲音，然後是有人穿橡膠鞋走近，原來是蓋淇小姐，她在陽光下顯得略為老態，少了原本的姿色。

「早安，」她說：「睡得好嗎？」

「睡得很好，非常感謝，」我說：「可以幫我找個理髮師來嗎？」

「我剛剛來看你，發現你握著這個睡覺。」

她打開衣櫥門，舉起那瓶快喝完的苦艾酒說：「床底下另一瓶也放在衣櫥裡了。你幹嘛不向我要杯子咧？」

「我怕妳不讓我喝酒。」

「我還會陪你喝一點。」

「妳人真好。」

「一個人喝酒不好，」她說：「下次別這樣囉。」

「好啦。」

「你朋友巴克莉小姐來了。」她說。

「真的嗎？」

「真的啊。我不太喜歡她。」

「妳一定會喜歡她，她是很棒的人。」

她搖了搖頭。「我相信她是好人啦。你能稍微挪過來一點嗎？好了。我幫你擦乾淨，準備吃早餐了。」她拿了一塊布、肥皂和溫水幫我擦拭身體。「肩膀抬起來，」她說：「好了。」

「我可以在吃早餐前理個髮嗎？」

「我叫門房去請理髮師過來。」她離開一下就回來了。

「他去請了。」她說，隨即把手中溼布浸在一盆水裡。

理髮師與門房一起前來。他看來年約五十歲，蓄著上翹的八字鬍。蓋淇小姐幫我擦完身體就出去了，理髮師在我臉上塗好泡沫，刮起鬍子。他滿臉嚴肅，悶不吭聲。

「怎麼了啊？有沒有什麼消息？」我問。

「什麼消息？」

「任何消息都好，城內有沒有發生什麼事啊？」

「現在還在打仗，」他說：「敵人的耳目到處都是。」

我抬頭看著他。「麻煩臉不要動。」他說，然後繼續刮著鬍子。「我不會說出去啦。」

「你到底怎麼了？」我問。

「我是義大利人，才不會和敵人聊天。」

我心想算了。假如他真的有什麼毛病，我還是早點遠離剃刀才好。我一度想仔細看看他的模樣。「小心，」他說：「剃刀很利。」

結束後我付他錢，還追加半里拉的小費。他卻把硬幣退給我。

「我不收，我雖然不在前線打仗，可還是個義大利人。」

「給我滾出去。」

「您說了算。」語畢，他用報紙把剃刀包了起來，走出病房，把五個硬幣擺在床邊桌上。我按了呼叫鈴，蓋淇小姐進來。「麻煩妳請門房過來好嗎？」

「好。」

門房進來了，滿臉強忍著笑。

「那個理髮師有毛病嗎？」

「不是的，先生，他搞錯了，沒把話聽懂，以為我說你是奧地利軍官。」

「喔。」我說。

「呵呵呵，」門房笑出聲，「他太好笑了，還說只要你敢輕舉妄動，他就要——」他伸出食指劃過喉嚨。

「呵呵呵，」他努力想忍住笑。「後來我說，你不是奧地利人，呵呵呵。」

「呵呵呵，」我酸溜溜地說：「假如他真的割斷我的喉嚨，就好笑囉，呵呵呵。」

「不會啦，先生，沒這個可能。他怕死奧地利人了，呵呵呵。」

「呵呵呵，」我說：「快滾啦。」

門房離開了，我聽到走廊傳來他的笑聲，接著是有人走近的聲響。我朝門口望去，是凱瑟琳．巴克莉。

她走進房間，來到床邊。

「哈囉，親愛的。」她說，整個人容光煥發、年輕漂亮。我覺得自己從沒見過這麼美麗的人。

「哈囉。」我說。一看到她，我就愛上她了，內心一陣翻湧。她朝門口看了看沒人，就在床邊坐下，俯身吻我。我把她整個人拉近吻她，感受她的心臟怦怦跳動。

「親愛的，」我說：「看到妳來太棒了。」

「這沒什麼難的，但是留下來大概就難囉。」

「妳一定要留下來，」我說：「噢，妳好棒啦。」我愛她愛得難以自拔，難以相信她真的來了，緊緊抱著她。

「不行啦，」她說：「你的身體沒恢復。」

「恢復了啦，來嘛。」

「才怪，你還沒什麼力氣。」

「有，我有力氣，拜託。」

「你真的愛我？」

「我真的愛妳，愛到要發瘋了。來嘛。」

「我們倆的心跳好快。」

「我才不管我們的心跳咧，我只要妳。愛死妳了。」

「你真的愛我？」

「不要一直問，來嘛，拜託拜託，凱瑟琳。」

「好啦，但是只能一下喔。」

「好啦，」我說：「把門關上。」

「不可以，這樣不對啦。」

「來嘛。別說話了。來嘛拜託。」

凱瑟琳坐在床邊椅子上，通向走廊的房門敞開著。翻雲覆雨後，我感到前所未有的美好。

她問：「現在你相信我愛你了吧？」

「噢，妳太可愛了，」我說：「妳非留下來不可，他們不能趕妳走。我愛死妳了。」

「我們要非常小心啦。剛才那樣太誇張了。我們不可以這樣。」

「晚上可以呀。」

「我們要非常小心，你在別人面前可別說溜嘴。」

「我知道。」

「一定要小心喔，貼心鬼，你是真的愛我吧？」

「別再問了唷，這會害我又忍不住。」

「那我會小心，我不想再對你亂來了。我得先走了，親愛的。」

「馬上回來嘛。」

「有機會就來看你。」

「再見。」

「再見，貼心鬼。」

她走了出去。天曉得我本來沒打算愛上她，我從未想要墜入愛河，但愛上了就是愛上了。

我躺在米蘭醫院病床上，腦海湧現千頭萬緒，卻感到無比幸福。後來，蓋淇小姐走了進來。

「醫生要來囉，」她說：「他從科莫湖打電話回來。」

「他什麼時候到？」

「今天下午會到。」

第十五章

我在病房的這段時間沒啥事發生，醫生到了下午四點才出現。他的個頭瘦小、話很少，看起來飽受戰爭所擾。他從我兩條大腿中取出許多砲彈碎片，神情似帶厭惡卻佯裝鎮定。他使用了某個好像叫作「白雪」的局部麻醉劑，用來凍結組織、避免疼痛，以便探針、手術刀或鑷子穿透凍結部位。身為傷患，我很清楚麻醉區域。過了一會，他也沒心力再多做嘗試，便說探測的方法不太有效，最好進行X光檢查。

我在米蘭大醫院拍了X光片，負責檢查的醫生情緒高亢、效率佳又十分爽朗。我的肩膀被他們撐起來，才能自己透過X光機看到較大的異物。X光片晚點會寄回美國。醫生請我在他的袖珍筆記本上，寫下我的姓名、番號還有心得。他說那些體內異物看起來既醜怪、噁心又殘忍。奧地利人根本是混帳。我殺了多少人啊？我其實沒殺過任何人，但我急著想討好他，於是就說我殺了許多人。蓋淇小姐陪在我身旁，醫生單手摟著她的肩膀，說她比克麗奧佩特拉還美。她認識這個人物嗎？就是埃及豔后。千真萬確，她比埃及豔后更美。我們搭救護車回到小醫院，我又被搬來搬去，過了一會才又躺回床上。醫生說我當天下午一定會收到X光片，果然就收到了。凱瑟琳·巴克莉拿給我看，X光片裝在紅色封套裡，她把片子舉在燈光下，我們一起研究著。

「那是右腿，」她邊說邊把片子放回封套。「這是左腿。」

「收起來吧。」我說：「來床上陪我嘛。」

「不行，」她說：「我只是進來給你看一下X光片。」

她離開病房後，我一個人躺在床上。那天下午炎熱，我實在受不了只是躺在那裡，便叫門房去買報紙，能買幾份就算幾份。

他還沒回來，就有三位醫生走進病房。對於行醫這件事，我有個看法：沒用的醫生往往會三五成群，彼此給予協助與建議。不懂得如何割闌尾的醫生，就可能推薦不嫻熟摘除扁桃腺的醫生。眼前這三位正是如此。

「這就是那個年輕人。」有雙纖纖細手的住院醫生說。

「還好嗎？」高高瘦瘦、蓄著鬍子的醫生說。另一位醫生手裡拿著裝著X光片的紅封套，一聲不吭。

「紗布拆掉嗎？」蓄鬍的醫生問。

「當然。麻煩護士小姐拆掉紗布。」住院醫生對蓋淇小姐說。蓋淇小姐照做。我低頭看著雙腿。在野戰醫院時，我的腿看起來像是不新鮮的肉排，現在上頭都已結痂，右膝腫脹發紫，小腿肚凹陷但沒有膿。

住院醫生說：「很乾淨嘛，癒合得很漂亮。」

「嗯。」蓄鬍的醫生說。另一位醫生站在住院醫生身後看著。

「麻煩動動膝蓋。」蓄鬍的醫生說。

「我動不了。」

「測試一下關節？」蓄鬍的醫生問。他的袖子縫著三星一槓，代表他是老上尉了。

住院醫生說：「沒問題。」兩位醫生小心翼翼地抬起我的右腿彎曲。

「痛欸。」我說。

「好啦，好啦。再多彎一點，醫生。」

「可以了，最多只能這麼彎。」我說。

「還能部分活動。」老上尉說，他站直身子又說：「醫生，麻煩再讓我看一下片子好嗎？」

另一位醫生把其中一張X光片遞給他。「不是這張，我要看左腿，謝謝。」

「這就是左腿的片子，醫生。」

「對，我剛才是從另一個角度看的。」他把那張X光片遞回去，仔細研究起另一張，然後說：「醫生，你看到了嗎？」燈光下清楚呈現出球狀異物。他們端詳許久。

「我只能說，問題是時間，」蓄鬍老上尉說：「大概要三個月，久一點要六個月吧。」

「是，還要等關節液重新形成。」

「沒錯，問題是時間的長短。碎片要是沒包在囊腫裡，我是不敢動刀的。」

「同意。」

「什麼要等六個月？」我問。

「六個月讓膝蓋內囊腫把碎片包起來了，開刀才安全。」

「我可不信。」我說。

「年輕人，你不想要膝蓋了嗎？」

「不想。」我說。

「什麼？」

「我想要把膝蓋切掉，」我說：「這樣就可以在上面裝個鉤子。」

「你在說什麼鉤子？」

住院醫生說：「他在說著玩啦。」他輕拍我的肩。「這個年輕人當然想保住膝蓋，他在戰場上可神勇了，部隊已經向軍方申請，要頒給他銀質勳章咧。」

「恭喜啊。」老上尉邊說邊握了握我的手，「考量到你膝蓋的狀況，我覺得你應該等六個月再開刀比較保險。不過，你當然也可以徵詢其他醫生的意見。」

我說：「謝謝，我尊重你的判斷。」

老上尉瞄了瞄手表。

他說：「我們要走了，祝你一切順利啊。」

「你也是，非常感謝。」我與另一位醫生也握握手。「瓦瑞尼上尉、亨利中尉。」隨後，三位醫生都走出了病房。

「蓋淇小姐。」我呼喚她進來後，又說：「可不可以麻煩住院醫生回來一下？」

他走進病房時手持帽子，站在床邊說：「你找我嗎？」

「對，我沒辦法等上六個月再開刀。天哪！醫生啊，你自己有躺在病床六個月的經驗嗎？」

「你不可能一直臥床的，還必須讓傷口曬個太陽，之後還會練習用枴杖。」

「用枴杖走路六個月，然後再開刀嗎？」

「這樣比較保險啦。必須等囊腫包住你膝蓋的異物，關節液才會再生。到時候，我們再幫你的膝蓋開刀，比較安全。」

「你真的覺得我能等那麼久？」

「這樣比較保險啦。」

「剛才的老上尉是誰？」

「他是米蘭一流的外科醫生。」

「他的軍階是上尉吧？」

「是的，但他開刀的技術很高明。」

「我不想要隨便把我的腿交給上尉軍醫開刀。假如他真有那麼厲害，應該要當上少校才對。醫生，我懂上尉這個軍階的意思。」

「他的開刀技術真的沒話說，可以說是我最信任的外科醫生。」

「方便再找一位外科醫生幫我診斷嗎？」

「你堅持的話當然可以。不過，我自己會聽瓦瑞拉醫生的意見。」

「麻煩你再找一位醫生來評估好嗎？」

「那我去請瓦倫提尼醫生過來好了。」

「他是？」

「他是米蘭大醫院的外科醫生。」

「太好了，感激不盡。醫生，我真的沒辦法臥床六個月。」

「你不會一直都躺在床上啦。你要先多曬曬太陽，然後稍微做點運動，等到囊腫把碎片包起來後再開刀。」

「但是我等不了六個月呀。」

醫生伸展著拿著帽子的細長手指，微笑地說：「這麼急著想回去前線啊？」

「不然呢？」

他說：「有種，你這個年輕人真是值得敬佩。」他俯身在我額頭上輕輕吻了一下，「我會請瓦倫提尼醫生過來一趟，你放寬心，保持情緒平穩，養好身體喔。」

「你想不想喝點酒？」我問。

「不用了，謝謝，我滴酒不沾。」

「喝一杯就好嘛。」我按了鈴，叫門房拿玻璃杯過來。

「不用、不用，謝謝你。他們還在等我。」

「再見。」我說。

「再見。」

兩小時後，瓦倫提尼醫生走進病房。他看起來匆匆忙忙，尖尖的八字鬍直直往上翹。他官拜少校，臉頰膚色黝黑，非常愛笑。

「你也太衰了吧？」他問我：「我看一下片子。果然沒錯，你看起來健壯得很。那個漂亮女生是誰？女朋友嗎？我猜是吧。這場戰爭有夠慘吧？有沒有什麼感覺？你這小子體格不錯。

我會幫助你身體復原，比以前更棒。這樣會痛嗎？一定很痛。這些醫生就是喜歡讓人吃點苦頭，他們根本沒幫上什麼忙啊？那個女生不會說義大利語嗎？她該學一下嘛！長得有夠可愛，我可以教教她。我自己都想來這裡當病人了。不行，你們以後有了小孩，我可以免費看診唷。她懂嗎？她可以生個白白胖胖的男孩，跟她一樣是一頭金髮。真是漂亮，好啦，真是個可愛的女生，問問她想不想跟我吃個晚餐。放心，我不會把她搶走啦。謝謝，真是謝謝呀，小姐。沒事了。」

「我想問的問完了，」他拍了拍我的肩膀說：「不必放紗布囉。」

「瓦倫提尼醫生，想不想喝杯酒呀？」

「酒？當然喝啦，我要喝十杯。酒在哪裡？」

「在櫃子裡。巴克莉小姐會幫忙拿來。」

「乾杯囉！小姐，我敬妳一杯！真可愛的女生。下次我再帶更好喝的干邑白蘭地。」他抹了抹自己的八字鬍。

「你認為什麼時候可以開刀呢？」

「明天早上吧，最快就這樣了。你到時候要保持空腹，身體要清空。我會去樓下跟那位老小姐說明注意事項。保重，明天見。我會帶更好喝的干邑白蘭地過來。你在這裡住得挺舒服嘛。保重，明天見。睡飽一點，明天早上我再來看你。」他在病房門口揮手道別，八字鬍往上翹，黝黑的臉堆滿微笑。官拜少校的他，袖子上還繡著方框星星。

第十六章

當晚，一隻蝙蝠從敞開的房門飛進來，那扇門往外就是露臺，我們在那裡欣賞米蘭的夜空。我的病房一片漆黑，僅剩夜空的市區微光，所以蝙蝠絲毫不害怕，當成在外頭般狩獵。我們靜靜躺著看蝙蝠，牠應該沒有發現我們。蝙蝠飛出去後，一道探照燈光束在天空掃過後遠離，再度陷入黑暗。夜晚微風吹進病房，隔壁屋頂傳來防空砲兵的說話聲，因為天氣略帶涼意，他們身上都披著斗篷。我擔心晚上會有人上來病房，但凱瑟琳說他們都睡了。深夜，我睡到一半醒來，發現她不在旁邊，但走廊上傳來她的腳步聲，她打開房門後又回到床上，要我不必擔心，她剛剛下樓確認他們都睡了。她在范．卡彭小姐的門外聽見熟睡的呼吸聲。她帶了一些餅乾回來，我們配苦艾酒下肚。我們都餓壞了，但她說沒關係，反正明天早上我肚子裡的所有東西都得清空。黎明時分我再度睡著，醒來後發現她又不見了。後來她走進病房，滿臉颯爽又迷人，坐在我床邊。此時太陽已升起，她把體溫計放在我嘴裡。我們聞到屋頂上清新的露水，以及隔壁屋頂上砲兵喝咖啡的香氣。

凱瑟琳說：「真希望我們可以到外頭散步，有輪椅的話我就能推你去走走。」

「那我要怎麼坐上輪椅？」

「我們沒問題啦。」

「我們可以到公園吃早餐。」我朝門外看過去。

「不過我們現在只能幫你準備一下，等你朋友瓦倫提尼醫生過來。」

「我覺得他很棒耶。」

「我倒沒有那麼喜歡他，不過我想他應該很厲害吧。」

「凱瑟琳，回床上陪我嘛，拜託！」我說。

「現在不行啦。昨天晚上已經很愉快了呀。」

「那妳今天也可以上夜班嗎？」

「可能會。不過你大概不會想理我。」

「我當然會啊。」

「你才不會咧。你又沒開過刀，不曉得身體開刀後的狀況。」

「我不會有事啦。」

「你會很難受，難受到不想理我。」

「那就現在過來床上嘛。」

「不行，我要填表啊，親愛的，還要幫你做術前準備。」

「妳現在不回床上來，就是不愛我。」

「傻瓜。」她親了親我，「填好了。你的體溫一直都很正常，體溫很乖喔。」

「妳才是什麼都很乖。」

「少來啦，你的體溫很乖。我超級佩服你的體溫。」

「也許我們的小孩體溫都會很棒。」

「很可能會棒到不行唷。」

「妳要幫我做什麼準備，瓦倫提尼才能開刀呀？」

「不必做太多，但過程會不太舒服。」

「要是不必做這些就好了。」

「我確實不必做啊。我只是不想讓別人碰你。很傻吧？其他人碰你的話，我會生氣。」

「佛格森也是嗎？」

「如果是佛格森，我會更生氣。還有蓋淇和另一個護士，她叫什麼名字？」

「沃克。」

「對，這間醫院的護士太多了。一定會有更多病人來，否則我們早就被調走了。現在就有四個護士了。」

「可能還會有新進的護士，不然人手也不夠，這裡也算是大醫院。」

「希望會新護士。要是我被調走怎麼辦？要是病人不夠，我可能就會被調走。」

「那我跟妳走。」

「別傻了。你還不能出院啊。但是親愛的，你要趕快康復喔，我們就可以到處晃晃。」

「之後呢？」

「說不定戰爭就會打完了，不可能沒完沒了吧？」

「我一定會康復，瓦倫提尼會治好我。」我說。

「他那副八字鬍感覺很可靠啦。對了，等醫生幫你上了麻藥，你要去想想其他事情，不要去想到我們倆的事情，因為有人麻藥沒退的時候會亂說話。」

「那我應該去想什麼？」

「什麼都好啊，只要不去想我們倆的事情就好，可以想想軍中的弟兄或其他女生啊。」

「我才不要。」

「那你就禱告吧。這樣會留給大家好印象。」

「說不定我什麼都不會說。」

「也對，多數人都很安靜。」

「我不會說啦。」

「親愛的，別吹噓了。拜託不要吹噓，你人這麼好，不用吹噓。」

「我一句話都不會說。」

「親愛的，你又在吹噓了。你知道自己不必吹噓啊。他們要你深呼吸，你就開始禱告或默念詩句之類的。這樣你就會很迷人，我也會以你為榮，不管怎樣我都以你為榮啦。你這麼迷人，睡覺的時候又像小孩，單手摟著枕頭當成我抱著。還是你是夢到其他女生？義大利美女嗎？」

「當然是妳。」

「當然是我。哎唷，愛死你了。瓦倫提尼一定會治好你的腿。還好我不需要當刀助，不必在旁邊看。」

「而且妳今天晚上值夜班。」

「對啊。不過到時候你不會理我啦。」

「妳等著看吧。」

「好了，親愛的。你現在的身體乾乾淨淨了。老實跟我說，你愛過多少人呀？」

「一個都沒有。」

「連我也不愛？」

「只愛妳。」

「快說實話，還有幾個人？」

「一個都沒有呀。」

「那你……該怎麼說呢？你曾經跟幾個女生過夜？」

「也沒有。」

「你騙人。」

「對啊。」

「好啊。你就繼續騙下去，我就希望你這樣。那她們漂亮嗎？」

「我從來沒跟任何人過夜。」

「那就對了。她們很有魅力嗎？」

「我完全不曉得。」

「你是我的人，這是事實，你不屬於其他人。不過就算有過，我也不在乎。我才不怕她們，只不過別在我面前說就好。你們跟女生過夜時，女生什麼時候會談價錢？」

「我不知道。」

「你當然不知道。她們會說我愛你嗎？說嘛！我想知道。」

「會啊，假如客人要求的話。」

「那客人也會說嗎？告訴我嘛。這很重要。」

「他們想說就會說。」

「但你沒說過？真的嗎？」

「沒有。」

「你騙人。從實招來。」

「沒有。」我騙了她。

「你不會說的，」她說：「我知道你不會。噢親愛的，我好愛你。」

外頭太陽已升到屋頂正上方，米蘭大教堂一根根塔尖被陽光照得發亮。我全身裡裡外外都清乾淨了，一切就等醫生過來開刀。

凱瑟琳說：「就這樣？客人想聽什麼，她們就說什麼？」

「不一定。」

「但我會耶，你想聽什麼我就說什麼，想要我做什麼我就做什麼，這樣你就不會想找其他女生。好嗎？」她高興地看著我說：「我會說你想聽的、做你要我做的，這樣我就贏了，對吧？」

「對唷。」

「現在一切都準備好了，我還可以幫你做什麼呢？」

「回到床上來。」

「好，我來了。」

「親愛的、親愛的、親愛的！」我說。

「看吧，任君差遣喔。」

「妳真可愛。」

「但我怕自己還是不太在行。」

「妳很迷人呀。」

「你想要的我就想要。我不重要，你想要什麼才重要。」

「說話這麼甜。」

「我很棒吧？你不想找其他女生了吧？」

「不想了。」

「看吧？我很棒吧，我很聽你的話。」

第十七章

我在手術後醒來時，意識還算清楚；通常術後都滿清醒的，只覺得呼吸有些卡卡的。這跟瀕死快斷氣的狀況不同，而是因為麻藥未退才有點難受，你不會特別有感覺，而麻藥退了後很像喝醉酒，差別在於只吐得出膽汁，吐完也沒有舒服多少。我看到床尾的雙腿壓著沙袋，下方是露出石膏的管子。沒過多久，我看到蓋淇小姐進來，她問道：「現在感覺怎麼樣？」

我說：「好多了。」

「你膝蓋的手術很成功喔。」

「開了多久呀？」

「兩個半小時。」

「我有說什麼夢話嗎？」

「完全沒有，什麼都沒說，安靜得很。」

我覺得好想吐。凱瑟琳說得沒錯，那天不管誰值夜班對我來說都一樣。

醫院現在還有三名病患：一個是出身喬治亞州、在紅十字會工作的瘦瘦年輕人，他因為罹患瘧疾住院；一個是來自紐約的年輕人，身形同樣削瘦，為人客客氣氣，住院是要治療瘧疾與黃疸。另一個則是帥氣大男生，他想把榴霰彈的雷管拆下來當紀念品，這是奧軍的山區炸彈，爆炸後雷管仍有威力，他一碰就被炸傷了。

護士們都非常喜歡凱瑟琳・巴克莉，因為她可以接連值夜班。她忙著照顧兩個瘧疾病患，拆雷管那個大男生已是我們的朋友，他晚上非必要不會按鈴找護士。但只要巴克莉工作中有空檔，我們就膩在一起。我很愛她，她也愛我。白天我多半在睡覺，清醒時我們會寫寫紙條，麻煩佛格森幫我們交給對方。佛格森是很不錯的女生，只是我對她一無所知，只曉得她有兄弟在五十二師，還有兄弟駐守美索不達米亞平原，還有她對凱瑟琳・巴克莉非常貼心。

我有次問她：「妳會來參加我們的婚禮嗎，小佛？」

「你們不可能結婚啦。」

「我們會喔。」

「你們才不會。」

「為什麼不會？」

「你們會在結婚前吵架。」

「我們從來沒吵過架。」

「你就等時間證明吧。」

「我們不會吵架。」

「那你到時一定會死掉，要嘛吵架、要嘛死掉。大家都是這樣，才不會結婚。」

我伸手握著她的手。她說：「不准握我的手，我又沒哭。說不定你們不會有事。不過，你要當心一點，不要害她惹上任何麻煩，否則我絕對宰了你。」

「我不會害她惹上麻煩的。」

「嗯，那就要凡事小心。希望你們不會有事，開心談戀愛吧。」

「我們確實很開心。」

「那就不要吵架，也不要害她惹上麻煩。」

「我不會的。」

「提醒你多多注意囉。戰爭還沒結束，我不想看到她也去生小孩。」

「小佛，妳人真好。」

「我人才不好，少拍馬屁了。你的腿現在感覺怎麼樣？」

「還好。」

「那頭呢？」她的手指摸了摸我的頭頂，但頭頂跟剛剛麻掉的腳一樣敏感。「一直都沒有不舒服。」

「一般人頭上腫成這樣早就發瘋了，但是你都沒有不舒服？」

「沒有呀。」

「你這個年輕人真是幸運。你的信寫好了嗎？我要下樓了。」

我說：「在這裡。」

「你應該好好勸她，先暫時不要值夜班，她最近太累了。」

「好，我會跟她說。」

「我想要值夜班，她偏偏不讓我換。其他護士倒是很高興把夜班交給她。你最好讓她休息一下。」

「好唷。」

「范．卡朋小姐說，你早上都一直在睡覺。」

「真不意外。」

「你還是讓她稍微休息幾個晚上比較好啦。」

「我也希望她休息啊。」

「才怪咧。不過，如果你願意逼她休息，我會更佩服你。」

「我一定會逼她休息。」

「我不相信。」她拿了紙條後就走出病房。我按鈴後過了一會，蓋淇小姐走進來。

「怎麼啦？」

「只是想跟妳聊聊天。是不是應該讓巴克莉小姐暫時不要值夜班呀？她看起來累壞了耶。她怎麼會接連值夜班這麼多天啊？」

蓋淇小姐看著我。

她說：「我是你朋友耶，真的可以不必說這種話。」

「什麼意思？」

「別傻了。你只是想說這個嗎？」

「妳想喝杯苦艾酒嗎？」

「好，喝完我就要走囉。」她從衣櫥取出那瓶酒，順便拿了個杯子。

「酒杯給妳用，」我說：「我直接用酒瓶喝就好。」

「這杯敬你。」蓋淇小姐說。

「我早上都在睡懶覺，范．卡朋有講什麼嗎？」

「她只是發發牢騷，說你是有特權的病人。」

「她說什麼鬼話。」

「她沒惡意，只是又老又牛脾氣。她也沒喜歡過你。」蓋淇小姐說。

「對啊。」

「但是我喜歡你這個人啊，我是你朋友，別忘了啊。」

「妳人真的有夠貼心。」

「才沒有，我知道你真正覺得貼心的是誰，反正不是我啦。不過我還是你的朋友，你的右腿還好嗎？」

「還好。」

「等等我拿涼涼的礦泉水過來，給你淋在腿上。石膏裡面一定很癢吧，外面好熱。」

「妳太貼心了。」

「很癢嗎？」

「不會，還可以啦。」

「我把沙袋調整一下。」她邊彎腰邊說：「我們是朋友嘛。」

「我知道啊。」

「你才不知道，但是你早晚會明白的。」

接連三個晚上，凱瑟琳・巴克莉都沒有上夜班，後來才又開始連續值班。我們又見面時，都覺得彼此彷彿去了長途旅行，好久不見。

第十八章

那年，我們倆享受著美好的夏天。等到我可以外出，我們會一起到公園搭馬車。我記得馬兒緩緩拉著車子，前方是車夫的背影，他戴著光澤亮晃晃的高帽子，凱瑟琳．巴克莉坐在我身旁。我們光是輕輕碰到對方手掌的邊緣，都會覺得小鹿亂撞。後來，我可以拄著拐杖出門走路，我們會到比菲餐廳或義大利大飯店用晚餐，坐在米蘭那條拱廊街邊的餐桌吃飯。服務生忙進忙出，客人絡繹不絕，燭影投射在桌布上。我們一致覺得宏偉義大利餐廳最棒，便請領班喬治幫我們訂好一張桌子。他的服務極為周到，我們放心交給他幫忙點餐，自己看著往來的行人，欣賞夕陽下的華麗拱廊街，時而凝視著彼此。我們常喝著在桶子冰鎮過的卡布里白酒，但許多其他酒款我們也都嘗試了一輪，像是佛瑞伊莎紅酒、巴貝拉紅酒、甜白酒。因為當時還在打仗，餐廳裡沒有侍酒師。每當我問到佛瑞伊莎酒之類的細節，喬治都露出不好意思的微笑。

他說：「想想看，這個國家專門釀造葡萄酒，怎麼喝起來有草莓口味呀。」

「有什麼不好？」凱瑟琳問：「感覺很好喝呀。」

「這位小姐，儘管喝看看，」喬治說：「不過先容我拿一小瓶瑪歌紅酒給中尉。」

「喬治，我也想喝看看。」

「先生，這個我不推薦。它的味道跟草莓一點都不像喔。」

「難說喔，」凱瑟琳說：「如果像的話就太棒了。」

「我會拿一瓶過來，」喬治說：「小姐喝了覺得滿意，我再拿走。」

佛瑞伊莎酒稱不上是紅酒，就像他說的一樣，喝起來連草莓味都差很遠。我們改喝原來的卡布里白酒。有天晚上，我身上錢不夠，喬治還借我一百里拉。「中尉，沒關係，」他說：「我明白，男人難免會缺錢嘛。如果你跟那位小姐需要錢，找我借錢就好了。」

晚餐後，我們沿著拱廊街散步，經過許多餐廳與商店的百葉窗都拉下來了，接著進入一家賣三明治的小店，裡頭有生菜火腿三明治和鯷魚三明治，是用烤得焦香的迷你麵包捲做的，頂多跟手指頭一樣長，我們打算買回去當宵夜吃。離開拱廊街後，我們在大教堂前面搭上敞篷馬車；回到醫院時，門房前來幫我拿拐杖，我付錢給車夫後，才跟凱瑟琳一起搭電梯。凱瑟琳在護士住的較低樓層先出電梯，我繼續往上搭，出電梯後獨自拄拐杖走回病房。有時我會直接脫衣上床睡覺，有時會坐在露臺上，把右腿翹在另一張椅子上，一邊看燕子在不同家的屋頂上飛來飛去，一邊等凱瑟琳來找我。每次我看到她上樓來，都有覺得像旅行回來的久別重逢，我會拄著拐杖沿著走廊陪她巡房，手上拿著臉盆在病房外等候，但如果病患是共同朋友就會一起進去。等她忙完所有值班的工作後，我們倆就會在我病房外的露臺上坐著。然後我會先爬上床，她等到病患全部睡著，確定不會有人找她後，就會回到我的病房裡。我很喜歡幫她把頭髮放下來，她則靜靜地坐在床上，有時還會忽然低頭吻我。我幫她把髮夾拿掉後擺在床上，看著她頭髮鬆鬆散落下，整個人動也不動，我再取下最後兩根髮夾，任憑她的頭髮全部落下，然後她會垂下頭，我們兩個人就被頭髮包覆，感覺彷彿待在帳篷裡，或像身處瀑布的後方。

她有一頭非常漂亮的秀髮，有時我會躺在床上，看她利用照進門口的微光盤起頭髮，即使是在夜晚，她的頭髮也宛如破曉時分閃閃發光的水波。她的臉蛋可愛、身材姣好而且皮膚光滑。我們躺在床上時，我常常用指尖輕撫著她的雙頰、額頭、眼睛下方、下巴與喉嚨，同時對她說：「滑順得好像鋼琴鍵喔。」她則用手指捏捏我的下巴說：「你的下巴跟砂紙一樣，磨琴鍵實在太粗糙了。」

「這麼粗糙嗎？」

「才沒有，親愛的，我只是在逗你玩啦。」

我們就這樣一次次共度良宵，光是觸碰彼此的身體就很高興了。除了翻雲覆雨地做愛，我們還有許多和緩的親熱方式，就算不在同一個空間裡，我們仍把思念傳遞給彼此。有時，我們真的有心電感應，但很可能是因為兩人在想同一件事。

她初次來醫院那天，我們就私下締結婚約，而且那天就開始計算結婚的月數。我想要真正跟她結婚，但凱瑟琳說如果我們結了婚，院方就會把她轉調單位，即使我們單純辦理正式手續，院方也會緊盯著她，設法把我們拆散。我們得遵守義大利的法律結婚，而結婚要辦理的手續眼花撩亂。我之所以想要正式成為夫妻，是因為我想到我們可能會有小孩，就不免擔心起來。但目前我們是假裝已結了婚，所以也就盡量放寬心，更何況我猜自己其實挺享受當前有實無名的狀態。某天晚上，我們聊到結婚的事，凱瑟琳說：「可是親愛的，他們會把我調到其他地方耶。」

「可能不會呀。」

「絕對會。我會被調回老家，這樣我們只能等戰爭結束才能見面了。」

「我休假可以去找妳呀。」

「你休假時間這麼短，不可能往返蘇格蘭。何況，我不會離開你。現在結婚又有什麼用？我們已經互訂終身了，是貨真價實的夫妻。」

「我是為了妳呀。」

「沒有我了，我就是你，不要把我排除在外。」

「我以為女生都想要結婚耶。」

「的確。但是親愛的，我結婚了啊。我嫁給你了。我不是好老婆嗎？」

「妳是最可愛的老婆。」

「看吧，親愛的，我以前有過等待結婚的經驗。」

「我不想聽。」

「你知道我只愛你一個人。你不能因別人愛過我就介意嘛。」

「我就是會介意。」

「你什麼都有了，不必去嫉妒死掉的人。」

「我沒有嫉妒，只是不想聽啦。」

「心疼你啦。我可是知道你以前交往過各種女生喔，但是我不在意啊。」

「我們沒辦法私底下結婚嗎？以免我遭遇什麼不測，或是妳懷孕了。」

「結婚只能在教堂或是跟政府單位登記。我們已經算私底下結婚了。親愛的，假如我有宗教信仰，就會堅持要在教堂結婚，但是我沒有信教。」
「妳倒是送給我聖安東尼的墜子。」
「那是保佑你有好運。別人送我的。」
「那妳就不擔心了嗎？」
「我只擔心被調離你身邊。你就是我的宗教，你是我的一切啊。」
「好，但是只要妳開口，我就會跟妳結婚。」
「親愛的，別說得好像你非娶我不可，你不管有沒有娶我，都不影響我的身價。只要自己覺得過得開心又得意，就不可能覺得丟臉。難道你不開心嗎？」
「但是妳不可以為了別的男人離開我。」
「不會，親愛的。我絕對不對別的男人投懷送抱。我想我們會遭遇一大堆困難，但是你不必擔心我會拋棄你。」
「我不擔心。但是我太愛妳了，妳以前也確實愛過別人。」
「現在那個男人咧？」
「死了。」
「對啊，就是因為他死了，我才會認識你呀。親愛的，我是很專情的人，雖然我有很多缺點，但是我沒有背叛過情人。我會對你死心塌地，你到時一定覺得很膩。」
「我很快就要回前線了。」
「我們先別去想，你要出發時再說吧。親愛的，你看我現在好開心喔，我們在一起有多美好。我很久沒這麼開心了耶！我剛認識你的時候，我快瘋掉了，也許我真的瘋了。但是現在我們好快樂喔，又深愛著彼此。我們只要開開心心就好了嘛。你難道不開心嗎？我做了什麼你討厭的事情嗎？我可以做什麼事情逗你開心呢？想要幫我把頭髮放下來嗎？想跟我玩嗎？」

「想啊，上床吧。」

「好，但是等我巡視完病患喔。」

第十九章

夏天就這樣結束了。如今，我對於那些日子的印象模糊，只記得非常炎熱，常常有打勝仗的新聞見報。我的身體非常健康，雙腿復原得很快，還沒有嫌棄兩個拐杖，就改用一支手杖走路了。接下來，我固定到米蘭大醫院接受彎膝復健，還有機器復健（坐在鏡子組成的大箱子裡照射紫外線）、按摩和泡澡。我都是下午去醫院，復健過後到小餐館喝杯小酒、讀點報紙。我沒有在市區閒晃，離開餐館後只想直接回我和凱瑟琳的醫院小窩。其餘時間我樂於消磨，早上多半在補眠中度過，下午我有時會去看賽馬，晚點才到醫院接受機械復健等治療。有時我會到英美俱樂部看看，坐在窗邊那張鋪著皮革座墊的椅子上讀雜誌。我不再需要拐杖後，院方就不准我跟凱瑟琳一同外出了，因為護士獨自跟好手好腳的病患外出，在別人眼裡成何體統，所以下午我們倆通常沒有在一起。不過，如果偶爾有佛格森同行，我們還是可以在外頭共進晚餐。范．卡朋小姐已接受我們是密友的事實，因為凱瑟琳幫她處理掉大量工作。她心想凱瑟琳是出身名門，這讓她終於對凱瑟琳產生好感。范．卡朋小姐自己就出身望族，所以非常看重家世背景。醫院的工作十分繁重，也讓她忙得沒其他心思。那年夏日炎炎，我在米蘭認識了好多人，但頂多只會在外面待到傍晚，一心只想趕快回到醫院的家。軍方前線部隊在卡索高原挺進，先前已攻占普拉瓦村對岸的庫克村，現在正準備拿下貝因西薩高原。但西邊戰線的情況聽起來不太好，看來戰爭還會持續很長一段時間。此時我方的軍隊也參戰了，但依我看，假如想把大量部隊訓練完畢送上戰場，恐怕還需要一年的時間。隔年看來會很慘烈，但也許戰況會轉好。義大利軍力受到重創，我看不出可以怎麼撐下去。即使義軍奪下貝因西薩高原與聖加百列山好了，再往北邊還有一大堆奧軍占據的山頭。之前我便親眼見過，高山峻嶺都在更北邊。義大利部隊在卡索高原進攻順利，但海岸那側有許多溼地沼澤。假如換作拿破崙領軍，他必定會選擇在平原擊潰奧軍，絕對不會選擇在山區迎敵。他會引誘奧軍下山，在維洛納附近反攻。不過，西邊戰線沒有任何軍隊遭遇痛擊。也許，這場戰役不會出現贏家，只會永無止境地打下去。也許，這就是另一場百年戰爭。我把報紙放回架上，走出俱樂部，萬般小心地下了階梯，走在曼佐尼大街上。我經過米蘭大飯店門口時，巧遇老麥爾斯伉儷下馬車。他們剛剛看完賽馬，準備回飯店。麥爾斯太太胸前豐滿，身穿一襲深黑色錦緞。老麥爾斯是矮個子，蓄著花白的八字鬍，拿一支手杖略微彎扭地走著。

麥爾斯太太跟我握了握手說：「你好，你好。」老麥爾斯說：「午安。」

「賽馬好看嗎？」

「不錯啊。比賽可精采了，我壓中了三匹馬。」

「那你呢？」我問老麥爾斯。

「還可以，我壓中一匹馬。」

「我都不知道他心情好不好，」麥爾斯太太說：「他什麼都不跟我說。」

「還可以啊。」麥爾斯說，語帶客氣。「你應該常常出來走走啊。」他講話時，老是讓人覺得他眼神飄走或誤認成別人。

「我會的。」我說。

「我要去醫院探望你，」麥爾斯太太說：「我準備了點東西要帶給我的小朋友。你們全都是我的小朋友，是我最愛的小朋友。」

「他們看到妳來一定會很高興。」

「那些小朋友真是的。你也是啊，你跟他們一樣。」

「我得回去了。」我說。

「幫我跟其他小朋友問好呀。我有很多東西可以帶過去，我還有高級的瑪薩拉紅酒和蛋糕。」

「再見，大家看到妳一定超級高興。」我說。

「再見，」麥爾斯說：「記得來拱廊街走走啊，你知道我固定坐在哪家餐廳裡吃飯，我們每天下午都在那裡。」我順著街道繼續走，想要到科瓦咖啡廳買東西回去送凱瑟琳，我在裡面買了一盒巧克力，等候女服務生包裝時，我走到吧檯，在那看到兩名英國人和數名飛行員。我獨自喝了杯馬丁尼，付錢後再到旁邊櫃檯拿包裝好的巧克力，才繼續走回醫院的小窩。在史卡拉歌劇院附近的小酒吧外頭，我看到有些熟面孔在聊天，其中一人是副領事，兩個人來這裡學歌劇，還有義大利人艾托雷・莫雷提，他從舊金山回義大利從軍。我跟他們喝了杯酒。其中一位唱歌劇的人本名叫勞夫・席蒙斯，但取了一個藝名叫安利可・戴克雷多。我一直不太清楚他到底多會唱歌，但好像老是要紅不紅的。他身材很胖，口鼻周圍紅通通，活像是花粉症過敏。他剛從北邊的皮亞琴察表演回來，當時唱的是《托斯卡》，大獲現場觀眾好評。

他說：「你想必沒聽過我唱歌吧。」

「你什麼時候會在米蘭表演呀？」

「今年秋天，我會在史卡拉歌劇院表演。」

「我敢打賭，觀眾會拿板凳丟你，」艾托雷說：「有沒有聽說摩德納的觀眾曾經拿板凳丟他呀？」

「媽的你胡說八道。」

「他們真的拿板凳砸他耶，」艾托雷說：「我本人在現場，自己也丟了六張板凳唷。」

「你根本是舊金山來的痞子吧。」

「他義大利語爛死了，他到哪裡表演，觀眾的板凳就跟到哪裡。」艾托雷說。

「義大利北部就屬皮亞琴察的歌劇院最不好唱了。」另一位男高音說：「相信我，在那家小劇院真的有夠難唱。」這位男高音本名是艾德加．桑德斯，藝名是艾德瓦多．喬凡尼。

「我真想到現場看大家拿板凳砸你欸，」艾托雷說：「你真的不能唱義大利歌劇。」

艾德加．桑德斯說：「他就是個瘋子，只會說『用板凳砸人』的義大利語。」

「只要你們上台唱歌，觀眾就只會用板凳伺候。」艾托雷說。

「你們之後回到美國，只會吹噓說自己在史卡拉劇院表演有多轟動，實際上你們根本一開口就會被轟下台。」

「我會在史卡拉開唱喔，今年十月要唱《托斯卡》。」席蒙斯說。

「麥克，我們要去聽吧？他們需要保鑣啦。」艾托雷對副領事說。

「搞不好美軍會派人保護他們，」副領事說：「席蒙斯，想不想再喝一杯啊？桑德斯要不要也來一杯？」

「好啊。」桑德斯說。

「我聽說你會拿到銀勳章喔，」艾托雷對我說：「這是哪個等級的褒揚令呀？」

「我也不知道，不確定是不是真的拿得到。」

「會啦。欸年輕人，到時候柯瓦咖啡廳的妹子都會很佩服你，以為你殺敵兩百，還是一個人抓了整個戰壕的士兵。相信我啦，我自己也要加油拿勳章了。」

「艾托雷，你拿過幾枚勳章啊？」副領事問。

「他全都拿過了，」席蒙斯說：「這場戰爭根本是為了他開打的。」

「我有兩次是銅勳章、三次是銀勳章，」艾托雷說：「但文件審核只有一次拿到。」

「那其他幾次是怎樣了？」席蒙斯問。

「作戰沒成功，」艾托雷說：「要是作戰失敗，軍方就會停發所有勳章。」

「艾托雷，那你受過幾次傷？」

「三次重傷。你看我這裡不是有三條橫槓嗎？」他翻開袖子，三條平行的銀槓就繡在黑色臂章上，位於肩膀下方八英寸左右。

「你也有一槓啊，」艾托雷對我說：「相信我，這些銀槓可不得了，我寧願多繡幾槓也不要勳章。年輕人，相信我，當你累積了三道銀槓，那你就值得佩服了。你這次的銀槓就是在醫院裡養傷三個月換來的。」

副領事問：「艾托雷，你哪裡受傷啊？」

艾托雷拉起袖子說：「這裡。」他露出一道又深又平滑的紅疤，「腿上也有，我有綁腿所以沒辦法拉褲管給你們看，我的腳也受過傷，腳裡面還有壞死的骨頭，臭死了。每天早上我都會取出一些小碎骨，真的有夠臭。」

「你被什麼打中？」席蒙斯問。

「手榴彈，可以把人炸得血肉模糊的東西。我一隻腳的側邊整個被炸爛，你知道嗎？」他轉頭問我。

「當然知道。」

「我看見那個狗娘養的混帳扔來手榴彈，」艾托雷說：「我整個人被彈飛，還以為自己死定了，但手榴彈裡沒有填東西。我就拿步槍射死那個王八蛋。我的步槍絕對不離身，這樣敵軍才不知道我是軍官。」

「那傢伙長什麼樣子？」席蒙斯問。

「他身上只有一枚手榴彈，」艾托雷說：「我不知道他為什麼要丟出來，大概是想很久了吧，也可能他沒真的打仗過，反正我用步槍打死了那王八蛋。」

「他被你射中的表情怎麼樣？」席蒙斯問。

「靠，我哪會知道啊？」艾托雷說：「我一槍射中他的肚子，我怕要是瞄準他的腦袋可能會打不中。」

「艾托雷，你當軍官多久了？」我問。

「兩年了。我馬上就要升上尉囉，那你當中尉多久了？」

「快要三年了。」

「你就是因為義大利文不夠好，所以沒辦法當上尉，」艾托雷說：「你的口說還算流利，但是讀跟寫都不夠好，你一定要把義大利文學好才能當上尉啦。為什麼不乾脆加入美軍呢？」

「以後再看看吧。」

「上帝保佑我能加入美軍。噢，上尉可以賺多少錢啊，麥克你知道嗎？」

「我不知道確切有多少，大概有兩百五十美元吧。」

「天啊，有了兩百五十美元我可以做好多事情欸。小費，你趕快加入美軍啦，看看有沒有辦法也把我弄進去。」

「好喔。」

「我可以用義大利語率領一個連喔，也可以輕輕鬆鬆用英語帶兵。」

「你會當上將軍。」席蒙斯說。

「不可能，我不知道怎麼當將軍啦。將軍要懂一大堆東西，你們以為打仗沒什麼了不起，這點腦袋連下士都沒資格當。」

「謝天謝地，幸好我不必當兵。」席蒙斯說。

「軍方說不定會把你們這些逃兵的懶鬼一網打盡，到時候你就要當兵啦。欸，真希望你們兩個在我那個排耶，麥克也是！麥克可以當我的勤務兵。」

「艾托雷，你這傢伙人是不錯，」麥克說：「但是我看你還真愛打仗。」

「戰爭還沒結束我就會當上校了。」艾托雷說。

「你要沒有戰死才行。」

「我不會有事啦。」他用大拇指和食指摸了領子上的星星，然後說：「看到我的動作了嗎？每次有人提到戰死，我們就要摸一摸星星。」

「走吧，小席。」桑德斯站起來說。

「好唷。」

「保重啦，我也得走了。」我說，此時酒吧的時鐘顯示五點四十五分。我用義大利語跟他道別：「掰囉，艾托雷。」

「掰囉，小費，」艾托雷說：「讚欸，你快到拿到銀勳章了。」

「我自己也沒把握耶。」

「小費，你一定會拿到啦。我的消息準沒錯。」

「好吧，保重。你安分一點，艾托雷。」我說。

「別擔心啦。我不喝酒也不鬧晃，不是酒鬼也不是嫖客。我知道分寸啦。」

「再見，你要升上尉了，很替你高興。」我說。

「我不用等半天才能升。我啊，到時候會因為立了戰功就升上尉，臂章上會有三顆星星，還有兩把交叉的寶劍，上頭再鑲著王冠。等著看吧。」

「祝你好運囉。」

「好運好運。你什麼時候要回前線？」

「很快。」

「好，改天見。」

「保重。」

「保重啊。」

我走在一條小街上，抄了捷徑回醫院。艾托雷當時二十三歲，是舊金山的叔父拉拔大的。戰爭開打時，他剛好在杜林探望爸媽。他有個妹妹也是送到美國跟叔父同住照顧，今年她即將要從師範學校畢業。他確實戰功彪炳，但任何認識他的人都覺得他無趣。凱瑟琳就受不了他。

「我們這裡也有立了戰功的軍人，」她說：「不過親愛的，那些人安靜多了。」

「我倒不介意他吵。」

「他就是太自以為是，所以我才不喜歡他。他真是有夠煩、煩死了。」

「我也覺得他很無聊。」

「親愛的，你真的貼心，跟我一起嫌他煩，你大可不必這樣啦。可以想像他在前線打仗的樣子，也知道他是有貢獻的軍人，可惜就是我不喜歡的那種人。」

「我知道啦。」

「你真是體貼，這麼懂我。我嘗試要去欣賞他的優點，但是他那個人真是太糟糕了。」

「他說今天下午他就要升上尉了。」

「真替他高興，他想必得意死了。」凱瑟琳說。

「妳不希望我升等嗎？」

「不會啊，親愛的。你的薪水夠我們去高級點的餐廳吃好料就可以了。」

「我現在的軍階就可以啦。」

「你現在的軍階很棒了，我不要你繼續升官啦，怕你到時候被這個沖昏頭。哎，親愛的，我真的很慶幸你不是自以為是的軍官耶。雖然就算你自以為是，我還是會嫁給你，但是有個不自負的老公，我覺得很放心。」

我們倆在露臺上小聲聊著天。此時理應是月正當空，但整座城市被霧氣籠罩，看不見月亮，一下子又飄起毛毛雨，我們只好回到室內。後來，霧氣化為雨水，雨勢沒多久就轉強，我們聽見屋頂上的滴滴答答聲。我起身站到門口，看看是否有雨水落進來，幸好沒有，我就沒把門給關上。

「你還遇見誰啦？」凱瑟琳問。

「麥爾斯夫婦。」

「他們是一對怪人耶。」

「他本來應該要在美國坐牢，但獄方放他出來等死。」

「沒想到他在米蘭住得這麼開心，活得可久了。」

「我倒不知道他有多開心。」

「我猜出獄後應該都算開心吧。」

「麥爾斯太太常帶東西來醫院。」

「她帶來的東西都很讚耶。你也被她當成小朋友了嗎？」

「其中一個小朋友。」

「你們都是她疼愛的小朋友，」凱瑟琳說：「她特別喜歡男生。欸，你聽雨聲。」

「雨下得好大。」

「你會愛我一輩子吧？」

「會啊。」

「下雨也會嗎？」

「也會。」

「那就好，因為我很怕下雨。」

「為什麼？」我的睏意來襲。外頭的雨下個沒完。

「我也不知道，親愛的，我從小就很怕雨。」

「我倒滿喜歡雨的。」

「我喜歡在雨中散步，但是雨中談戀愛很麻煩。」

「我會愛妳一輩子。」

「不管下雨、下雪、下冰雹我都會愛你？還有什麼？」

「我不知道耶，我好睏喔。」

「那就睡吧，親愛的。不管天氣好壞，我都會愛你唷。」

「妳不是真的怕雨吧？」

「跟你在一起我就不怕。」

「妳為什麼會怕雨呀？」

「我不知道。」

「告訴我嘛。」

「不要逼我。」

「說嘛。」

「不說。」

「說嘛。」

「好啦。我怕雨，是因為偶爾我會看見自己死在雨裡。」

「才不會咧。」

「有時候，我也會看見你死在雨裡。」

「這還比較可能。」

「不會的，親愛的，因為我會保護你，我知道自己辦得到，但是沒有人可以保護自己。」

「好啦，別瞎說了，我不想看到妳今天晚上像蘇格蘭人一樣瘋言瘋語。我們能陪伴彼此的時間沒剩多久了。」

「好，不過我本來就是蘇格蘭人，也瘋瘋癲癲的。但是不說就不說，反正沒什麼意義。」

「對，全都是胡說八道。」

「全都是胡說八道！胡說八道嘛。我才不怕雨呢，我不怕雨。哎唷天哪，要是我不怕雨就好了。」她哭了起來，我連忙安慰她，她眼淚才停下來。只是，外頭的雨依然下個不停。

第二十章

某天下午，我們去看了賽馬，同行的還有佛格森，以及克洛威爾・羅傑斯，他就是那個眼睛被雷管炸傷的年輕人。吃完午餐後，兩位女生準備梳妝打扮再出門，我與克洛威爾則在他病床上閱讀賽馬快報，了解每隻馬匹的歷史成績與本次成績預測。克洛威爾的頭上仍纏著繃帶，其實他對賽馬資訊的興趣不大，單純是要消磨時間才在讀報研究。他說，目前的馬匹其實都不是一流的選手，但目前也只找得到這些參賽了。老麥爾斯喜歡他，給了他報了許多明牌。麥爾斯幾乎每場下注都能贏錢，但不太愛與人分享情報，以免拉低自己拿到的獎金。賽馬下注背後常常有人為操控，各地被列為黑名單的賭徒全跑來義大利了。麥爾斯的情報很可靠，但我不喜歡開口問他，因為有時他守口如瓶，每次回答時都很勉強，好像這樣會少一塊肉，但不知何故，他覺得應該要向我們透露消息，而且他不排斥跟克洛威爾分享資訊。克洛威爾一邊眼睛的傷得較重，而麥爾斯自己的眼睛也有毛病，才會偏袒克洛威爾。麥爾斯沒有跟老婆說過自己都押哪些馬，她偶爾也會贏錢，但大多是賠錢，所以牢騷發不完。

我們四人搭了敞篷馬車前往聖西羅賽馬場。當天天氣十分舒服，我們的馬車穿越公園，再沿著電車軌道前進，出城後來到塵土飛揚的小路上，沿途有不少鐵籬笆圍住的別墅、植物茂密的花園、水流汩汩的溝渠、綠葉灰撲撲的青翠菜園。放眼望向平原，遠方可見許多農舍，有著灌溉水圳的綠油油農田，再往北則是交疊的山巒。馬車逐一駛入賽馬場，門口警衛沒看我們持卡也放行，想必是因為我和克洛威爾身穿軍服。我們下了馬車、買了賽程手冊，穿越中場與厚厚草皮鋪成的賽道，來到馬匹檢閱場。木製的觀眾看臺十分老舊，整排投注站設置在看臺下方，附近就是馬廄區。許多軍人沿著柵欄聚集在中場。在檢閱場裡，一大堆人在看臺後方林子的圓形圍欄溜馬。我們看到不少認識的人，拉了兩張椅子給佛格森與凱瑟琳，開始欣賞眼前的賽馬。

這些馬都低頭著繞圈子，一匹接著一匹，全都有馬夫牽著。克洛威爾說，其中一匹紫黑色的馬鐵定是染色。我們看了也覺得不無可能。牠一出場就響起指示騎師上馬的鈴聲。我們查了查賽程手冊，按照馬夫手臂上的號碼判斷，那匹黑馬名叫亞帕拉克。這場賽馬的參賽馬匹都沒贏過一千里拉以上的獎金。凱瑟琳也很確定馬被染了色，佛格森說她看不出來。我只覺得有點可疑。不過，我們四人一致同意賭牠會贏，所以合出了一百里拉下注，賠率顯示是一賠三十五。克洛威爾去買了馬票，我們看著騎師騎馬又繞了一圈，才穿越樹林前往賽道，緩緩來到轉彎處的起點。

我們走上看臺觀看比賽。當時，聖西羅賽馬場尚未裝設伸縮柵欄，必須由起點的工作人員把馬匹一隻隻排好。從看臺往下望，賽道上的馬變得好小。工作人員揮了一下長鞭，賽馬全部開始向前狂奔，牠們經過我們前方時，那匹紫黑閹馬已遙遙領先，一到轉彎就把其他馬都甩在後頭。我用望遠鏡看過去，那位騎師拚命想要控制牠卻辦不到，等到經過彎道，來到衝刺路段時，牠已領先十五個馬身了，甚至在衝過終點後還繼續跑到轉彎處附近才停下。

「太棒了！」凱瑟琳說：「我們會拿到三千多里拉耶！真是一匹好馬。」

「拜託我們拿到獎金以前，牠身上的顏色都不要褪掉。」克洛威爾說。

「牠真的是很棒耶，」凱瑟琳說：「不曉得麥爾斯先生有沒有押對馬？」

「你贏了嗎？」我朝著另一頭的麥爾斯大喊。他點點頭。

「我輸掉了，」麥爾斯太太說：「你們幾個小朋友壓誰贏啊？」

「亞帕拉克。」

「你確定？牠的賠率是一賠三十五欸！」

「牠的膚色好看啊。」

「我不喜歡，我覺得牠看起來髒髒的，大家都叫我不要押牠。」

「贏不了多少錢啦。」麥爾斯說。

「但是那匹馬是一賠三十五耶。」我說。

「牠不可能讓你們贏那麼多錢的，」麥爾斯說：「開賽前一刻才有人押了一大筆錢在牠身上。」

「誰啊？」

「坎普頓那群人，你到時候自己看吧，賠率剩不到一賠二。」

「那三千里拉就沒了啊，」凱瑟琳說：「賽馬作弊好討厭喔！」

「我們還會拿到兩百里拉。」

「那跟沒有差不多，根本不夠分給我們。我還以為會贏了三千里拉。」

「賽馬作弊有夠沒品。」佛格森說。

「對啊，」凱瑟琳說：「要不是有人作弊，我們才不會押注在牠身上。但是假如能贏三千里拉該有多好啊。」

「我們下去喝一杯，順便看看獎金多少吧。」克洛威爾說。我跟他走到派彩公布地點，鈴聲響起，亞帕拉克的結果是十八點五，意思是贏的錢比下注十里拉還少。

我們走進看臺下方的酒吧，各自喝了一杯威士忌蘇打，後來巧遇兩個認識的義大利人，還有副領事麥克亞當斯，接著他們也一起回看臺找凱瑟琳與佛格森。兩個義大利人非常有禮貌，我們回看臺下注，麥克亞當斯跟凱瑟琳聊了起來。麥爾斯先生站在派彩站附近。

我對克洛威爾說：「問他押哪匹。」

克洛威爾問：「麥爾斯先生押哪一匹馬？」麥爾斯拿出賽程手冊，拿鉛筆指著五號賽馬。

克洛威爾問：「你介意我們押同一匹馬嗎？」

「直接下注啊，但是不要跟我老婆說我跟你報明牌。」

「想來一杯嗎？」我問麥爾斯。

「謝謝，不必了，我滴酒不沾。」

我們下注一百里拉賭五號贏，再花一百里拉賭名次，才又繼續喝了一杯威士忌蘇打。我直覺認為會贏，又認識了兩個義大利人，讓他們陪喝一杯後，我們才回去找凱瑟琳與佛格森。兩個義大利人也跟先前兩人一樣客氣有禮。過了一會，大家都坐不住了。我把下注的票遞給凱瑟琳。

「是哪一匹馬？」

「不知道。麥爾斯先生挑的。」

「你連名字都不知道？」

「對啊，你可以在手冊裡面找，好像是五號吧。」

「你真的很相信他耶。」她說。五號果然贏了，但根本沒贏多少錢。麥爾斯先生氣死了。

「花了兩百里拉，只賺回二十里拉，」他說。

「十里拉賺回十二里拉，太不值得了！我老婆還賠了二十里拉。」

凱瑟琳對我說：「我陪你下去。」四位義大利男子全部站起來。我們走下看臺，到外頭的檢閱場去。

「你喜歡賽馬嗎？」凱瑟琳問。

「對啊，應該算喜歡吧。」

「那也很好，」她說：「不過，親愛的，這裡人潮很多，我受不了。」

「沒有很多啊。」

「可是麥爾斯夫婦，還有在銀行工作那個男的帶著妻小……」

「是他幫我把即期票據換成現金的。」我說。

「是沒錯，但這件事情別人也會做，剛才那四個男的有夠糟糕。」

「我們可以待在圍欄邊觀賽呀。」

「太好了。對了，親愛的，我們就挑一匹名不見經傳的馬吧，連麥爾斯先生都沒有下注的馬。」

「好啊。」

我們下注的馬名叫「賜我光明」，最後在五匹馬的比賽中得到第四名。我們靠著圍欄，看著一隻隻賽馬經過眼前，躂躂的馬蹄聲不斷，遠方群山映入眼簾，還可望見樹林與田野另一頭的米蘭。

「耳根子總算清靜多了。」凱瑟琳說。一匹匹馬從門口走回圍場，渾身溼淋淋，騎師安撫著牠們，一路騎到樹林才下馬。

「你想喝一杯嗎？我們可以在這裡喝，順便欣賞一下馬兒。」

「我來買。」我說。

「服務生會端來。」凱瑟琳說。她把一手舉高，只見馬廄旁邊的帕歌達酒吧出來一名服務生。我們在一張圓鐵桌旁坐下。

「你也喜歡我們獨處嗎？」

「喜歡。」我說。

「一群人都在的時候，我反而覺得很孤單。」

「這裡的場地太大了。」我說。

「是啊，這座賽馬場真的很漂亮。」

「很不錯。」

「我不想掃了你的興，親愛的。你想回去的時候，我就陪你回去。」

「還沒，」我說：「我們就在這裡喝點東西吧。然後我們可以下去，守在水坑旁邊，欣賞賽馬越野賽。」

「你對我真好。」她說。

我們獨處一陣子後，很高興又看到其他人。我們度過了愉快的時光。

第二十一章

九月，夜晚逐漸涼爽起來，然後白天也愈發涼快，公園樹木的葉子開始褪色，我們知道夏天結束了。義大利前線戰況十分慘烈，軍隊無法拿下聖加百列山。貝因西薩高原的交戰已告一段落；九月中，聖加百列山的戰事也差不多結束了，部隊依舊拿不下這個山頭。艾托雷回到了前線，所有的馬也都前往羅馬，賽馬活動就此告終。克洛威爾也跑到了羅馬，等著被送回美國。米蘭發生了兩次民間反戰暴動，杜林的暴動更是一發不可收拾。在俱樂部有一位英國少校跟我說，義軍在聖加百列山與貝因西薩高原損失了十五萬兵力。他還說，光是卡索高原就有四萬人戰死。我們一邊喝著酒，他一邊說，今年南部這裡的戰役算是結束了，義大利政府太過好高騖遠。他說，佛拉蒙地區軍隊的進攻看樣子也即將失敗。如果盟國友軍跟今年秋天一樣死傷慘重，那明年就會是待宰的羔羊。他說，我們全都完蛋了，但只要大家不知情，那也沒關係。大家都完蛋了，重點是不要承認就好，而對此後知後覺的國家就能贏得戰爭。我們又喝了一杯。他說沒當過軍方幕僚，但他明明就有，反正幹話連篇。俱樂部裡只剩我們倆，便往後靠在皮製大沙發上。他的深色皮靴擦得亮晃晃，非常好看。他說，全部都是幹話。軍方滿腦子都只有師團和兵力大小，為了搶師團而吵個沒完，得到兵力後卻又讓人送死。他們全都完蛋了。德軍持續攻城掠地，天哪，他們真是生來就是打仗的料，那些老粗都是天生的軍人，不過他們也完蛋了。所有人都完蛋了。我問俄軍的情況，他說早就完蛋了，還說我很快就會看出來，還有奧軍也差不多。如果他們能獲得德國派師團來支援，那還有些贏面。我又問，他覺得今年秋天會發動攻擊嗎？當然會。義軍完蛋了，大家都是明眼人。他說那些老粗會一路南下，經過特倫蒂諾，再於維琴察把鐵路線切斷，義軍到時還能逃去哪？我說，他們在一九一六年就試過了。他說，那時還沒有德國援軍。我說有道理。他說，他們可能不會那麼做，這樣太簡單了，他們應該會嘗試複雜的戰術，然後潰不成軍。我說自己得走了，必須回醫院去。他說：「再見囉。」然後，又很愉快地補說一句「萬事順利啊！」他對世界的前景很悲觀，個人倒是表現開朗的模樣，前後真是強烈的對比。

我在理髮廳剃了鬍子，再回我們的醫院小窩。我的腿恢復到最佳狀態有段時間了，三天前還做了一次檢查，之後再進行一些治療，我在米蘭大醫院的療程就結束了。我在巷弄裡練習正常走路，當時有個老人在拱廊街上製作剪影，我停下來看他工作。兩個女生擺好姿勢，他把她們倆的影子剪在一起。他一邊側頭看著、一邊剪得飛快。女生們咯咯笑著。他先把剪影展示給我看，然後貼在白紙上遞給她們。

「兩個女生真漂亮，」老人說：「長官，你也想要嗎？」

兩個女生看著自己的剪影，邊笑邊離開了。她們都是眉清目秀的女生，其中一人在醫院對面的酒鋪工作。

「好啊。」我說。

「把帽子脫掉。」

「不用，我想要戴帽子。」

「這樣會不太好看唷。」老人說，忽然眼睛一亮，「不過會比較像軍人。」

他喀嚓喀嚓地剪起手上的黑紙，再把兩層厚紙分開，剪影貼在一張卡片上遞給我。

「多少錢？」

「不用錢，我只是想送你一張。」他揮手對我說。

「真是不好意思。」我拿出一些銅板，「這是我一點心意。」

「真的不用，我只是做好玩的，送給女朋友吧。」

「太感謝了，保重啊。」

「再見啦。」

我回到醫院發現有幾封我的信，其中一封是軍方正式文書。我還剩三週的病假，然後就要回前線了。我仔細地讀了一遍，哎，也沒其他辦法了。病假是從十月四日開始，也就是我療程結束當天。三週等於是二十一天，意思是還可以放到十月二十五日。我跟院方說我離開病房，走到跟醫院同一條街的附近餐廳，一邊吃晚餐一邊讀信，順便讀《晚報》。有封是祖父寫來的信，捎來了家裡的消息，還鼓勵我好好報效國家，另外附上面額兩百美元的票據以及一些剪報；軍中食堂的神父也寄來一封無聊的信；還有一封信是認識的朋友，他在法國空軍服役，說到自己跟一群瘋顛的同梯瞎混；雷納迪也寄了一封短信來，問我還要在米蘭躲多久，詢問我的近況，還列了一張唱片清單要我幫忙購買。晚餐時，我喝了一小瓶奇揚地紅酒，餐後又喝了一杯咖啡、一杯干邑白蘭地，看完報紙後把信放進口袋，再把報紙連同小費留在餐桌上，隨後就走出餐廳了。回到病房，我脫掉外衣、換上睡衣和睡袍，拉下露臺的門簾，坐在床上讀波士頓的報紙，麥爾斯太太特地拿了一疊報紙來給她在醫院的小朋友們。美國聯盟比賽的冠軍可望由芝加哥白襪隊拿下，紐約巨人隊的戰績在國家聯盟暫時領先。當時貝比．魯斯還是波士頓紅襪隊投手。那疊報紙都很無趣，主要刊登的當地新聞都是舊聞了，就連戰事新聞也是。全國新聞都跟新兵訓練營有關，我很慶幸自己不必參加新訓。唯一能讀的新聞只剩棒球賽事報導，但我真的一點興趣都沒有。一大疊報紙放在一塊，根本不可能讓人讀得起勁。儘管只是舊聞，但我還是稍微讀了一下。我好奇的是，假如美國真的全力投入戰爭，大聯盟是否會停賽？八成不會。即使戰況已經惡化到極點，米蘭的賽馬也照常舉行。不過，法國的賽馬倒是停辦了，所以亞帕拉克才會從法國來米蘭比賽。凱瑟琳值班從九點開始。她剛來上班時，我聽過她在走廊上的聲音，還有一次是看到她經過。她巡了幾間病房後，最後才來到我這間。

「親愛的，我來晚了，一大堆事情要忙。今天好嗎？」她說。

我轉述了報紙上的新聞，還有我剩三週病假可放。

「很好啊，你想去哪裡玩？」她說。

「哪裡都不去，我只想待在醫院。」

「別傻了，你挑個地方，我奉陪。」

「妳怎麼陪？」

「不知道，反正我會想辦法。」

「妳真厲害。」

「我才不厲害咧。只是如果完全不怕失去，人生其實沒什麼難事。」

「什麼意思？」

「沒什麼。我只是在想，有些阻礙我曾經以為很難克服，現在看起來卻像雞毛蒜皮。」

「我覺得可能還是很難啦。」

「親愛的，不會啦。必要的話，我直接翹班就好，但是不會走到這步啦。」

「那我們要去哪裡？」

「我去哪裡都可以，你想去的地方都好。只要沒有認識的人都好。」

「去哪裡妳都沒關係？」

「沒關係，我都喜歡。」

她看起來神情有點緊張。

「怎麼了，凱瑟琳？」

「沒事，沒什麼。」

「明明就有。」

「沒事，真的沒事啦。」

「我知道有事。說嘛，親愛的。妳可以跟我說。」

「沒事。」

「說嘛。」

「我不想說，我怕你會不高興或擔心。」

「我不會。」

「你確定？我不擔心，但我怕你會擔心。」

「如果妳不擔心，那我也不會擔心。」

「我不想說。」

「說嘛。」

「一定要說嗎？」

「對。」

「親愛的，我懷孕了，快滿三個月了。你真的不擔心吧？拜託，不要擔心喔，絕對不要擔心。」

「好唷。」

「真的沒擔心？」

「當然。」

「該預防的我都預防了，什麼藥我都試過，但都沒有用。」

「我沒有擔心。」

「親愛的，我也沒辦法。我不擔心，你也別擔心或心情不好喔。」

「我只擔心妳。」

「就是這樣，我就是要你別幫我擔心。女人懷孕是很常見的事，大家都會。女人天生就會生小孩啊。」

「妳好棒。」

「我沒那麼好。但是你不可以介意喔，親愛的，我會盡量不找你麻煩。我知道自己以前惹過麻煩，但自從我們認識以後，我應該一直都很乖吧？你也是到現在才知道我懷孕，對吧？」

「對啊。」

「之後也會像這樣。你千萬不要擔心，我看得出來你在擔心。放心啦，放一百個心。親愛的，想不想喝一杯？我知道喝酒就能讓你心情好起來。」

「不用喝啊。我的心情很好，妳很棒。」

「我沒你說的那麼好。但是，如果你挑個地方讓我們能一起去玩，我會負責打理好一切。十月的天氣應該很舒服。親愛的，我們會玩得很開心！到時候你回到前線，我也會每天寫信給你。」

「到時候妳會在哪裡？」

「還不曉得，應該會是很棒的地方，一切都交給我安排吧。」

我們倆沉默了一會，不發一語。凱瑟琳坐在床上，我看著她，但彼此身體沒有碰觸，而是隔了些距離，好像有人進來病房會不好意思那樣。她伸出手來，握住我的手。

「親愛的，你該不會生氣了吧？」

「沒有啦。」

「還是覺得心情卡卡的呢？」

「可能有一點點，但不是因為妳。」

「我知道不是因為我，傻瓜耶。我的意思是，你為什麼覺得卡卡的？」

「只要是人，難免就會卡關嘛。」

她若有所思了一陣子，沒有任何動靜，也沒有把手拿開。

「『難免』聽起來好討厭。」

「抱歉。」

「沒關係。但是你也知道我以前沒懷過孕，甚至沒有愛過其他人，而且我一直聽你的話，結果你卻說什麼『難免』會卡卡的。」

「不然我把舌頭割掉好了。」我提議。

「欸，親愛的！」她忽然回過神，「你不要把我說的放在心上嘛！」我們的心又靠近了，剛才的尷尬氣氛頓時消失。「我們真的是心連心，一定不能扭曲對方的意思唷。」

「我們才不會。」

「但是有人就會這樣。他們雖然彼此相愛，卻故意扭曲對方的意思，整天吵架，突然之間就沒辦法心連心了。」

「我們不會吵架的。」

「我們不可以吵架，因為只有我們這樣子，世界上其他人不一樣。如果我們之間出現了裂痕，那我們等於消失了，變得跟其他人一樣。」

「我們會好好的，」我說：「因為妳太勇敢了，勇敢的人絕對不會有意外。」

「再勇敢也會死。」

「但是就死一次。」

「不知道。誰說的？」

「懦弱的人死一千次，勇敢的人只死一次？」

「好，但是誰說的？」

「我不知道。」

「說這句話的人八成就是懦夫，」她說：「他很懂懦弱的人，卻不懂勇敢的人。勇敢的人要是夠聰明，也許會死兩千次，只是不說而已。」

「不知道。很難看見勇敢的人腦袋長什麼樣子。」

「對啊，他們就是這樣才聰明。」

「妳還真懂他們耶。」

「親愛的，你說對了，我欣然接受。」

「妳很勇敢。」

「才沒有，但是我想要勇敢。」

「我不勇敢，」我說：「我還算有自知之明，出社會那麼久了，早該清楚自己的能耐。我就像是安打兩百三十的打擊手，知道自己的表現就這樣了。」

「什麼是安打兩百三十呀？感覺很厲害啊。」

「並不厲害，意思是揮棒一千次，安打才兩百三十支，是差強人意的打擊手。」

「但是還是打擊手啊。」她語帶鼓勵地說。

「我想我們都太自以為是了，」我說：「不過妳還很勇敢。」

「才沒有，但是我想當勇敢的人。」

「我們都是勇敢的人，」我說：「不過我只有在喝酒後才變勇敢。」

「我們是了不起的人。」凱瑟琳語畢就走到衣櫥，拿來那瓶干邑白蘭地和酒杯給我。「喝一杯吧，親愛的，你已經超厲害了。」她說。

「我沒有很想喝。」

「喝一杯嘛。」

「也好。」我倒了三分之一杯的白蘭地，一飲而盡。

「好大一口喔。」她說：「我就知道白蘭地是給英雄喝的酒，但是講話不能太浮誇。」

「戰爭結束後，我們要住哪裡？」

「可能要住在養老院囉，」她說：「前三年我太傻了，還以為戰爭到了聖誕節就會結束。現在看來，恐怕等我們兒子當了海軍少校，戰爭也還結束不了。」

「說不定他會升任將軍。」

「如果這像百年戰爭一樣，他就有時間陸海軍都試試看。」

「妳不想喝一杯嗎？」

「不用，親愛的，你喝酒後心情好，我喝酒後只會頭暈。」

「妳沒喝過白蘭地嗎？」

「沒有啊，親愛的，我是很傳統的老婆嘛。」

我伸手去拿地板上的酒瓶，再倒了一杯酒。

「我要去看看你的弟兄們了，」凱瑟琳說：「你可以先看報紙，等我回來。」

「妳非走不可嗎？」

「遲早的事情呀。」

「好吧，那就現在吧。」

「等等回來唷。」

「報紙我早就看完了。」我說。

第二十二章

當晚，天氣驟冷，隔天下起雨來。從米蘭大醫院回來的路上，大雨不斷，進到室內當下我全身都溼漉漉的。我回到樓上病房，雨水重重落在外頭的露臺上，大風吹著落地窗嘎嘎作響。我換上室內服，喝了點白蘭地，但感覺味道不太好。到了晚上，我整個人覺得很不舒服；隔天早餐後，我的胃開始翻攪想吐。

「這錯不了啦，」住院醫師說：「護士小姐，妳看看他的眼白。」

蓋淇小姐看了一下。他們要我自己照鏡子：眼白泛黃，代表是黃疸。我整整病了兩週，期間沒辦法跟凱瑟琳去休假。本來，我們計畫好要去馬焦雷湖畔的帕蘭札。那裡秋天氣候宜人，葉子顏色多變，可以散散步或划船到湖上釣鱒魚。帕蘭札人潮少，所以比斯特雷薩更舒服。斯特雷薩與米蘭太近了，老是會遇到認識的人；帕蘭札有漂亮的村落，也可以划船到湖中小島，最大的島上還開了一家餐廳。可惜，我們沒辦法成行。

確診黃疸的我，有天躺在病床上，護理長范．卡朋小姐進來病房、打開衣櫃，看見裡頭那些空酒瓶。我先前拜託門房幫我丟掉一大堆空瓶，我猜想必是被她看到了，才會親自上樓來搜看看。那些空酒瓶原本大多裝的是苦艾酒、瑪薩拉酒、卡布里白酒，還有一瓶奇揚地和幾瓶干邑白蘭地。門房先前已把大酒瓶清掉，像是苦艾酒酒瓶、裹著麥草的奇揚地胖酒瓶，剩下白蘭地酒瓶留到最後處理。范・卡朋小姐發現的是白蘭地酒瓶，還有造型像熊的茴香酒瓶。那瓶茴香酒瓶讓她格外憤怒，她舉起瓶子，那隻熊用後腿站著、手掌向上、頭上是軟木塞、底座黏著一些水晶片。我啞然失笑。

「那是茴香酒，」我說：「外形是熊的酒瓶都是上等茴香酒，是俄國進口的。」

「那些都是白蘭地酒瓶吧？」范・卡朋問。

「我只看見一些，大概都是吧。」我說。

「你偷喝酒多久了？」

「我都是買好後自己帶進來的，」我說：「常常有義大利軍官會來探病，所以我會留一些白蘭地來招待他們。」

「你自己沒喝？」她說。

「我自己也會喝。」

「白蘭地總共有十一瓶喝光了，還有那瓶熊酒。」她說。

「我會叫人丟掉這些空酒瓶。只剩這些了吧？」

「茴香酒啦。」

「目前是這樣。」

「本來我還覺得你得黃疸很可憐，現在看起來真是活該。」

「謝謝妳啦。」

「你不想回前線，我也不能怪你。但是我還以為你會比較聰明，沒想到居然會酗酒到得黃疸。」

「什麼？」

「酗酒啊，你不要裝沒聽到。」我不發一語。「除非你又被診斷出其他病，否則等你的黃疸好了，還是得回前線打仗。既然你的黃疸是自找的，根本就不該放病假。」

「妳這麼想的嗎？」

「沒錯。」

「護理長，妳得過黃疸嗎？」

「沒有，但我看過很多黃疸病人。」

「妳覺得病人喜歡得黃疸嗎？」

「我覺得總比回前線來得好。」

「護理長，」我說：「妳聽過有人為了裝失能而踢自己蛋蛋嗎？」

范．卡朋不理會我的問題。她也只能不理我，否則就得要離開病房，但她還沒打算要離開，因為她不爽我很久了，剛好可以藉此好好教訓我。

「我知道有很多人為了離開前線自殘。」

「妳沒回答我的問題。我也見過自殘的弟兄。我的問題是，妳有沒有聽過有人為了失能去踢自己蛋蛋？因為得黃疸就好像蛋蛋被踢，我相信女人不太可能會有那種經驗。所以，我才會問妳有沒有得過黃疸。護理長，因為……」范．卡朋小姐沒聽完就離開病房，後來換蓋淇小姐進來。

「你跟范．卡朋小姐說了什麼啊？她超生氣的。」

「我只是把得黃疸的感覺做個比喻啊。本來我還想問她是不是有生過小孩……」

「你真是笨蛋耶，她恨不得剝了你的皮。」蓋淇說。

「我本來就任她擺佈了，」我說：「她害我的病假沒了，她只要願意，說不定還能讓我接受軍法審判，有夠壞心。」

「她本來就不喜歡你，所以是怎麼回事？」蓋淇說。

「她說，我是為了逃避回前線才卯起來喝酒喝到得黃疸。」

「呸，」蓋淇說：「我可以發誓說你沒喝酒，大家都會幫忙作證啦。」

「酒瓶都被她發現了。」

「我說過幾百遍了，一定要把酒瓶清乾淨。酒瓶現在在哪裡？」

「衣櫥裡。」

「你有行李箱嗎？」

「沒有，放在背包裡吧。」

蓋淇小姐把酒瓶塞進背包，然後說：「我拿去給門房。」語畢，她便往門口走。

「等等，酒瓶我會帶走。」范．卡朋小姐說，她帶著門房前來。「麻煩帶著那些酒瓶，我跟醫生回報的時候想給他瞧瞧。」

她回到走廊上走著，後頭是拎著背包的門房，他很清楚裡頭裝的東西。

後來我除了沒病假可放，其他懲罰倒是沒發生。

第二十三章

準備回前線的當晚，我叫門房去火車站一趟，等來自杜林的火車抵達後幫我占位子。火車預計在午夜出發。杜林發車後會在晚上十點半抵達米蘭，然後就一路等到午夜再出發，必須要看火車一進站就去占位子。門房帶了個朋友，那個朋友是機槍手，曾在裁縫店工作，門房多一個人幫我占位子也好。我給他們錢去買月台票，也叫他們幫我拿行李，即一個大背包和兩個側背包。

傍晚五點左右，我在醫院跟大家告別後就離開了。門房把我的行李擺在他的小屋裡，我說自己會在接近午夜前抵達車站。他妻子叫了我一聲「先生」後便哭了起來，擦乾了雙眼，跟我握手後又哭了。我拍了拍她的背，害她又哭一次。她先前幫過我縫補過一些衣服，是個堆滿笑容、滿頭白髮的矮胖女子，她哭到整張臉糾結在一塊。我下樓離開醫院後，來到街角的酒鋪等待，眼神望向窗外，天色已暗下來，冷冽的空氣瀰漫著薄霧。我買了杯咖啡和渣釀白蘭地，觀察窗外燈下來去的人潮。我看到凱瑟琳了，於是敲了敲窗戶。她與我四目相接後露出微笑，我便到外頭與她碰面。她身穿深藍色斗篷、頭戴軟呢帽。我們在人行道上散著步，行經一家又一家酒鋪，穿越市集廣場，順街道走下去，再通過拱門到米蘭大教堂廣場。眾多電車軌道的另一頭就是大教堂了，教堂在薄霧中既又白又溼。我們橫越電車軌道，左手邊就是許多店鋪，展示櫥窗內都點起了燈，還看得到拱廊街的入口。濃霧籠罩著廣場，我們來到大教堂正門時，看見教堂外觀的雄偉，而表面的石頭全都溼了。

「想不想進去？」

「不必了。」凱瑟琳說。我們便繼續往下走，前方是許多石拱柱，其中一根柱子陰影裡，有位士兵與女友站在一塊，我們經過他們身邊，兩人緊貼著石柱站著，女子身上還披著士兵的斗篷。

「他們好像我們喔。」我說。

「沒有人像我們啦。」凱瑟琳的語氣不太高興。

「希望他們有地方可以去。」

「這樣不見得對他們有好處。」

「不知道耶，但世界上每個人都應該有地方可以去。」

「他們還有大教堂啊。」凱瑟琳說。此刻，我們剛經過大教堂，穿越廣場另一頭後，又回頭瞧了大教堂一眼，它被薄霧襯托得好美麗。我們正好站在皮革店鋪門口，櫥窗裡擺著數雙馬靴、一個背包和滑雪靴。每項商品都各自擺成展示品，背包在正中間，馬靴與滑雪靴分別在左右兩側。這些皮件顏色均呈深色，上過油後好像舊馬鞍表面般滑亮。在燈光照射下，上過油的深色皮件格外光澤。

「我們找時間去滑雪吧。」

「再兩個月就可以去穆倫滑雪了。」凱瑟琳說。

「就去穆倫吧。」

「好啊。」她說。我們走過其他櫥窗，轉進一條小街。

「我以前都沒走過這條街耶。」

「我回醫院都走這條街。」我說。那是一條狹長的街，我們都靠右邊走，不少行人在霧中來來去去，兩旁有許多店鋪，所有櫥窗都點了燈。我們看著某個櫥窗內的一整落起司塊。我在一家槍械店前停下腳步。

「進去逛一下，我要買槍。」

「什麼槍？」

「手槍。」我們走進店裡。我解開自己的皮帶，把皮帶和空空的槍套擺在櫃檯上。櫃檯後站了兩名女子，她們拿出了幾把手槍。

「一定要能夠裝在這槍套裡。」我邊說邊打開槍套。那是個灰色的槍套，是之前我買的二手貨，這樣在大街上逛才安全。

「他們賣的手槍好嗎？」凱瑟琳問。

「每把好像都差不多。我可以試試這把嗎？」我問其中一名女子。

「我沒有地方可以讓你試射欸，」她說：「不過這把很好用，絕對不會射歪。」

我啪地扣了扳機，再把擊錘往後拉。彈簧很緊，但整體還挺順手。我再度試著瞄準、扣扳機。

「這是二手貨，」那位女士說：「本來屬於一名軍官，他是個神槍手。」

「原本是妳賣給他的嗎？」

「對。」

「那又怎麼會回到妳手上？」

「他的勤務兵賣給我的。」

「說不定我之前的槍也在妳店裡。這把多少錢？」我說。

「五十里拉，夠便宜吧。」

「好，那我再多買兩個彈匣和一盒子彈。」

她從櫃檯底下拿出兩樣物品。

「你要短刀嗎？」她問：「我這裡還賣很便宜的二手刀。」

「我要到前線去了。」我說。

「喔原來，那你就用不上佩刀了。」她說。

我付完錢，把彈匣填滿子彈後裝到手槍上，把手槍裝進槍套裡，再把備用彈匣也填滿，插進槍套插孔裡，最後再扣回我的皮帶上。現在皮帶的配槍頗有重量感，但我覺得最好還是去找個制式手槍，這樣就不怕子彈用完了。

「現在全副武裝啦，」我說：「我之前一直惦記這件事情，不買不行。剛到醫院時，不知道誰把我的手槍拿走了。」

「希望這把手槍好用。」凱瑟琳說。

「還需要其他的嗎？」那名女子問道。

「不用了。」

「那把手槍附了一條短繩。」她說。

「我也有注意到。」她還想多賣其他東西給我。

「你不需要哨子嗎？」

「應該不需要。」

那名女子跟我們道別，我們來到人行道上。凱瑟琳又往櫥窗內看去，店內女子則往外看，朝我們鞠了個躬。

「那些鑲在木頭裡的小鏡子是幹嘛用的？」

「用來誘鳥。義大利人在平原裡會拿著鏡子轉來轉去，雲雀看到就會飛出來，他們再開槍射擊。」

「義大利人真是天才，」凱瑟琳說：「親愛的，你在美國應該不會殺雲雀吧？」

「不會刻意去射殺。」

我們穿越馬路，開始走在小街另一側。

「現在我心情比較好了，」凱瑟琳說：「剛剛一開始散步，我心情好差。」

「我們只要在一起，心情都會很好。」

「我們會永遠在一起。」

「會啊，只不過今天午夜我要走囉。」

「別去想嘛，親愛的。」

我們繼續在街上散步，霧中的燈光看起來暈黃。

「你不累嗎？」凱瑟琳問。

「妳累嗎？」

「還好。散步很好玩啊。」

「不過也別走太久了。」

「好。」

我們轉進一條無燈的小街，走著走著，我停下腳步吻了凱瑟琳，此刻我感覺到她有隻手擺在我的肩膀上。她拉過我的披肩，把自己裹起來，這樣我們都被披肩蓋住。我們靠著一道高牆，站在街上。

「我們去一個地方吧。」我說。

「好啊。」凱瑟琳說。我們走到那條小街的盡頭，來到比較寬闊的大街，一邊就是運河河畔，一邊是磚牆和許多房子。再往前一點，我看到一輛電車過橋。

「我們可以在橋上搭馬車。」我說。

我們站在霧氣籠罩的橋上等馬車來，幾輛電車經過，上頭載滿回家的乘客。接著來了一輛馬車，但裡面已有乘客。這時，霧氣開始轉為飄雨。

「我們走路或搭電車也可以。」凱瑟琳說。

「會有馬車的，這裡是馬車的路線。」我說。

「有一輛來了。」她說。

車夫停下馬車，扳下里程表上頭的金屬招牌。馬車篷子拉了起來，車夫外套上滿是雨水。他戴的防水帽因為雨水而閃閃發亮。我們坐進後座，篷子讓車內相當陰暗。

「你叫他去哪裡？」

「火車站。火車站對面有一家旅館，我們可以去那裡。」

「我們直接去，不帶行李嗎？」

「對。」我說。

這段路很遠，馬車在雨中穿過一條條的小街，朝火車站前進。

「我們不吃晚餐嗎？我怕等等會餓。」凱瑟琳問。

「我們在旅館房間裡吃就好。」

「我沒有衣服換耶，就連睡衣也沒帶。」

「我們去買新的就好。」我接著對車夫說：「走曼佐尼大街，然後直直走。」他點了點頭，在下一個路口左轉。到了曼佐尼大街，凱瑟琳沿路留意賣衣服的店。

「這裡有一家。」她說。我叫車夫停車，凱瑟琳下車，穿過人行道，走進店裡。我在馬車裡往後靠坐，等她回來。當時雨下個不停，我聞到街道的潮溼氣味，還有馬兒汗水混著雨水的味道。她帶著一個包裹回到車上，我們繼續往前開。

「親愛的，我太奢侈了，不過這件睡衣好好看喔。」她說。

到了旅館，我要凱瑟琳先在馬車裡稍等，自己先到旅館跟經理講話。旅館空房還很多，我隨後回到馬車上，付錢給車夫後，便跟凱瑟琳走進旅館。上前的小男僕身穿制服，幫忙接過凱瑟琳的包裹。經理對我們鞠躬，引導我們走到電梯。電梯內裝飾著紅色絨布與黃銅。經理陪我們搭電梯上樓。

「先生與夫人想在房間裡用晚餐嗎？」

「是的。可以麻煩你送菜單上樓嗎？」

「您晚餐想不想吃點特別的？像是野味，還是舒芙蕾呢？」

電梯經過三層樓，每經過一層都發出喀喀聲，到了四樓才停下來。

「有哪些野味？」

「我們這裡有雉雞或是山鷸。」

「那就山鷸吧。」我說。我們在走廊上走著，地毯破舊，兩旁有許多門。經理在一個客房前停下腳步，開鎖後把門打開。

「這是兩位的房間，非常漂亮。」

男僕把包裹放在房間中央的桌子上。經理幫我們打開窗簾。

「今天外面的霧好大。」他說。整間客房都是紅絨布，裡頭有許多面鏡子、兩張椅子，還有鋪著緞子床單的一張大床，另外有扇門是通往衛浴。

「我會派人把菜單送上來。」經理鞠了個躬，然後就出去了。

我走到窗邊往外看，拉了拉繩子關上厚厚的絨布窗簾。凱瑟琳坐在床邊，看著雕花玻璃的吊燈。她已脫下帽子，頭髮在燈光下光澤亮麗。她看到一面鏡子中的自己，伸手撥了撥秀髮。我在其他三面鏡子中看著她，她似乎不太開心，任由斗篷滑到床上。

「怎麼啦，親愛的？」

「我今天覺得自己好像妓女，以前都沒這種感覺。」她說。我走到窗邊把簾子拉開，朝窗外看。原本沒想到會有這種感覺。

「妳才不是妓女。」

「我知道啦，親愛的，但是這種感覺好差。」她聽起來沙啞又壓抑。

「這已經是我們能住的最高級旅館了。」我說。我看向窗外，廣場另一頭是火車站熠熠的燈光。街上有好多馬車經過，我還看見公園的樹木。旅館燈光映在潮溼的人行道上。我心想，搞屁啊，我們偏偏要現在吵架嗎？

「你過來嘛。」凱瑟琳說，原本低沉的語氣消失了。「拜託嘛，快過來。我又乖乖的了。」

我往床上看去，她露出了微笑。

我過去坐到她身邊，開始吻她。

「真是我的乖女孩。」

「我當然是你的乖女孩。」她說。

吃過晚餐後，我們都心情很好。後來，我們玩得很高興，沒多久就把房間當成自己的家，先前我的病房是我們的家，現在旅館的客房也成了我們的家。

吃飯時，凱瑟琳把我的軍用外套披在肩上。我們都餓壞了。晚餐十分美味，我們還喝了卡布里白酒、聖艾斯泰夫紅酒各一瓶。大部分都是我在喝，不過凱瑟琳也小啜幾口，酒後她開心得不得了。我們晚餐吃了山鷸、馬鈴薯舒芙蕾、栗子泥和沙拉，配上甜點沙巴雍。

「這房間很棒，」凱瑟琳說：「很不錯，為什麼我們在米蘭都沒來住呢？」

「這房間挺奇怪的，但還可以啦。」

「人的惡習還真是了不起，」凱瑟琳說：「來這裡的人感覺都很有品味。紅色的絨布質感很好，非常適合。鏡子也都很吸睛。」

「妳還真可愛。」

「不曉得早上在這個房間醒來會是什麼感覺，但這房間還真不錯。」我又倒了一杯紅酒。

「真希望我們可以做些罪大惡極的事情，」凱瑟琳說：「我們做的感覺都天真無邪，很單純。我想不到我們做錯什麼事情。」

「妳超棒呀。」

「我只覺得好餓，要餓死了。」

「妳真是漂亮又單純呢。」我說

「我很單純呀，這一點只有你懂。」

「剛認識妳的時候，我有天花了一整個下午，在想跟妳住卡弗爾飯店會是什麼感覺。」

「真是不害臊欸。這裡就我們的卡弗爾飯店啦。」

「不算，要是卡弗爾飯店，我們才不可能入住。」

「他們早晚也會讓我們入住的。不過親愛的，這點我跟你就不一樣，我不會胡思亂想。」

「妳從來沒有胡思亂想？」

「只有一點點。」她說。

「噢，妳真可愛。」

我又倒了一杯紅酒。

「我很單純啊。」凱瑟琳說。

「剛開始我不這樣覺得，還以為妳瘋瘋癲癲的。」

「我是有點瘋啊，但是不是太複雜的那種。親愛的，我沒把你給搞糊塗吧？」

「葡萄酒真是美妙，」我說：「讓人忘掉不好的事情。」

「很棒，但我爸喝酒喝到痛風發作。」凱瑟琳說。

「妳爸爸還在？」

「在啊。」凱瑟琳說：「他有痛風，你不必跟他見面啦。你爸爸不在了嗎？」

「不在了，只有繼父。」我說。

「我會喜歡他嗎？」

「妳不必見他。」

「我們這樣好開心喔，」凱瑟琳說：「我對其他事情沒興趣了。只要能跟你結婚，我就很開心。」

服務生進來幫我們清理客房。過一會，我們沒講半句話，可以聽見外頭的雨聲。樓下大街傳來一輛汽車的喇叭聲。

我朗誦起一首詩：

「但我老是聽到身後

時間長翅膀的戰車匆匆逼近。」

「我知道這首詩耶，」凱瑟琳說：「作者是馬韋爾，主角是不願與男人同居的女人。」

我的腦袋此時非常清醒，想要聊聊正經事。

「妳打算在哪裡生小孩？」

「不知道。盡量找個好地方囉。」

「妳打算怎麼安排呢？」

「盡量做最好的安排。別擔心，親愛的。也許戰爭結束前，我們會有好幾個小孩呢。」

「我差不多該走了。」

「我知道。如果你想離開，就趕快離開吧。」

「我不想。」

「那就別擔心，親愛的。你本來心情好好的，可是現在你卻很擔心。」

「我不擔心啦。妳會多久寫一封信給我？」

「每天都寫啊。軍方會檢查你的信嗎？」

「反正他們的英文沒那麼好。」

「我會讓他們一頭霧水。」凱瑟琳說。

「但可別太難懂唷。」

「我會寫得有點難懂就好。」

「我們恐怕要出發了。」

「好唷，親愛的。」

「哎，好不捨得離開我們的小窩。」

「我也不捨得。」

「但是我們真的得走了。」

「好吧。不過，我們都沒有一個可以待很久的家耶。」

「以後會有的。」

「我會有很漂亮的家，等你回來。」

「也許我一下子就回來了。」

「也許你的腳會受點小傷。」

「或者是耳垂。」

「不可以，我希望你的耳朵好好的。」

「那我的腳就可以受傷？」

「你的腳明明受過傷啦。」

「好啦，親愛的，真的要走了。」

「好，你先走吧。」

第二十四章

我們一起走下樓，沒搭電梯，樓梯的地毯破破爛爛。先前餐點送上樓時，我已付了餐費，現在同一位服務生坐在門邊的椅子上。他跳起身來，朝我鞠了躬，我跟他走進旁邊小房間，付清了客房的費用。當初入住時，那位經理還把我當成朋友，不讓我先付，但休息前卻記得吩咐服務生守在門口，以免我拍拍屁股就走人了。我猜，他八成遇過這種鳥事吧，搞不好還是自己的朋友。戰爭期間，大家的朋友都一大堆。

我吩咐服務生幫我們叫一輛馬車。他接過我手上那包凱瑟琳的衣服，撐傘走出旅館。我望向窗戶，看見他在雨中穿越馬路。我們站在小房間裡，眺望窗外。

「凱兒，妳還好嗎？」

「好睏。」

「我覺得肚子空空的，好餓。」

「你有沒有東西吃？」

「有，在側背包裡。」

我看見馬車開了過來。車停下後，馬兒的頭在雨中低垂，服務生走了出來，撐開傘朝旅館這邊過來。我們與他在門口碰頭，他撐傘送我們走在溼漉漉的人行道上，直到路邊的馬車旁。

水溝內的水流湍急。

「您的包裹放在座位上了。」服務生說。他手拿著傘等我們倆上馬車，我付小費給他。

「謝謝您，一路順風。」他說。車夫舉起韁繩催馬前進。服務生轉身，撐傘走回旅館。我們沿著街道前進，左轉後來到火車站右前方，路燈下有兩位憲兵，剛好站在不會被雨淋到的地方。路燈照亮了他們的帽子。在車站燈光映照下，雨水清澈透明。一位行李搬運員走出火車站，雙肩聳起，任憑雨水打在上頭。

「謝謝，」我說：「但我自己來就好。」

他走回拱道裡躲雨。我轉身面向凱瑟琳，她的臉被車篷陰影遮住。

「我們就在這裡道別吧。」

「我不行進去嗎？」

「不行。」

「保重，凱兒。」

「你可以叫他送我回醫院嗎？」

「好。」

我把地址告訴車夫，他點了點頭。

「保重，好好照顧自己和肚子裡的寶寶。」我說。

「再見，親愛的。」

「再見。」語畢，我走進雨中，馬車也開始移動。凱瑟琳探出頭，我藉著燈光看到她的臉，她笑著對我揮揮手。馬車沿著街道駛去，凱瑟琳指著拱門的方向，我順著看過去，只有兩名憲兵與拱門，這才恍然發現她在示意要我進去躲雨。我走到拱門內，站著看馬車轉過街角，才轉身進去車站，走下通往火車的坡道。

那名門房正在月台上找我。我跟他走進火車車廂，穿越擠滿乘客的車廂，緩步在走道上移動，通過一扇門後來到一個滿座包廂，先前那名機槍手就坐在角落。我的大背包和兩個側背包擺在他頭頂的行李架上。走廊上仍有許多人站著，我們剛進包廂時，所有乘客都盯著我們。火車內座位不夠，大家都很暴躁。機槍手站了起來，好讓我坐下。有人拍了拍我的肩膀，我回頭一看，原來是砲兵隊上尉，身材高瘦，下巴有一道紅疤。他先透過包廂門玻璃窗往內看，才走了進來。

「你說什麼？」我問。我已轉身面對他，他長得比我高，臉頰在帽簷影子下極為削瘦，疤痕新得發亮。包廂裡所有人都在看我。

「你不可以這樣。」他說：「你不可以叫士兵幫你占位子。」

「位子都占了耶。」

他吞了口口水，喉結先往上再往下移動。機槍手站在座位前。包廂外其他人也透過門的玻璃窗往裡看。包廂內一片鴉雀無聲。

「你沒有權利這樣賴皮，我比你早兩個小時來。」

「那你想怎樣？」

「有位子坐。」

「我也是。」

我看著他的臉，可以感覺包廂所有乘客都討厭我。我並不怪他們，他說得沒錯。但我想要座位，仍然沒人說話。

我心想，欸，搞屁啊。

「坐下吧，上尉。」我說。機槍手讓開路來，高高的上尉就坐下來。他看著我，臉上一副受傷的模樣，但他現在有了座位。「幫我拿行李。」我對機槍手說。我們走到外面的走廊。火車上水洩不通，我知道自己不可能有位子坐了。我給了門房與機槍手各十里拉。他們在走廊走著，來到月台上，窗戶往裡看，但還是沒有看到任何座位。

「也許有人會在布雷夏下車。」門房說。

「布雷夏上車的人會更多喔。」機槍手說。我們握手道別後，他們就離開了，兩人心情都很差。火車發動時，車廂走廊上有許多人站著。火車離站時，我看著車站燈光與停車場。雨還在嘩啦下著，窗戶一下子就溼掉了，無法看到窗外景象。後來，我先把裝錢和文件的皮夾塞進襯衫或褲管裡，才睡在走廊的地板上。我睡了一整晚，火車先後抵達布雷夏和維洛納，有更多人上了車，害我多次醒來，卻又很快入睡。我的頭枕在一個側背包上，雙手環抱另一個側背包，大背包則擺在身邊，只要別被人踩到就好。走廊上滿是睡在地板上的男人，還有人是站著睡，只是抓著窗邊扶手或靠在門上。這班火車老是擁擠不堪。

第三部

第二十五章

秋天的樹梢光禿禿，路面一片泥濘。我搭著軍用卡車，從烏迪內前往哥里加。我們在途中經過一輛又一輛軍卡，我欣賞著鄉間景色，一棵棵的桑樹都禿了，大片田野呈現棕色。整排的禿樹讓地面滿是雨水打溼的枯葉，工人正利用道路兩側樹木之間一堆堆的碎石，填平路面的凹痕。我們看見薄霧籠罩著哥里加，遠方山巒也被遮擋住了。我們渡河時，正逢河水高漲，看來先前山區雨勢不斷。我們抵達哥里加後，經過一家又一家工廠、宅院和別墅，我看見有更多住宅外觀都是砲彈的痕跡。在一條窄街上，我們經過一台英國紅十字會的救護車。司機戴著一頂小帽，細長的臉十分黝黑。我不認識他。到了市長官邸前廣場後，我走下卡車，司機把背包交給我，我順便掛起兩個側背包，再走往我們駐紮的那間別墅，可惜沒有回家的感覺！

我走在在溼答答的礫石車道上，看著隱身在樹木間的那棟別墅。別墅的窗戶全都緊閉，只有大門敞開。我走進了去，發現空蕩蕩的房間內，少校正坐在桌邊，牆上只貼了一些地圖和打好字的紙張。

「嗨，」他說：「還好嗎？」他看起來更顯老態又乾癟。

「很好啊，一切都順利嗎？」我說。

「打完啦，」他說：「把東西放下來，坐一下吧。」我把背包和兩個側背包擺在地板上，軍帽放在背包上。我把一張椅子從牆邊搬來，坐在桌子旁邊。

「這個夏天有夠慘，」少校說：「你現在身體還撐得住嗎？」

「可以。」

「你到底有沒有拿到勳章啊？」

「有，拿到了，非常感謝。」

「給我看看。」

我拉開斗篷，給他看我身上的兩條勳章背帶。

「勳章有沒有附盒子啊？」

「沒有，只有受勳文件而已。」

「之後盒子會寄來，還需要點時間。」

「你要我負責什麼工作呢？」

「救護車都出勤了，六輛去北邊的卡波雷托。你知道卡波雷托嗎？」

「知道。」我說，記得那是座白色山谷小鎮，鎮上有一座鐘樓，街道很乾淨，廣場上還有一座漂亮的噴泉。

「他們要把傷患送回來，現在傷患很多，打仗打完了。」

「其他車呢？」

「還有兩輛在山區，四輛在貝因西薩，另外兩支車隊跟第三軍團在卡索高原。」

「你希望我幫什麼忙？」

「你可以去貝因西薩接管那四輛救護車，吉諾在那高原待很久了。你還沒上去過吧？」

「沒有。」

「很慘烈，我們損失了三輛救護車。」

「我聽說了。」

「也是，雷納迪有寫信給你。」

「雷納迪人呢？」

「他人在醫院，整個夏天和秋天都在忙。」

「我想也是。」

「戰況一直很慘烈，」少校說：「慘到你無法相信。我常常在想，你被炸傷反而算是運氣好咧。」

「我真的算是走運。」

「明年一定會更糟糕，」少校說：「也許他們現在會發動攻擊，大家都這麼說啦，只是我不相信。你有沒有看到河水的樣子？」

「有啊，河水漲得好高。」

「雨開始下個沒完，我不相信他們會冒然發動攻擊。很快就要下雪了。你那些同鄉呢？還會有其他美國人嗎？」

「他們在訓練一批千萬大軍。」

「希望一部分是我們的援軍，但是想必都會被法國人搶走，我們根本分不到什麼人。好啦，今天晚上你住在這裡，明天搭那台小車過去，換吉諾回來。我會派認得路的人同行，吉諾會把所有事情跟你交待，敵軍三不五時還是會轟炸，但戰爭打完了。你最好看看現在貝因西薩的模樣。」

「樂意之至啊，我很高興能夠回來效勞，長官。」

他微笑地說：「這麼會說話。我覺得打仗打得好膩，要是我也離開前線，絕對不會回來。」

「這麼慘啊？」

「對啊，沒有最慘，只有更慘，好好盥洗一下，然後去找你朋友雷納迪吧。」

我帶著行李出去，走上樓梯。雷納迪不在房間裡，但他的東西都還在。我坐在床上解開綁腿，脫了右腳的鞋子，整個人躺在床上。我好累、右腳好痛，只脫右邊的鞋躺在床上感覺很呆，所以我站起來把另一隻的鞋帶解開，任由鞋子落在地板上，然後又躺回床上的毛毯。窗戶關著，房間好悶，但我累到無法起來開窗。我看見自己的東西都堆一個角落。外頭天色漸暗，我躺在床上想念凱瑟琳，順便等雷納迪回來。我本來只打算只有睡前才會想她。但現在我又累又沒事幹，就乾脆躺著想她了。我想著想著，雷納迪就走進房間。他看起來還是老樣子，大概稍微瘦了點。

「嗨，小老弟。」他說，我在床上坐起來。他過來坐在床上，一隻手臂摟住我。「最乖的小老弟。」他大力拍著我的背部，我抓住他的雙臂。

「小老弟啊，」他說：「讓我看看你的膝蓋。」

「那我要脫掉褲子耶。」

「那就脫啊，小老弟。我們是好朋友嘛。我想看看開刀開得怎樣。」我站起來脫掉褲子、拉下護膝，雷納迪坐在地板上，輕輕把我的膝部前後彎曲。他用一根手指摸著那條疤痕，兩根大拇指一起按在膝蓋骨上，其他根手指則輕輕搖晃我的膝部。

「最多只能這麼彎嗎？」

「對啊。」

「王八蛋，居然把你送回前線，應該要等膝蓋可以完全活動啊。」

「已經比先前復原很多了啦，本來硬得跟木板一樣。」

雷納迪把我的膝蓋往下彎。我看著他那雙手，像外科醫生那樣漂亮。我目光移動到他頭頂，他的頭髮亮晃晃，旁分得俐落。此時他扳過頭了。

「哎唷！」我叫出聲。

「你應該再用機器多復健幾次。」雷納迪說。

「好很多了。」

「小老弟，我看得出來。這方面我比你懂得多啦。」他站起來坐在床上說：「膝蓋手術做得很好。」然後他說：「快把你的近況一五一十交代清楚。」

「沒什麼好說的啦，」我說：「這陣子很平靜。」

「你的口氣活像結婚了，」他說：「你怎麼了？」

「沒怎樣啊，」我說：「你又怎麼了？」

「我快被這場戰爭給煩死，」雷納迪說：「快要得憂鬱症了。」他雙手交疊，放在膝蓋上。

「是喔。」我說。

「怎樣？難道我不能有正常人類的衝動嗎？」

「不是，我看你過得很快活啊。說吧，怎麼了？」

「整個夏天和秋天我都在開刀，工作沒完沒了，大家的工作都落在我頭上，困難的手術都留給我。天啊，小老弟，我快變成人見人愛的外科醫生了。」

「聽起來很好啊。」

「我根本沒有在思考。沒有，天啊，完全不必動腦，只要開刀就好。」

「對啊。」

「不過，小老弟，現在都結束了，我不必再開刀，心情反而糟透了。這場戰爭太可怕了，小老弟。相信我，你才讓我心情好起來。有沒有帶唱片回來呀？」

「有喔。」

我用厚紙板盒裝著唱片，放在背包裡。但我剛剛太累，懶得拿出來。

「小老弟，那你開心嗎？」

「糟透了。」

「這場戰爭有夠慘，」雷納迪說：「來吧，我們喝個爛醉、開心一下，再去爽爽，然後就會沒事了。」

「我的黃疸還沒好，」我說：「不能喝個爛醉。」

「噢，小老弟，你終於回到我身邊了！但是簡直變成另一個人耶，正經八百又會怕肝不好。我跟你說，這場戰爭真的太可怕了，當初幹嘛打仗呢？」
「我們來喝酒吧。我不想喝醉，但是喝點酒沒問題。」
雷納迪去房間另一頭的洗手檯旁，拿了兩個玻璃杯和一瓶干邑白蘭地。
「這是奧地利干邑白蘭地，」他說：「七顆星認證唷，聖加百列山上唯一的戰利品。」
「你去那座山？」
「沒有，我到現在哪兒都沒去，一直都在這裡幫忙開刀。小老弟，你看看，這是你之前刷牙的漱口杯。我一直都留著喔，才不會忘了你。」
「提醒你自己要刷牙。」
「不是，我自己也有漱口杯。我留這個杯子，是要提醒自己你有天晚上去紅院，隔天早上想洗掉那一段記憶，居然邊罵髒話邊吃阿斯匹靈，咒罵那些妓女。每次只要看到那個玻璃杯，我就想到你居然會用牙刷來洗良心欸。」他走來床邊對我說：「親我一下，說你沒有正經八百。」
「絕對不親欸，你這隻大猩猩。」
「我知道啦，你是盎格魯薩克遜的乖乖牌，我也知道啦，你就是容易後悔，我都知道啦。我就等你下次嫖完妓，隔天絕對又會努力刷牙。」
「幫我倒杯酒啦。」
我們碰杯喝酒，雷納迪還在嘲笑我。
「我先把你灌醉，幫你把肝臟挖出來，換一個義大利人的健康肝臟給你，這樣你就又像個男人啦。」

我拿著杯子要再喝點白蘭地。此時，外頭天色已暗。我拿著酒杯去開窗，雨早停了，空氣更加冷冽，林間被霧氣給纏繞著。

「不要把白蘭地往窗外倒喔，」雷納迪說：「不能喝就給我喝啦。」

「去死啦你。」我說。我很開心能與雷納迪重逢，兩年多來他就愛這樣鬧著玩，我其實也樂在其中。我們太了解彼此了。

「你結婚了沒？」他在床上問我。我靠著牆壁，站在窗邊。

「還沒。」

「在談戀愛嗎？」

「嗯。」

「跟那個英國妞？」

「對。」

「可憐的小老弟。她對你好嗎？」

「當然好啊。」

「我是說，做那檔事的時候，她對你好不好？」

「閉嘴啦。」

「等下就閉嘴。我呢，平時講話本來就很含蓄。她有沒有……？」

「雷，拜託閉嘴啦。如果你想當我的朋友，就給我閉嘴。」我說。

「小老弟，我何必想當你朋友咧？我現在就是你的朋友啊。」

「那就閉嘴啊。」

「好、好、好。」

我走到床邊，坐在雷納迪身旁。他手握酒杯，盯著地板瞧。

「雷，你明白我和她的關係吧？」

「噢，當然明白。我這輩子看過太多命中注定的另一半了。但是你幾乎不會遇到，我猜你應該也是有啦。」他盯著地板。

「難道你沒有嗎？」

「沒有。」

「一個也沒有？」

「沒有。」

「那我可以拿你媽、姊姊妹妹來說嘴也可以？」

「還有拿你的妹子來說嘴吧。」雷納迪馬上回答。我們倆大笑出聲。

「老了就剩一張嘴。」我說。

「也許我很嫉妒吧。」雷納迪說。

「你才沒有咧。」

「我不是那個意思啦，我是指其他事情。你有沒有朋友結婚了？」

「有。」我說。

「我沒有，」雷納迪說：「我的朋友裡沒有相愛結婚的人。」

「為什麼沒有啊？」

「他們討厭我啊。」

「為什麼討厭你？」

「我就跟蛇一樣，象徵理性的蛇。」

「你搞混了吧！蘋果才象徵理性。」

「不對，蛇才是理性。」他的心情開朗起來了。

「你不沉思的時候比較好。」我說。

「我愛你，小老弟，」他說：「每次我當個了不起的義大利思想家，你就會扯我後腿。不過，我知道的事情太多都不能講。我懂的比你多啦。」

「是啊，你懂的比較多。」

「不過你會過得比我爽，就算之後後悔，你也會比我爽。」

「我不覺得。」

「欸，會啦，是真的。現在我只有工作才覺得開心耶。」他再度盯向地板。

「你會沒事啦。」

「不可能。除了工作，現在我只愛兩件事：一件事對我的工作有害，另一件事大概半小時或十五分鐘結束了，有時候時間更短。」

「有時候沒幾分鐘就結束囉。」

「小老弟，我說不定變厲害了，你不知道而已。但我現在就剩這兩件事跟我的工作了。」

「你會找到其他事情來做啦。」

「不會。我們人哪，找不到就找不到，出生就注定擁有什麼了，從來就學不乖。我們找不到新東西。我們出生就完整了。你應該慶幸自己不是拉丁人。」

「現在早就沒有什麼拉丁人啦。你那叫作拉丁思維。你對自己的缺點還挺得意嘛。」雷納迪抬頭看我，笑了出來。

「我們先這樣吧，小老弟，一直思考讓我覺得好累。」其實他剛進門時，看起來就很累了。「差不多要吃飯了。我很開心看到你回來耶，你是我最好的朋友，我們是戰地兄弟！」

「戰地兄弟什麼時候吃飯啊？」我問他。

「馬上。為了顧你的肝，我們就多喝一杯吧。」

「以為是聖保羅啊！」

「這樣不精確喔。聖經裡那段說的是葡萄酒和胃，喝點葡萄酒顧胃。[12]」

「隨便啦，誰管你瓶子裝什麼酒，」我說：「還是會顧什麼，你說了算。」

「敬你的妹子一杯。」雷納迪說，同時舉起酒杯。

「好的。」

「我不會再拿她來開骯髒玩笑。」

「不必勉強自己啦。」

他把白蘭地一口飲盡後說：「我很純潔耶，我就跟你一樣，小老弟。我也會交個英國妞。

真要說起來，我比你還早認識你女朋友欸，只是她對我來說有點太高，高到不適合當姊妹啦。」他引述《聖經》典故。

「你的腦袋還真純潔。」我說。

「對吧？所以大家都叫我純潔的雷納迪。」

「齷齪的雷納迪吧。」

「走吧，小老弟，趁我的腦袋還純潔，我們下樓去吃飯吧。」

我梳洗一番後，我們就下樓去吃飯。雷納迪有點醉了。我們到了飯廳，結果晚餐還沒準備好。

「我去拿一瓶酒。」雷納迪說完又走上樓。我坐在桌邊，看到他回來時手拿一瓶干邑白蘭地，各自倒了半杯白蘭地。

「太多了啦。」我邊說邊拿起玻璃杯，映著桌燈朝著酒瞧了又瞧。

「胃空空的剛好拿來裝酒。白蘭地超讚的耶，把胃徹底燒一燒，頂多就這麼糟糕了。」

「好唷。」

「一天又一天自我毀滅，」雷納迪說：「酒會把胃燒壞，也會害手發抖，正中外科醫生下懷啊。」

---

12 出自《聖經》提摩太前書第五章第二十三節，提摩太胃不好又體弱多病，聖保羅建議他不要只喝水，要在水中加點酒。

「你推薦嗎？」

「大力推薦。我只喝這種酒。喝啊，小老弟，等著生病吧。」

我喝了半杯酒，聽見走來傳來勤務兵的大喊：「熱湯！熱湯煮好囉！」

少校走了進來，朝我們點點頭，坐了下來，桌邊的他看起來很矮小。

「就我們這些人嗎？」少校問。勤務兵把湯碗放下，舀了滿滿的一碗。

「就我們了，」雷納迪說：「除非神父也來。如果他知道費德里克也在就會來。」

「他人在哪裡？」我問。

「三〇七。」少校說。他忙著喝湯，擦了擦嘴巴，同時把上翹八字鬍仔細地擦乾淨。「我覺得他會過來。我剛剛打電話留言了，說你在這裡。」

「真想念那個吵吵鬧鬧的食堂。」我說。

「對啊，這裡好安靜。」少校說。

「等一下就熱鬧了。」雷納迪說。

「喝點葡萄酒吧，亨利。」少校說，他把我的酒杯倒滿。義大利麵端上來後，大家開始狼吞虎嚥。等到神父進來，我們都差不多吃光了。他看起來是老樣子，外形矮小，有著麥色皮膚和結實的身體。我起身跟他握了握手，他一手搭在我的肩膀上。

「我一聽到消息就趕來了。」他說。

「坐吧，你遲到囉。」少校說。

「神父，晚安。」雷納迪用英語打招呼。那個愛捉弄神父的上尉會講些英文，大家都從他那裡學來的。神父說：「晚安，雷納迪。」勤務兵把湯端了過來，但他說自己想先吃義大利麵。

「你都好嗎？」他問我。

「還不錯，那你呢？一切可好？」我說。

「喝些葡萄酒吧，神父，」雷納迪說：「喝酒顧胃嘛，聖保羅說的。」

「對，我知道。」神父很禮貌地回答。雷納迪幫他把杯子倒滿。

「話說這位聖保羅啊，」雷納迪說：「麻煩都是他惹出來的。」神父微笑看著我，我看得出來這招對他沒用了。

雷納迪說：「他自己花天酒地，等到酒酣耳熱了，就說這些都不是好東西。他自己喝夠了，就替我們這些沒喝夠的人訂規矩。對不對啊，費德里克？」

少校露出微笑，這時我們在吃燉肉了。

「到了晚上，我就不會說聖人的閒話。」我說。神父本來在吃燉肉，聽到後抬頭朝我微笑。

「他又來了，跑去跟神父同一陣線，」雷納迪說：「那些愛逗神父的傢伙咧？卡瓦康提人呢？布倫迪人呢？賽薩雷人呢？難道我得自己一個人來逗神父啊？」

「他是很棒的神父。」少校說。

「他是很棒的神父，」雷納迪說：「但還是神父啊。我希望這間食堂跟以往一樣熱鬧。我想讓費德里克開心嘛。去死啦，神父！」

我看到少校盯著他，發覺他喝醉了，瘦巴巴的蒼白臉龐，額頭白到讓頭髮格外顯黑。

「沒關係，雷納迪，沒關係。」神父說。

「去死啦，神父，」雷納迪說：「全世界都去死啦！」他整個人往後靠在椅背上。

「他工作壓力太大了，累了。」少校對我說。他吃完了燉肉，正拿塊麵包把肉汁抹乾淨。

「我他媽的才不在乎咧，」雷納迪對著餐桌說：「全世界都去死吧！」他狂妄地環顧四周，雙眼呆滯、面色蒼白。

「好啦，好啦，全世界都去死。」我說。

「不對，不對，」雷納迪說：「你不可以，我說你不可以這樣說。你們全都被榨乾啦，都被掏空啦，什麼鳥東西都不剩了。我告訴你，什麼都沒啦。我只要不工作，就什麼他媽的東西都不剩了。」

神父搖了搖頭，勤務兵收走裝燉肉的盤子。

「你怎麼在吃肉？」雷納迪轉身對神父說：「你不知道今天是禮拜五嗎？」

「今天是禮拜四。」神父說。

「說謊！今天是禮拜五。你吃了主耶穌的聖體。那是天主的肉啊，是奧地利人的屍體。都被你吃下肚了。」

「白肉是軍官身上的肉。」我幫他把老掉牙的笑話說完。

雷納迪哈哈大笑，倒滿自己的酒杯。

「別介意啊，我只是在發酒瘋。」他說。

「你應該休假一下。」神父說。

少校搖搖頭，雷納迪看著神父。

「你覺得我應該要休假？」

少校對著神父搖搖頭，雷納迪依然看著神父。

「隨你便啊，你不想休假就別休假。」神父說。

「去你媽的，」雷納迪說：「他們想要弄走我。每天晚上他們都想弄走我，我把他們全擊退了。我休假又怎麼樣？大家都休假。全世界都休假。一開始呢……」他不停講下去，彷彿像在幫大家上課，「只是個小粉刺，後來我們發現兩肩之間出現一片疹子，然後我們就沒其他發現了，想說用汞就可以治好。」

「砷凡納明[13]也可以。」少校默默插嘴。

「含汞的藥物，」雷納迪一臉興奮地說：「我知道一個偏方，不用汞也不用砷凡納明，我的神父老哥呀，」他說：「你絕對不會中標啦，小老弟才會，這是職業病，就只是職業病。」

勤務兵端來甜點與咖啡，甜點是黑布丁麵包，淋上乳酪醬。桌燈冒起了煙，黑煙從燈罩裡飄出來。

「換兩根蠟燭來，把這盞燈拿走吧。」少校說。勤務兵拿來兩根點燃的蠟燭，立在小碟子上，然後把燈吹熄。這時，雷納迪安靜下來，看起來恢復正常了。我們聊了一下子，喝完咖啡後，我們都離開食堂，回到走廊上。

「你跟神父好好聊聊，我要去城裡一趟，」雷納迪說：「晚安，神父。」

---

13 砷凡納明（Salvarsan）：治療梅毒的用藥，俗稱六〇六。

「晚安，雷納迪。」神父說。

「待會見，小費。」雷納迪說。

「好，早點回來。」我說。他做了個鬼臉，然後走出食堂。少校站在我們旁邊說：「他累壞了，工作過頭，還以為自己也罹患梅毒。我覺得不太可能，但實在也難說，他自己也在治療。晚安啦，亨利，你會一大早就出發嗎？」

「對呀。」

「那保重囉，一切順利。派杜齊會叫醒你，跟你一起去。」他說。

「再見，長官。」

「再見，聽說奧地利軍隊要發動攻勢，但是我不相信，希望是誤傳，就算有也不會是在這裡。吉諾會負責跟你交接，電話現在可以通了。」

「我會常常打電話回來。」

「一言為定，晚安啦。叫雷納迪別喝那麼多白蘭地。」

「我盡量。」

「晚安，神父。」

「晚安，長官。」

少校走回辦公室。

第二十六章

我走到門口往外頭看，雨已停下，但起了霧。

「我們要上樓坐坐嗎？」我問神父。

「我只能待一下子。」

「那就上樓吧。」

我們爬樓梯回到我房間。我躺在雷納迪的床上，神父坐在勤務兵架好的吊床上。房間裡一片漆黑。

「說吧，你到底過得好不好？」他說。

「還可以，今天晚上滿累的。」

「我也好累，可是沒來由的累。」

「戰爭如何了？」

「我覺得應該快結束了，我不知道原因，但是可以感覺到。」

「你有什麼感覺？」

「你知道那位少校現在怎樣嗎？都是溫和派？現在很多人都是這樣。」

「我自己也有那種感覺。」我說。

「夏天的戰況好慘。」神父說。相較於我上次來前線，他如今更有自信了。「慘到說了你也難以相信，只有在現場的人曉得有多殘酷。很多人都是到了今年夏天，才真正明白戰爭的真面目。我原本覺得不可能懂的軍官，現在都了然於心了。」

「再來會發生什麼事情？」我邊說邊摸著毛毯。

「我也不清楚，但是這場戰爭撐不了太久。」

「那之後會怎樣？」

「他們就會停戰。」

「哪一方？」

「雙方都會。」

「希望如此。」我說。

「你不相信嗎？」

「我不相信雙方都會立刻停戰。」

「我也不指望。不過，我看到民眾的變化，就知道戰爭撐不下去了。」

「夏天的戰爭誰贏了？」

「雙方都沒贏。」

「奧地利人贏了，」我說：「他們成功阻止我們拿下聖加百列山。他們贏了，他們不會停戰啦。」

「如果他們的感受跟我們一樣，可能就會停戰。畢竟他們也經歷了血淋淋的戰爭。」

「贏的那方絕對不可能罷休啦。」

「聽你說話真沒勁。」

「我只是說出自己的想法。」

「那你覺得這戰爭會沒完沒了?不會有改變?」

「不知道。我只是覺得既然打了勝仗，奧地利軍隊就不會停手。我們只有遇到失敗，才會成為基督徒。」

「奧地利人也是基督徒，波士尼亞除外。」

「不是狹義的基督徒。我的意思是像主耶穌。」

他一聲不吭。

「我們現在變得很溫和，是因為打了敗仗。如果主耶穌在果園中救走彼得，祂會怎樣?」

「還是會一樣。」

「我覺得不會。」我說。

「你真是掃興，我相信會有改變，也祈禱好事發生。我感覺改變快來了。」他說。

「也許會有改變，」我說:「但是只有我們會變。要是敵軍像我們一樣吃敗仗，那就不會有事。但是他們打贏了啊，士氣就會不一樣。」

「很多士兵都有一樣的感覺，這跟吃敗仗沒關係。」

「他們一開始就沒戲唱了啦。當初被迫離開農場從軍後，他們就輸了。這就是為什麼農夫比較有智慧，因為一開始就沒戲唱了。如果他們掌權，絕對會變笨。」

他沉思了半晌。

「現在連我自己都憂鬱了，」我說：「這就是為什麼我不去想這些事。我從來不想那麼多，但每次我只要一開口，就會脫口而出心裡話。」

「我本來還抱持著希望。」

「打敗仗嗎？」

「不是打敗仗。」

「除了打敗仗，只有打勝仗，但是也有可能比打敗仗更慘。」

「很長一段時間，我對勝利還抱有希望。」

「我也是。」

「現在我不確定了。」

「遲早有一方會贏啦。」

「我不再相信我們會戰勝。」

「我也不信，但是我也不信我們會戰敗，不過結果可能更好。」

「那你相信什麼？」

「我相信睡覺。」我說。他站起身子。

「抱歉，我好像耽誤你太久了。不過，跟你聊天很開心。」

「我也很開心喔。我說相信睡覺是隨口說說，別放在心上。」

我們站起來，在黑暗中握握手。

「現在我的宿舍在三〇七。」他說。

「明天一大清早，我就得要到前線救護車站了。」

「那等你回來再見了。」

「到時候我們可以散步聊個天。」我陪他走到門邊。

「不用陪我下樓了，」他說：「你回來真是太好了，雖然對你來說不是什麼好事。」他一隻手放在我的肩上。

「我沒事啦，晚安。」我說。

「晚安。回頭見！」

「回頭見！」我說。我當下真的睏死了。

第二十七章

雷納迪回房時我醒了過來，但他沒吭聲，所以我又倒頭睡去。隔天早上，天還沒亮我就著裝出門了，離開時雷納迪還沒醒來。

我以前沒見過貝因西薩高原。我走上原本被奧軍占據的斜坡，內心有股奇怪的感覺，經過我受傷的那個河畔，多了一條陡峭的新路，許多軍卡來來往往。再過去一點，路面逐漸平坦起來，薄霧中四處可見樹林與起伏巨大的山丘。有些樹林很快就攻下來，所以沒有被炸爛。接下來的路段沒有山丘掩護，被兩側和上方的稻草遮蔽起來。路的盡頭是斷垣殘壁的村莊，而戰線在更高的地方。這周圍設置了許多架大砲，一棵棟房屋嚴重受損，但一切井然有序，隨處可見告示牌。我們找到了吉諾，他泡咖啡給我們喝。後來，我跟他一起去認識許多人，順便視察那些救護站。吉諾說，英國前來支援的幾輛救護車在高原另一頭的拉夫內小鎮。他很佩服英國人，說敵軍不時還是會轟炸，但受傷的人不算多。不過如今雨下了起來，病患也會開始增加。

奧軍此時理應會發動攻擊，但吉諾並不這麼認為。我們也理應要進攻了，但缺乏新血加入支援，所以他認為也不太可能。前線的食物短缺，他很開心能去哥里加飽餐一頓。他問我晚餐都吃些什麼，我回答以後，他說那就太棒了。他特別喜歡甜點。我並沒有詳細說明，只說了那是甜點而已。我覺得，他八成想像是比麵包布丁更精緻的東西。

他問我是否知道他被派到哪裡？我說我不知道，但有些救護車在卡波雷托。他說自己很希望能去那裡，因為卡波雷托是個漂亮的小鎮，他喜歡小鎮後方的雄偉高山。他是很善良的年輕人，大家好像都很喜歡他。他說，先前戰況宛如煉獄的地方是聖加百列山區，還有後來洛姆再過去的區域，敵軍進攻愈演愈烈。他說，奧軍沿著我們上方的特諾瓦山脊，在林間部署眾多大砲，晚上把路面炸得坑坑疤疤。吉諾特別擔心海軍砲兵隊，還說我絕對認得出發射的水平軌跡。砲擊的報告一傳來，幾乎瞬間四周就會傳來慘叫聲。他們通常都是連續發出兩砲，爆炸後留下大塊的砲彈碎片。他給我看其中一片，是表面光滑的鋸齒狀金屬片，長度超過一英尺，看起來像是巴氏合金。

「我沒料到砲彈這麼厲害，」吉諾說：「但是我真的嚇死了，聽起來就像是朝我們直接射過來。轟的一聲，然後立刻就是慘叫聲和爆炸聲傳來。就算人沒有受傷，人被嚇個半死在戰場上還有何用？」

他說，對面的戰線中有克羅埃西亞人與馬札爾人。我們的部隊目前仍處進攻位置，萬一奧軍真的發動攻擊，我們沒有通訊管道，也沒有地方可以撤退。高原下方有一片低矮山區適合當作防禦據點，那裡卻沒有組織任何防禦。他問我對貝因西薩高原的看法。

我原本以為所謂的高原會平坦一點，但沒想到實際上凹凸破碎。

「雖然是高高的平原，卻少了平原的部分。」吉諾說。

我們回到他住的地窖。我說，這片山脊的頂部平坦又頗具縱深，防守起來比較容易，就不必把連綿的小山當作據點。我認為，發動山區攻擊不見得比平原困難。「那要看哪一座山，」

他說：「看看聖加百列山就知道有多難。」

「是啦，」我說：「但聖加百列山真正難攻的是平坦的山頂，在那之前都很容易。」

「也沒那麼容易。」他說。

「確實，」我說：「但是聖加百列山是特例，因為它比較像是一座碉堡。奧國人多年來都在山上鞏居防禦工事。」我的意思是，就戰術的角度來說，在這種軍隊需要常移動的戰爭裡，綿延的低矮群山難以防守，很容易就會被攻占。你在打仗應該要盡量保持機動性，但是山本身無法移動。還有，士兵往山下射擊總是瞄得太遠。假如側翼失守了，精銳部隊就會坐困山中。我認為，打山地戰實在行不通。我說自己常常在思考這件事，我們也許占據了一座山頭，敵軍則攻下另一座山頭，但等到真的打起來了，大家還是得讓軍隊下山。

他問我，假如邊界就是一座山，那又該怎麼辦？

我說，這個問題我還不知道答案。我們不禁都笑出聲。「不過啊，」我說：「以前奧軍在維洛納周遭的四邊形地帶都打敗仗，敵人是等奧軍下到平原後才迎頭痛擊他們。」

「沒錯，」吉諾說：「不過你說的是法國佬，加上你在別人的國家打仗，本來就可以清楚分析這些軍事問題。」

「也對，」我表示贊同，「自己的國家打仗的時候，就不可能用這麼科學邏輯的方式去思考了。」

「俄軍就可以啊，他們還困住拿破崙。」

「是沒錯，不過俄國國土遼闊。換作在義大利想要引誘拿破崙進入陷阱，恐怕要先退到布林迪西了。」

「很惡劣的環境，你去過那裡嗎？」吉諾說。

「有，沒有住過。」

「我雖然愛國，但是實在很難喜歡布林迪西或塔蘭多。」吉諾說。

「那你喜歡貝因西薩嗎？」我問。

「土地本身很神奇，」他說：「不過我希望可以多種些馬鈴薯。想當初我們來這裡的時候，發現一大堆奧國人種植的馬鈴薯田。」

「食物真的不夠嗎？」

「我自己的食量很大，所以怎麼都吃不夠，但是沒有餓到啦。食堂的伙食算是普普通通，前線軍團吃得很好，但是後勤可以吃的就不多了，想必是某個環節有問題，照理來說食物要充足才對啊。」

「有些自私鬼拿去賣到別的地方啦。」

「對，上頭盡量會給前線部隊送大量軍糧，但後勤往往不夠吃。大家已經把奧國人的馬鈴薯跟樹林撿回的栗子都吃光了。軍方應該讓部隊吃飽啊，我們的食量都很大，肯定有很多糧食才對，怎麼可以讓士兵不夠吃呢！你有沒有發現，這會改變你的思維模式？」

「有，」我說：「這樣我們不但打不贏，還可能會打敗仗。」

「我們就別說打敗仗了，太多人都把敗仗掛在嘴邊。這個夏天部隊這麼辛苦，絕對不可以就這樣白費。」

我沒有吭聲。每次聽到像是「神聖」、「榮耀」、「犧牲」之類的話語，我都覺得尷尬到不行。這種好聽話我們都聽過，有時是站在雨中聲音若有似無，只有用力喊話才聽得見；我們也看過這類字眼出現在宣傳海報上，被張貼工貼在其他海報上頭。我已好久沒有看見所謂神聖的東西，過去的榮耀不再榮耀，而假如只是埋葬屍體就好、不做其他處理，那根本稱不上犧牲，跟芝加哥屠宰場裡的畜牲沒兩樣。聽不下去的用字遣詞太多了，到頭來只剩下地名留有尊嚴，特定號碼還有部分日期也是如此，僅限仍說得出來實質意義。相較於村莊名稱、道路編號、河流名稱、軍團番號和日期，「榮耀」、「榮譽」、「勇氣」、「神聖」等抽象字眼活像髒話。吉諾很愛國，才會偶爾說出一些我說不出來的字眼，但他本性善良，我也很理解他的愛國，這是他與生俱來的特質。他與派杜齊開車回哥里加。

那天風雨交加，疾風把雨陣陣掃落，到處都是爛泥與水窪。斷垣殘壁的房子牆壁既灰又溼。傍晚雨勢才停歇，我從二號救護站望出去，秋天鄉間一片潮溼光禿，烏雲籠罩一座座山頭，路面用作遮掩的稻草墊滴著水。太陽露出片刻後就下山了，餘暉照著山脊另一側的光禿樹林。奧國軍隊在山脊樹林中部署眾多大砲，但只用了其中幾門來轟炸。我看著前線附近一棟殘破農舍上空，突然飄出幾朵軟的圓形煙雲，夾帶砲彈碎片，看上去鬆鬆軟軟，混雜著黃白火光。先是看見火光，然後聽見砰的一聲，只見圓形的煙霧在風中爆開，隨後散去。不論是已成瓦礫堆的房子，或充當救護站的殘破屋舍路邊，都看得到砲彈留下來的鐵製霰彈，但當天下午，奧軍並沒有轟炸救護站附近。我們把兩輛救護車都載著病人，駛經有潮溼稻草墊遮蔽的路，餘暉從墊子隙縫之間灑下。我們還沒來到山丘後面的淨空路面，太陽就已下山了。我們的車子繼續開著，轉彎後進入無遮蔽區域，再開進墊子搭成的方形通道，此時雨再度下了起來。

夜晚風起，凌晨三點下起驟雨，砲彈隨之落下，克羅埃西亞軍隊越過山區草地和一片片樹林，來到我們的前線。兩軍在雨夜中交鋒，第二道防線的士兵嚇個半死，但仍努力反攻逼退敵軍。大量砲彈火箭在雨中飛來，前線機關槍與步槍掃射聲不絕於耳。敵軍沒有發動另一波攻勢，周圍安靜了下來，我們在陣陣風雨聲之間，還聽得見遙遠北方傳來的巨大轟炸聲。

傷患持續進入救護站，有些是被擔架運來，有些自行徒步抵達，也有些是被同袍一路穿越田野背過來。他們渾身溼答答、驚魂未定。救護站地窖的擔架都抬了上來，我們把一大批傷患抬進兩輛救護車。第二輛車的門剛關好，我便發覺臉上雨水變成了雪，雨水夾帶大批雪花咻咻落下。

曙光乍現，強風仍吹個不停，但雪已停止，先前落在溼溼的地面融化，如今又下起雨來。破曉後我們又遭到一波攻擊，幸好敵軍未能得逞。我們整天都在等他們馬上重整旗鼓，但直到太陽快西下時，他們才真正行動，從部署大砲的山脊樹林沿線，開始往山下南邊轟炸。我們原料想救護站會被砲擊，所幸最後沒有。天色漸漸暗了，我們從村莊後的田野發動砲擊，砲彈發射的咻咻聲聽來好安心。

我們聽說奧國軍隊朝南的攻擊並不成功。當晚，他們沒有再繼續進攻，但聽說已突破北邊防線。夜裡傳來了最新消息，我們準備要撤退了，救護站上尉親口告訴我此事，消息來自旅指揮部。不久後，他接完一通電話，又來說那是假消息。旅部接到的命令是務必要守住貝因西薩高原的防線。我問他，北邊防線是否真的被攻破了，他說在旅部得到的消息是，奧軍突破了駐守卡波雷托一帶的第二十七軍團，北邊已交戰了整整一天。

「如果那些混蛋失守了，我們就全都完蛋了。」他說。

「發動攻擊的是德軍。」一位醫官說。「德軍」一詞讓人心頭一驚，我們可不想跟德國人瞎攪和。

「德軍總共派了十五個師，」醫官說：「他們已經攻破防線了，我們到時沒有退路。」

「旅指揮部要我們守住這道防線，他們說還沒被德軍完全攻下來，叫我們在蒙特馬焦雷重兵防守這個山區。」

「旅部從哪裡得到的消息？」

「師部說的。」

「但是說我們要撤退的也是師部啊。」

「我們都是在軍團底下賣命，」我說：「不過，我在這裡是替你賣命，你要我往東，我就不會往西，但是命令要一致吧！」

「我接到的命令是守住這裡，你負責派車把傷患送往救護站。」

「有時候，我們也會把傷患從救護站送往戰地醫院，」我說：「說吧，我從來沒親身目睹過撤退，真要撤退的話，這麼多傷患要怎麼一起撤退呢？」

「沒辦法全部都撤退，只能救一個算一個，帶不走的傷患只好留下。」

「那我在車裡要帶什麼？」

「醫療設備。」

「好吧。」我說。

隔天晚上，撤退行動正式展開。我們聽說德奧聯軍已突破北邊防線，正越過連綿山谷，前往奇維達萊與烏迪內。撤退過程井然有序，士兵既溼黏又鬱悶。晚上，我們在擁擠的道路上緩慢前進，沿途經過在雨中撤離前線的部隊、大砲、馬車、騾子與軍卡，一切秩序良好，與進攻的情況差不多。

當晚我們在高原受損最少的幾座村莊內，協助清空野戰醫院，把傷患送往河邊的帕拉瓦村。隔天，我們整天都在雨中拉車，把醫院和救護站撤離帕拉瓦村。雨不停歇，貝因西薩的部隊在十月大雨中下了高原渡河，而那條河正是春天捷報連連的地點。隔天中午，我們抵達哥里加，此時已沒下雨，小鎮杳無人煙。我們開者救護車來到街上，看到妓院的女子們準備搭卡車撤離，共有七名女子，全都戴著帽子、穿著外套、手提小行李箱，其中兩個女子在哭，有一個則是面露微笑，朝我們吐出舌頭擺動，她的嘴唇豐潤、雙眼深黑。

我叫司機停下車，走去找老鴇講話。她說，在軍官妓院的女子們大清早就先撤離了。我問她們要去哪裡，她說科內里亞諾。卡車發動了，那名有著豐唇的女子再度朝我們吐出舌頭。老鴇對她們揮揮手，那兩名女子還沒哭完，其他人則饒富興味地望向鎮上景物，我回到救護車上。

「我們真應該跟她們一起走，」波內洛說：「一路上想必會很讚。」

「我們這趟也會很讚啊。」我說。

「我們這趟會讚到可怕。」

「我就是這個意思。」我說。我們順著車道開，前往那棟別墅。

「到時候壞傢伙爬進卡車裡，想要硬上妹子，我就有好戲看了。」

「你覺得會嗎？」

「一定會，第二軍所有人都認識那個老鴇。」我們抵達別墅外頭。

「大家都叫她『院長』，」波內洛說：「那幾個妹子是新來的，不過大家全都認識老鴇。她們一定是不久之前才被帶去妓院啦。」

「她們到時難熬了唷。」

「是啊，她們難熬了。我也很想要白嫖她們一下，妓院本來的價碼太高了。政府根本把我們當肥羊。」

「把車開出來給技師檢查，」我說：「換機油、檢查差速器，油加滿之後睡一覺。」

「遵命，中尉。」

那棟別墅空蕩蕩，雷納迪跟著醫院撤離了，少校坐上參謀專車，帶著醫院人員走了。窗上貼了一張紙條，交代我把走廊堆疊的物資載走，再前往波代諾內。技師都已離開，我走到後面的車庫。此時，另外兩輛車開了回來，司機先後下車。雨又下了起來。

「我睏到不行，從帕拉瓦過來的路上睡著三次欸。」皮亞尼說：「中尉，我們現在要怎麼辦？」

「就換機油、加潤滑油跟汽油，把車開到前面，把他們留下的垃圾搬上車。」

「然後我們就可以走了？」

「不是，睡三個小時再出發。」

「天啊，睡覺有夠開心，」波內洛說：「剛剛我一邊在開車，一邊打瞌睡。」

「艾伊莫，你的車況怎樣？」我問。

「還好。」

「拿一套工作服給我，我幫你處理那些油。」

「中尉，不必了，」艾伊莫說：「那些一下就做好了，你去打包你的東西。」

「我的東西都打包好啦，」我說：「那我去把他們留下的東西搬出來，準備好就把車子都開過來吧。」

車子開到別墅前面後，我們把原本堆在走廊的醫療設備搬上車；全部搬完後，三輛車在雨中車道的樹下停成一列。我們走進別墅裡。

「到廚房裡生火，把衣服都烘一烘。」我說。

「我覺得衣服沒乾也沒差啦，」皮亞尼說：「我只想睡覺。」

「我去少校的床上睡。」波內洛說：「老人家睡哪裡，我就睡哪裡。」

「我才不管要睡哪裡。」皮亞尼說。

「這裡有兩張床。」我打開門說。

「我本來不知道這房間裡有什麼。」波內洛說。

「那是老呆瓜的房間。」皮亞尼說。

「你們兩個人睡這裡，」我說：「我到時候會叫你們。」

「要是你睡過頭，那叫醒我們的就會是奧國佬啦。」波內洛說。
「我不會睡過頭，艾伊莫人呢？」我說。
「他去廚房了。」
「該睡覺了。」我說。
「會啦，」皮亞尼說：「今天我一直在駕駛座上打瞌睡，點頭點個沒完。」
「把靴子脫掉，」波內洛說：「那是老呆瓜的床。」
「我才不甩老呆瓜呢。」皮亞尼躺在床上，沾滿泥巴的靴子伸出床外，一隻手臂枕在腦袋後方。我走到廚房裡，看到艾伊莫生起爐火，正在燒一壺熱水。
「我認為我該煮一點麵條，醒來後我們會肚子餓的。」他說。
「巴托洛繆，你不睏喔？」
「不太睏欸。我等水滾了再放著，反正火會自動熄掉。」
「你最好睡一下，」我說：「我們可以吃起司跟牛肉罐頭。」
「還是吃麵比較好，」他說：「吃點熱的，才會讓那兩個叛逆鬼聽話。中尉，你先去睡吧。」
「少校房間裡還有張床。」
「你就過去睡吧。」
「不用，我要睡我自己的房間。巴托洛繆，你想喝杯酒嗎？」
「中尉，等要走的時候再喝。現在喝酒對我沒啥幫助。」
「假如你睡了三個小時醒來，我還沒有叫你，就麻煩叫醒我好嗎？」

「中尉，我沒有手表耶。」

「少校的房間裡有個時鐘。」

「好。」

我走了出去，穿越食堂與走廊，爬上大理石階梯，來到先前跟雷納迪同住的房間裡。外頭下著雨，我走到窗邊眺望，天色漸暗，三輛車在樹下排成一列。樹不斷滴著雨水，天氣很冷，枝頭掛滿了水滴。我回到雷納迪床上，躺著不久便睡著了。

出發前，我們都在廚房吃東西。艾伊莫煮了一大盆義大利麵，加了洋蔥和罐頭肉末。我們圍著餐桌坐著，喝兩瓶留在別墅地窖裡的葡萄酒。外頭天色全黑，還是下著雨。皮亞尼睡眼惺忪地坐在桌邊。

「比起進攻，我還比較喜歡撤退咧，」波內洛說：「我們會趁撤退喝巴貝拉紅酒。」

「我們要現在喝，不然明天大概只剩雨水可以喝了。」艾伊莫說。

「明天我們會在烏迪內，我們會喝香檳。那是逃兵住的地方。皮亞尼打起精神！明天我們會在烏迪內喝香檳喔！」

「我醒著啊！」皮亞尼說。他把盤子裝滿麵和肉後說：「巴托，你找不到番茄醬嗎？」

「沒有番茄醬。」艾伊莫說。

「我們會在烏迪內喝香檳。」波內洛說完就倒了杯色澤清晰的巴貝拉。

「到烏迪內前，我們可以喝尿啦。」皮亞尼說。

「中尉，你吃飽了嗎？」艾伊莫問。

「吃很多了。把酒給我，巴托洛繆。」

「我幫每個人都準備了一瓶，等等帶上車。」艾伊莫說。

「你到底有沒有睡覺？」

「我不太需要睡眠欸。只睡了一下。」

「明天我們可以睡國王才有的大床。」波內洛說，顯然心情很好。

「明天我們說不定可以睡在女人窩裡。」皮亞尼說。

「我要跟王后睡。」波內洛說完瞧了我一眼，看看我對這笑話的反應。

「你會跟敵人上床啦。」皮亞尼語帶睡意地說。

「中尉，那算是叛國吧，」波內洛說：「這樣不算叛國嗎？」

「閉嘴。你喝點酒後整個人變不太對勁。」外頭大雨傾盆。我看了看手表，已九點半了。

「出發了。」語畢，我站了起來。

「中尉，你要搭哪一輛車？」波內洛問。

「艾伊莫的車，你跟在後面，皮亞尼殿後。我們走往科爾蒙斯鎮的那條路。」

「我怕我會開車開到睡著。」皮亞尼說。

「好吧，那我搭你的車。波內洛開在後面，艾伊莫殿後。」

「這樣最好，因為我快睏死了。」皮亞尼說。

「我來開車，你可以補個眠。」

「不用，我可以開車，小心睡著要有人叫醒我就好。」

「我會叫醒你。巴托，熄燈。」

「燈不熄也沒關係，」波內洛說：「反正這裡我們用不到了。」

「我房間裡有可以上鎖的小行李箱，皮亞尼去幫我搬下來。」我說。

「我們會去搬。」皮亞尼說：「走吧，艾伊多！」他跟波內洛前往到走廊，我聽見他們爬樓梯的聲音。

巴托洛繆．艾伊莫說：「這地方真不賴。」他拿了兩瓶酒和半塊起司，放進自己的小背包裡。「以後找不到這麼棒的地方了。中尉，軍隊要撤退到哪裡呀？」

「上級說要渡過塔利亞門多河。醫院跟指揮部要設在波代諾內。」

「波代諾內比不上這座小城啦。」

「我不太熟波代諾內，」我說：「以前路過而已。」

「那裡不是什麼好玩的地方。」艾伊莫說。

第二十八章

我們一行人開著救護車穿越小鎮，在漆黑的雨夜中，沿途只剩幹道上一排排行進的部隊和槍砲，此外都是一片空蕩蕩。其他街上也有許多軍卡和貨車，慢慢往幹道匯聚。我們經過皮革工廠後來到幹道上，只見部隊、卡車、馬車與大砲集結而成寬廣的車流緩緩前進。我們的救護車在雨中慢速移動，散熱器蓋子幾乎要貼到前面卡車的後擋板，卡車裡貨物堆得老高，上頭蓋著潮溼的帆布。後來，卡車忽然停下來，後面車流也跟著停止；卡車繼續向前移動，但前進一小段距離就又停下了。我下了車後往前走走，穿梭在卡車和馬車之間，低頭鑽過馬匹被淋溼的脖子下方。原來前方大老遠就回堵了，我離開了路面，踩過水溝上的腳踏板，朝另一頭的田野走去。我在田野林間行走時，透過雨中樹木的間隙，可以看見動彈不得的車陣。我向前走了大約一英里，但車流還是堵著，不過在塞住車流另一頭，我看到部隊持續移動著。我回到救護車隊那裡，說不定塞車會塞到烏迪內。皮亞尼趴在方向盤上打盹，我爬上副駕駛座也睡著了。數小時後，我聽見前面卡車發出換檔的聲響，便叫醒了皮亞尼。我們的車子發動後，只走沒幾公尺又停了下來，接著又開開停停。大雨還是沒停。

交通在夜裡再度堵塞了，然後動也不動。我下了車，回頭看看艾伊莫與波內洛。波內洛身旁坐著兩名工兵士，看到我接近時緊張起來。

「他們本來是留下來要修橋，」波內洛說：「結果找不到自己的單位，我就讓他們搭便車。」
「還請長官允許。」
「可以。」我說。
「中尉來自美洲，」波內洛說：「他會讓任何人搭便車啦。」
其中一名士官露出微笑，另一名士官問波內洛，我是北美還是南美的義大利人。
「他不是義大利人，他來自北美，講的是英語。」
兩名中士雖然態度禮貌，卻不太相信這話。我離開後回頭找艾伊莫，他旁邊坐著兩個少女，都靠在角落抽菸。
「巴托，巴托。」我說。他大笑出聲。
「中尉，跟她們聊聊天啊，」他說：「她們說的話好難懂，嘿！」他把手放在身旁少女的大腿上，親暱地捏了一把。少女把披肩拉緊，推開把他的手。他說：「欸！自己報上名字給中尉，說說妳們在幹嘛。」
那少女用銳利的眼神看著我，另一名少女還是低著頭。看著我的少女開口就是我完全聽不懂的方言。她的皮膚黝黑、身材豐腴，外表看上去大概十六歲。
我指著另一名少女問：「這妳妹妹？」
她點頭微笑。
「好唷。」我邊說邊拍她的膝蓋，但感覺她一被碰觸，身體就緊繃起來。妹妹一直沒有抬起頭，看起來比她小一歲左右。艾伊莫把手擺在姊姊的大腿上，結果被她給推開。他朝她笑了笑。

「我是好人。」他指著自己說，又指著我說：「他也是好人，別擔心。」女孩投以銳利的目光。姊妹倆活像兩隻野鳥。

「如果她不喜歡我，幹嘛搭我的車啊？」艾伊莫問：「我朝她們揮揮手，她們就立刻上車了耶。」他轉頭對那個姊姊說：「別擔心，沒有危險，不會被強暴啦。」他用上粗俗的字眼。「這裡不會有人強暴妳。」她看起來只聽得懂那兩個字，眼神充滿了恐懼看著艾伊莫，緊拉著上身的披肩。艾伊莫說：「車坐滿了，不會被強暴啦，這裡不會有人強暴妳。」每次他提到那兩個字，姊姊的身體都緊繃抽動。她僵硬地坐著看他，哭了起來。我看著她雙唇顫抖，斗大的淚珠滑下她圓潤的臉頰。她妹妹依然沒有抬頭，只握著姊姊的手，兩人靠著彼此。原本眼神凶狠的姊姊出聲啜泣。

「我好像嚇到她了，」艾伊莫說：「我不是故意要嚇她欸。」

巴托洛繆拿出小背包，切了兩片起司說：「拿去吃，不要哭嘛。」

姊姊搖搖頭，繼續哭著，但妹妹接過起司吃了起來。不久後，妹妹把另一片起司遞給姊姊，兩人都把起司吃光了。姊姊的哭聲漸漸變小。

「她哭一下就會沒事了。」艾伊莫說。

他的念頭一轉，問身邊的那個姊姊：「處女嗎？」她用力點點頭。他又指著她妹妹問：「她也是處女？」兩名少女都點點頭，姊姊用方言說了幾句話。

「沒關係，」巴托洛繆說：「不怕，不怕。」

兩個人心情似乎好點了。

我讓她們繼續緊靠著彼此坐著，艾伊莫則坐回角落，我便回到皮亞尼的車上。堵塞的車輛並未移動，但部隊持續從旁前行。大雨不斷，我想有些車流堵塞也許是因為部分車內線路過溼而拋錨。更有可能的是，馬匹或駕駛睡著了。但話說回來，都市交通本來就常常打結，大家還不都醒著嗎？這裡既有汽車又有馬車，彼此無法幫忙，而農夫馬車也派不上用場。巴托身邊的兩名年輕女孩單純善良，但部隊撤退的場面對處女真不安全。她們是真正的處女，也許信仰很虔誠。假如沒有戰爭，我們此刻八成全都在床上睡覺。我可以舒服躺在床上，感受著床鋪與木板，身體僵硬得像床上的木板。凱瑟琳此刻正躺在床上蓋著被子睡覺。她是側著哪邊睡呢？也許她根本沒睡著，只是躺著想念我。西風吹啊吹，西風啊。風吹著但雨不小，大雨整夜下個沒完。你也知道一直下、一直下。看著這場大雨。天啊，但願我的愛人此刻在床上、再次來到我懷裡。我的愛人，凱瑟琳。但願她像雨一樣從天而降，但願風把她吹到我身邊。[14]唉，我們都被戰爭困住了，所有人都被捲進來，小雨不足以讓戰爭停歇。「晚安，凱瑟琳。」我大聲說：「希望妳睡得很甜。親愛的，假如很不舒服的話，就換另一邊躺吧。我會拿些冷水給妳。再撐一下下就是早上，就不會那麼不舒服了。真是心疼，小貝比讓妳這麼不舒服。試試看能不能睡著，寶貝。」

---

14 亨利在救護車上半夢半醒之間，自己胡亂把一篇十六世紀的詩作（作者佚名）改編，原詩著名段落為：「O Western wind, when wilt thou blow,/ That the small rain down can rain?/Christ, that my love were in my arms/And I in my bed again!」

她說，我一直睡很熟啊。你老是說夢話。還好嗎？

妳真的在那裡？

我當然在這裡。我不會走的。我們不會受到影響。

妳好可愛，甜甜蜜蜜。妳不會趁晚上走掉吧？

我當然不會走，我一直在這裡。只要你需要我，我就會來。

「幹，」皮亞尼罵了一聲。「終於又開始動了。」

「我剛才昏睡了一下。」我說。我看了看手表，已是凌晨三點。我伸手到後座，拿了一瓶巴貝拉紅酒。

「你講夢話也太大聲了。」皮亞尼說。

「剛剛我才在夢中講英語啦。」我說。

雨勢漸漸趨小，我們的車子動了起來，但日出前又堵住。天空露出魚肚白後，我們在地勢略高的路段，只見前方撤退的陣仗往遠處延伸，所有車輛都卡在原地，僅剩步兵隊伍穿越車陣前進。我們又開始移動，但在陽光中看得到整體移動速度有夠緩慢。我很清楚，假如我們還想趕到烏迪內，就得離開大路，走鄉間小路。

前晚，鄉間小路湧入一大批農夫加入車流，他們的馬車上載滿居家用品，床墊間看到不少鏡子凸出來，旁邊還綁著雞鴨。在雨中，我看見前面馬車上有台縫紉機。他們全部帶上最珍貴的家當逃難。有些馬車上坐著的婦女們緊緊窩在一起，其他人則在一旁步行，盡量緊貼著馬車。此刻，狗開始加入交通行列，在馬車底下跟著前進。路面泥濘，旁邊陰溝水位高漲，路樹旁的鄉野看起來溼滑軟爛到難以穿越。我下車後，往前走了一小段路，想要找個地點往前眺望，尋找可以讓我們穿越鄉野的小路。我知道這一帶的小路很多，但可不希望還到一條死路。我記不得哪些是死路，因為以往我都坐在車中於大路上疾駛而過，所有的小路看起來都差不多。這時我知道，我們一定得找到小路，否則就別想離開這裡了。沒有人曉得奧軍這時在哪裡，也不曉得戰況如何，但可以肯定的是，到時雨停了，他們派軍機轟炸我們的車隊，那一切就完蛋了。只要有士兵拋棄卡車而逃或幾匹馬死掉，路面交通就會完全打結。

這時雨勢趨緩，我覺得有機會放晴，便沿著路的邊緣往前走，發現有條小路一直通往北邊，兩旁各有一片田野，路邊種著樹籬。我覺得我們最好改走那條小路，就跑回車隊，叫皮亞尼把車掉頭，再通知後頭的波內洛與艾伊莫。

「如果是死路，我們還是可以掉頭回到車陣中。」我說。

「那這兩個咧？」波內洛問，兩名工兵士坐在他旁邊，雖然他們沒刮鬍子，但大清早看上去還是軍人樣。

「他們就幫忙推車吧。」語畢，我走到下一台車，跟艾伊莫說要穿越鄉野。

「那這兩個小處女怎麼辦？」艾伊莫問，兩名少女睡得正熟。

「她們派不上用場，」我說：「你應該找個可以推車的人才對。」

「她們可以到車子後頭去，」艾伊莫說：「那裡還有些空間。」

「你想帶著她們也沒差，」我說：「挑個大塊頭來幫你推車吧。」

「那要挑狙擊手，」艾伊莫笑著說：「他們虎背熊腰，測量過了。中尉，你還好嗎？」

「還行。你咧？」

「也還行，不過很餓。」

「小路繼續往下走應該會有東西，到時候我們再停下來吃東西。」

「中尉，你的腿怎樣？」

「沒事。」我站在腳踏板上往前眺望，看見皮亞尼把車子掉頭、駛向小路往下開，車子在樹籬枯枝間若隱若現。波內洛也把車子轉向跟在後頭，等皮亞尼想辦法脫離車陣後，我們就跟著前面兩輛救護車，開在樹籬之間的窄路上，來到一座農舍，我們看到皮亞尼和波內洛都在院子停下車，農舍外觀矮長，棚架上有葡萄藤蔓延到門上。院子裡有一口井，皮亞尼正在打水，準備添加到車子的散熱器中。車子低檔前進太久了，導致裡頭的水早已燒乾。農舍已無人居住，我回頭看著那條小路，發覺農舍略高於平地，足以瞭望整片鄉野，包括那條小路、樹籬、農田、大路上撤退車流兩旁的路樹。兩位中士查看著農舍，此時兩名少女醒來，瞧了瞧院子和水井、農舍前兩輛救護車、以及井口旁的三名駕駛。其中一名中士走出農舍，手裡握著時鐘。

「放回去。」我說。他看了我一眼，又走回屋裡，出來時已沒有拿著時鐘。

「你的同伴呢？」我問。

「他去廁所了。」他回到救護車的位子上，深怕被我們丟在這裡。

「中尉，早餐怎辦？」波內洛問：「我們可以弄點東西吃，不會花太多時間。」

「你覺得這條路另一邊不是死路嗎？」

「對啊。」

「好，我們來吃早餐吧。」皮亞尼與波內洛走進農舍裡。

「走吧。」艾伊莫對著少女們說，伸手要扶她們下車。姊姊卻搖搖頭，兩人不願意走進廢棄的農舍裡，只看著我們走進去。

「這兩個女生真難搞。」艾伊莫說。我們走進農舍，裡頭寬敞黑暗，有種被遺棄的感覺。波內洛與皮亞尼在廚房裡。

「吃的東西不多，都被清空了。」皮亞尼說。

波內洛在沉重的餐桌上切了一大塊白起司。

「起司在哪裡找到的？」

「地窖。皮亞尼還發現葡萄酒和蘋果。」

「這頓早餐真豐盛耶。」

皮亞尼正設法把一罐包著柳枝的酒壺塞子拔開。他微微傾斜酒壺，把酒倒滿一個銅製平底鍋。

「聞起還不賴，」他說：「巴托，找幾個杯子來。」

兩位工兵士走了進來。

「中士，吃點起司。」波內洛說。

「我們該走了。」一名工兵士邊說邊吃著起司配紅酒。

「我們早晚會走啦，放心。」波內洛說。

「軍隊都是靠肚子才能動。」我說。

「什麼？」工兵士問。

「先吃東西啦。」

「是啦，不過時間寶貴。」

「我覺得這兩個混帳吃飽了。」皮亞尼說。兩個工兵士盯著他，他們很討厭我們。

「你認得路嗎？」其中一人問我。

「不認得。」我說。他們倆互看一眼。

「我們最好趕快上路。」剛才問話的工兵士說。

「我們要出發了啊。」我說。我又喝了一杯紅酒。起司和蘋果下肚後，紅酒的香氣更加明顯。

「把起司帶著。」我說完後就走出去。波內洛走出來時，還帶著那一大壺酒。

「太大壺啦。」我說。

他一臉惋惜地看著酒壺，然後說：「我想也是，把水壺都拿給我裝吧。」他把水壺都裝滿紅酒，有些酒流出來，灑在院子的石板地面上。然後他把酒壺拿起來，擺在門邊。

「這樣的話，奧國佬不用破門而入也能看到酒壺啦。」他說。

「上路了，皮亞尼跟我帶隊。」我說。兩名工兵士已坐在波內洛旁邊，少女們則在吃起司與蘋果，艾伊莫抽著菸。我們的車隊順著窄路往前開。我回頭看著兩輛車跟了上來，目光投向農舍，低矮的石造建築蓋得精美牢固，井口鐵工也十分細緻。前方小路狹窄泥濘，兩邊都有高高的樹籬，後面兩輛車緊緊跟著。

第二十九章

中午，我們一行人就卡在一條泥巴路上，研判大約距離烏迪內十公里左右。那場雨在中午前停了下來，我們三度聽見飛機從上空呼嘯而過，往左前方遠處飛去，又聽見主要公路被轟炸的聲響。我們嘗試了密密麻麻的次要道路，開上一大堆死路，但都能掉頭找到其他條路，因此愈來愈接近烏迪內。有次，我們又開進了死路，後頭的艾伊莫得先倒車，大夥才能往後退，但他的車子陷進路旁的爛泥，車輪愈轉就陷愈深，直到整輛車差速器都埋在爛泥裡。當下只能把輪子前面的泥巴挖出來，鋪上一層樹枝好讓鍊條咬住，然後把車推回路上。我們全都下車站在那輛車的周圍，兩名工兵士看著車子，檢查一下車輪，接著一聲不吭就掉頭往前走。我追了上去。

「回來啊，去砍些樹枝。」我說

「我們要走了。」其中一人說。

「動起來啊，去砍樹枝。」我說。

「我們得走了啦。」他又說，另一名工兵士還是沒說話。兩人急著要離開，懶得看我一眼。

「我命令你們回到車子那裡，一起去砍樹枝喔。」我說。原本那名中士轉身說：「我們得趕路了啦，再過不久，你們撤退的路就會被截斷。你又不是我們的長官，休想發號施令。」

「我命令你們去砍樹枝。」我說。他們直接轉身往前走下去。

「站住！」我說。他們依然故我地在樹籬夾道的泥巴路上走著。「我叫你們站住！」我大吼。他們加快腳步。我打開槍套、取出手槍，瞄準話多那個工兵士開槍，結果沒有射中，兩人開始奔逃。我又連開三槍，擊倒其中一人，另一人穿越樹籬後，很快就不見人影。我朝著樹籬開槍，他跑進了田野。此時手槍的子彈沒了，於是我換上新彈匣，才發覺那名工兵士已跑得太遠，讓我無法瞄準射擊。他已在田野另一邊低頭狂奔。我開始把子彈裝進空彈匣裡。波內洛朝我走過來。

「讓我去收拾他吧。」他說。我把手槍遞給他，他前往路的另一邊，來到被射中的工兵士趴倒的地方。波內洛彎過腰，手槍抵在他後腦勺，隨即扣下扳機，但手槍沒有擊發。

「你要把擊錘往後拉。」我說。他拉了擊錘後開了兩槍，抓住那名中士的雙腿，把他拖到路邊，任由屍體躺在樹籬旁。他回來後把手槍還給我。

「那個狗娘養的。」他說，然後望向中士的屍體。「中尉，你看見我射中他了嗎？」

「我們要趕快蒐集樹枝，」我說：「我有沒有射中另一個？」

「我覺得沒有，」艾伊莫說：「他跑太遠了，手槍射不中啦。」

「那個臭人渣。」皮亞尼說。我們全都在砍樹枝，不論粗細都要。車上的東西都先拿了出來，波內洛正在挖輪子前面的泥巴。我們準備好以後，艾伊莫發車打檔，輪子快速轉動，噴出樹枝與泥巴。我和波內洛拚命推車，直到關節都發出咯咯聲，但車子依舊紋風不動。

「巴托，搖晃一下車子。」我說。

他先倒車、再往前開，車輪陷得更深了，差速器再次陷入爛泥，只有車輪在剛挖好的洞中狂轉，車子完全沒動。我站起身子。

「我們用繩子來拖拖看。」我說。

「中尉，我覺得不會有用啦，沒辦法直直地拖車啊。」

「我們要試試看啊，」我說：「反正也沒其他辦法。」

皮亞尼與波內洛的車子只能在窄路上再往前開一些些。我們把兩輛車拿繩子綁在一起拉，結果車輪只能在泥巴邊碰撞。

「沒用啦！停下來。」我大喊。

皮亞尼與波內洛雙雙下車往回走，艾伊莫也下了車。那兩名少女坐在石牆上，離我們大約四十碼左右。

「中尉，現在呢？」波內洛問。

「我們要繼續挖泥巴，然後再用樹枝試一次。」我說。我望向來時路。一切都是我的錯，是我領頭帶大夥過來。太陽快要從雲後出來了，那名中士的屍體仍躺在路邊。

「我們把他的外套跟斗篷墊在下面。」我說。波內洛走過去脫下外套斗篷。我繼續砍樹枝，艾伊莫和皮亞尼把車輪前和輪間泥巴挖出來。我把斗篷割破再撕成兩半，鋪在泥巴裡的輪子下方，再把樹枝堆疊上去，好讓輪子可以咬緊。一切就緒後，艾伊莫坐上駕駛座，發動車子。車輪轉動起來，我們奮力推了又推，依然動也不動。

「玩完了，」我說：「巴托，車上有你要的東西嗎？」

艾伊莫跟波內洛爬上車，把起司、兩瓶紅酒跟斗篷拿下車。

波內洛坐在方向盤後面，翻找中士外套的口袋。

「最好把外套丟掉，」我說：「巴托那兩個少女怎麼辦？」

「她們可以坐後面啊，」皮亞尼說：「我覺得我們開不了多遠。」

我打開救護車後門。

「來吧，上車。」我說。兩名少女爬上車，坐在角落。她們感覺沒發現有人被擊斃了。我回頭看，只見中士屍體躺在路邊，身穿骯髒的長袖內衣。我跟皮亞尼上了車，繼續往前開。我們想要設法穿越田野，當窄路進到田野，我下車走在前面。如果我們可以穿越這片田野，就能前往對面的一條路。但我們無法穿越，因為地面太軟爛，車子無法前行。最後，兩輛車完全無法前進，車輪卡在泥巴、深達輪軸，我們把車留在田野，步行前往烏迪內。

我們走到一條路，通往那條主要公路，我指給那兩名少女看。

「直直走下去，」我說：「妳們就會遇到人了。」她們看著我。我拿出皮夾，一人給一張十里拉紙鈔。

「直直走下去，」我邊說邊指著前方。「朋友！家人！」

她們雖然聽不懂，但緊抓著紙鈔，沿著那條路往前走。她們邊走邊轉頭看，彷彿怕我把錢要回去。我看著她們慢慢走著，披肩緊緊包著上身，頻頻焦慮地回頭看著我們。三名駕駛看了大笑。

「中尉，你願意給我多少錢，要我往那個方向走咧？」波內洛問。

「她們萬一被抓了，在人群中總是比落單來得好。」我說。

「只要給我兩百里拉，我掉頭走回奧地利都可以唷。」波內洛說。

「他們絕對會把錢搶走啦。」皮亞尼說。

「說不定戰爭會結束啦。」艾伊莫說。我們以最快速度前進。陽光漸漸出現，路旁都是桑樹。透過林間縫隙，我看到兩台活像搬家卡車的救護車困在田野上。皮亞尼也回頭瞧了一眼。

「如果想把兩輛車弄出來，他們得先蓋出一條路。」他說。

「我向主耶穌禱告，賜給我們腳踏車。」波內洛說。

「美國人都騎腳踏車嗎？」艾伊莫問道。

「以前會。」

「這裡可好用了，腳踏車是很棒的工具。」艾伊莫說。

「拜託主耶穌賜給我們腳踏車，」波內洛說：「我很不耐走。」

「那是槍聲嗎？」我問，覺得從好遠的地方傳來了槍聲。

「不知道欸。」艾伊莫說。他豎耳聆聽。

「我覺得是。」我說。

「我們應該會先看到敵人的騎兵吧。」皮亞尼說。

「我覺得他們沒有騎兵。」

「主耶穌保佑，」波內洛說：「我可不想被什麼王八蛋騎兵的長矛戳死。」

「你倒是一槍斃了那個工兵士啊，中尉。」皮亞尼說。我們此時腳步飛快。

「人是我殺掉的，」波內洛說：「在這之前，我從來沒在這場戰爭中殺過人欸，這輩子我一直都想殺個士官看看。」

「你殺他的時候，他早就昏過去了，」皮亞尼說：「又不是像鳥一樣快速亂飛。」

「我才不管咧。這件事情我會記一輩子，是我殺了那個他媽的中士。」

「你會怎麼跟神父告解呢？」艾伊莫問。

「我會說『神父，我殺了一名中士，請為我賜福』。」他們全部哈哈大笑。

「他根本無政府主義，」皮亞尼說：「才不會上教堂啦。」

「皮亞尼也是無政府主義。」波內洛說。

「你們真的是無政府主義者？」我問。

「不是啦，中尉。我們信奉社會主義，老家在伊莫拉。」

「你沒去過嗎？」

「沒有。」

「中尉，我敢發誓那裡超讚。戰爭結束後你去一趟，我們帶你到處逛逛。」

「你們全都是社會主義者嗎？」

「大家都是啊。」

「鎮上漂亮嗎？」

「超級漂亮。你絕對沒看過那麼漂亮的小鎮。」

「你們怎麼會信奉社會主義呢？」

「我們都是社會主義者，其實大家都是嘛。我們向來就是社會主義者。」

「你只要來伊莫拉，中尉，我們會讓你也成為社會主義的一分子。」

這條路前方左彎，可以看見一座小丘，而在石牆另一頭有座蘋果園。我們走上坡時，他們就沒繼續說話了。我們無不加緊趕路，拚命與時間賽跑。

第三十章

後來，我們走到一條通往河流的路上，只見長長一排遭遺棄的卡車與馬車，一路延伸到橋上。四下杳無人煙，河水漲得很高，橋的正中央已被炸爛，落在河裡的石拱被棕色河水不斷洗刷。我們走到河岸上頭，想要找個地方渡河。我知道再往前一點，就有一座鐵路橋，心想也許我們能在那裡渡河。小徑都是溼滑的泥巴，沒有看見任何部隊，只有遭遺棄的卡車與商店。沿著河堤也不見人影，只有溼答答的灌木叢和泥濘地面。我們在河岸上往前走，終於看見那座鐵路橋。

「好漂亮的橋喔！」艾伊莫說。那是一座長長的普通鐵橋，河床平時都呈乾涸。

「我們最好趕快過橋，不然他們就要開炸了。」我說。

「沒人會炸橋啦，他們都不見了。」皮亞尼說。

「可能有地雷啊，」波內洛說：「中尉，你先過。」

「聽聽無政府主義者的鬼話！」艾伊莫說：「中尉，叫他先過。」

「我先走，他們才不會特地埋地雷來炸死一個人咧。」我說。

「看吧，」皮亞尼說：「這叫作會動腦，你這個無政府主義者為什麼沒腦子呢？」

「我要是有腦的話，就不會在這裡啦。」波內洛說。

「這話說得真好，中尉。」艾伊莫說。

「真的。」我說。此刻，我們已接近那座橋了。烏雲再度遮蔽了天空，開始下起毛毛雨。那座橋看來既長又穩固。我們爬上了路堤。

「一個接著一個過橋喔。」我說完便開始過橋。我觀察著枕木與鐵軌，看看是否有引爆線或爆裂物的痕跡，卻什麼都沒有看到。透過枕木之間縫隙，可見汙濁的河水湍急。往前望向溼漉漉的鄉野另一頭，我看到雨中的烏迪內。過了橋，我回頭看，發現河流再往上游處還有另一座橋，正好有輛黃泥的汽車過了橋。該橋兩側很高，車身才剛上橋，我的視線就被擋住了。但我看見駕駛、副駕駛座的人與後座兩人，全都戴著德軍鋼盔。然後，那輛車就離開橋了，隱沒在樹林與沿途棄置車輛之中。我朝著橋上的艾伊莫和另一頭兩人揮手，要他們快點過來。我爬了下來，在鐵路路堤旁蹲著，艾伊莫也跟著蹲下。

「你看到那輛車了嗎？」我問他。

「沒有。我們都在看你。」

「一輛德軍軍官專用車，通過上面那條橋。」

「軍官車？」

「沒錯。」

「我的媽呀。」

其他人也過橋了，我們全部蹲在路堤後的泥巴裡，望向鐵軌另一頭的那座橋、整排路樹、大水溝和那條路。

「中尉，你覺得我們被斷了退路嗎？」

「我不知道，我只知道有一輛德國軍官用車開上那條路。」

「中尉，你不覺得不對勁嗎？你有沒有怪怪的感覺？」

「別瞎說了，波內洛。」

「那來喝杯酒吧？」皮亞尼問：「如果我們的退路被斷了，乾脆喝酒算了。」他從腰帶掛勾取下水壺，拔掉塞子。

「快看！快看！」艾伊莫邊說邊指著那條路的方向。沿著那座石橋的上緣，我們看到德軍鋼盔成群移動著，而且一律往前傾，動作順暢到活像有超能力。他們一下橋，我們就看見了，他們是腳踏車部隊。我看得見帶隊兩人的面孔。他們看上去氣色紅潤、身強體壯，鋼盔壓得低低的，蓋住額頭與臉頰。他們的卡賓槍夾在腳踏車車身上，柄式手榴彈則繫於腰帶，手柄朝下。他們的鋼盔與灰色軍服溼答答的，但騎車的樣子泰然自若，頭望向前方與兩側。帶隊兩人後面是四人一列，再來又是兩人一列，接著約十二人一列，後面又是十二人一列，最後是一人殿後。他們彼此沒有對話，但即使有我們也聽不見，因為水流聲響吵雜。他們沿路騎著，逐漸消失在視野中。

「聖母瑪利亞保佑。」艾伊莫說。

「是德軍，」皮亞尼說：「他們不是奧地利部隊。」

「為什麼這裡沒有人阻擋離軍呢？為什麼他們不把橋炸斷？這條路堤為什麼沒有部署機關槍？」我說。

「中尉，你要跟我們說明一下。」波內洛說。

我頓時氣憤難平。

「這整件鳥事太莫名其妙了吧。他們在下游炸掉一座小橋，來到這條主要道路卻留下一座橋。怎麼不見半個人影咧？難道不用設法阻止他們嗎？」

「中尉，這得交給你說明囉。」波內洛說。我閉上了嘴，這根本與我無關，我本來只要帶領三輛救護車前往波代諾內就好，但那個任務失敗了。現在，我唯一的任務就是抵達波代諾內。我大概沒辦法撐到烏迪內了。可惡，沒辦法才怪！當下能做的就是保持冷靜，千萬不能被射中或俘虜。

「你不是打開了一個水壺嗎？」我問皮亞尼。他把水壺拿給我，我喝了一大口，然後說：「我們乾脆就上路吧，只是也不必太匆促。你們想不想吃點東西？」

「此地不要久留才好。」波內洛說。

「好吧，那我們出發囉。」

「我們要不要靠這一側走，才不會被他們看見？」

「我們最好待在高處。說不定他們會來這座橋。假如他們在我們上方，我們又沒發現，那就完蛋了。」

我們沿著鐵軌走著，兩側都是溼漉漉的平原。平原另一頭是烏迪內的山丘，山丘上的城堡下方是一片片傾斜向下的屋頂。我們還看得到鐘樓和鐘塔，田野上有許許多多桑樹，前面有個地方的鐵軌已被拆掉，枕木也已被挖掉，悉數被丟下路堤。

「蹲低！快蹲低！」艾伊莫說。我們蹲在路堤旁，只見另一批腳踏車部隊行經。我透過邊緣望過去，看到他們往前移動。

「他們明明看見我們了，但是還繼續向前騎欸。」艾伊莫說。

「中尉，我們在上面會被殺掉耶。」波內洛說。

「他們才懶得殺我們，」我說：「他們在追趕其他部隊。假如他們攻擊我們，反而更危險。」

「我寧願一直走到他們看不見。」波內洛說。

「好，我們沿著鐵軌走下去。」

「你覺得我們可以穿越德軍嗎？」艾伊莫問。

「當然。德軍數量現在不算太多，我們可以趁黑夜穿越。」

「那輛軍官用車是要幹嘛啊？」

「天曉得。」我說。我們繼續沿著鐵軌往前走。波內洛受不了一直走在路堤的泥濘中，於是趕上了我們的步伐。如今，鐵軌與公路分開，逐漸往南延伸，我們便看不到公路的交通了。運河上一座短橋已遭炸毀，我們只能攀爬著殘餘的橋墩過河，前方傳來了陣陣槍響。

過了運河後，我們走上鐵軌。鐵軌穿越地勢平坦的田野，直接通往烏迪內。我們看見前方還有另一條鐵軌，往北是先前德軍腳踏車部隊騎經的大路，往南是一條穿越田野的旁支小路，兩側是濃密的樹叢。我覺得我們最好轉往南方，繞過烏迪內鎮，再穿越田野前往坎波佛米歐，從大路抵達塔利亞門多河。假如我們要避開撤退部隊的主要路線，可以挑烏迪內鎮外的次要道路。我知道，許多旁支小路都可以穿越平原。我沿著路堤開始往下走。

「走吧。」我說。我們決定選擇那條小路，前往烏迪內南邊。我們全部走下路堤後，小路中忽然有人對我們開槍，子彈落在路堤的爛泥裡。

「往回走！」我大吼，又往上爬回路堤，但在泥巴中打滑。三名駕駛在我前面。我拚命衝上路堤。濃密樹叢中又射來兩顆子彈，正在越過鐵軌的艾伊莫踉蹌跌倒，整張臉趴倒地上。我們把他拖下路堤另一側，把他翻過來查看傷勢。「把他的頭朝上。」我說。皮亞尼把他的身體翻過來，艾伊莫躺在路堤邊的泥巴中，雙腳下垂，呼吸紊亂且不斷噴出血水。雨中，我們三人蹲在他身旁，他的頸後下方中槍，子彈往上竄後從他右眼下方射出。我對那兩個彈孔直接加壓止血，但過程中他就斷了氣。皮亞尼把他的頭放下，拿了急救紗布擦他的臉，然後只能放著不管了。

「那些王八蛋。」他說。

「他們一定不是德軍，」我說：「德軍不可能出現在那裡。」

「是義大利士兵啦，該死的義國佬！」皮亞尼說。波內洛一聲不吭，坐在艾伊莫的屍體旁，但目光落在別處。艾伊莫的軍帽先前滾下路堤，皮亞尼這時撿了起來，蓋在艾伊莫臉上。他取出自己的水壺。

「想喝點酒嗎？」皮亞尼把水壺遞給波內洛。

「不想。」波內洛說。他轉身把水壺遞給我，「只要走在鐵軌上，誰都可能這麼倒楣。」

「不對，是因為我們穿越田野才會這樣。」我說。

波內洛搖搖頭說：「艾伊莫死了，中尉，下一個輪到誰啊？現在我們要去哪裡？」

「開槍的是義大利人，不是德國人。」我說。

「我覺得要是德國佬，我們早就被殺光了。」波內洛說。

「義軍比德軍更危險，殿後的部隊什麼都怕，看到黑影就開槍。德軍就很清楚自己的目標。」我說。

「中尉，說得真有道理啊。」波內洛說。

「現在要往哪裡走？」皮亞尼問。

「我們最好找地方躲起來等天黑。我們只要抵達南邊就安全了。」

「他們得把我們全部都射殺，才能證明剛才不是誤殺了。」波內洛說：「我可不敢亂冒這個險。」

「我們要盡量找到靠近烏迪內的地方躲起來，再趁天黑繞到南邊。」

「那就出發吧。」波內洛說。我們從路堤北側爬下來，往回眺望，只見艾伊莫躺在路堤邊的泥巴裡，身子矮小，雙臂攤在兩側，還有繫著綁腿的雙腿、沾滿泥巴的靴子，軍帽蓋在臉上。他看起來真的死透了。大雨依然未停，我真的很喜歡他這個人。他的身分證件還在我的口袋裡，我晚點會代筆寫信給他的家人。前方田野上座落著一間農舍，周圍有樹木環繞，幾棟小屋都倚著農舍。二樓有個陽台，下方由幾根柱子撐起。

「我們最好彼此拉開一點距離。」我說：「我先走。」我朝農舍前進，沿著一條小徑穿越田野。

穿越田野時，我擔心有人會從農舍或附近樹林朝我們開槍。我走了過去，清楚看到農舍外觀，二樓陽台與穀倉合併，柱子間塞了乾草。庭院是由石磚鋪成，每棵樹梢都滴著雨水，院中停著一台大型兩輪馬車，車桿在雨中翹得老高。我穿越庭院後，站在陽台下方躲雨。農舍大門開著，我自行走了進去，波內洛、皮亞尼跟在我後頭。屋內烏漆抹黑，我回到廚房，開放式爐灶內是燒過的灰燼，上頭掛著一些鍋子，但都空空如也。我四處張望著，卻找不到吃的東西。

「我們應該躲到穀倉裡，」我說：「皮亞尼，你覺得能找到吃的東西帶上來嗎？」

「我去找找看。」皮亞尼說。

「我也去找找。」波內洛說。

「好，我到上面查看一下穀倉。」我說。我發現了一個石梯，可以從牛棚通往上頭的穀倉。在雨中，牛棚反而飄著舒服的乾燥氣味。牛隻全都不曉得跑去哪裡，也許主人離開時一併帶走了。穀倉一半堆著乾草，屋頂有兩個窗戶，其中一個被木板封住，另一個則是北方的老虎窗。還有一條運送用的滑道，用來把叉起的乾草送給牛群。幾根屋梁橫越一個開口，下方就是一樓，乾草車可以開進來，乾草卸下後便可以叉起來送到穀倉存放。我聽見雨滴打在屋頂的聲音，乾草味撲鼻而來，下樓到牛棚後則聞到乾掉牛糞的清新氣味。我們把面南窗戶的一塊板子撬開，方便監看庭院裡的狀況。另一扇窗戶眺望著北邊田野。我們可以從兩扇窗戶上下屋頂；萬一階梯無法使用，還能利用乾草滑道滑下去。假如我們聽到敵軍來了，便可以躲在大穀倉的乾草中，看起來是個很棒的藏身處。我很肯定，要不是先前遇到槍擊，我們早就已抵達南邊了。藏在樹叢中的絕對不可能是德軍，因為他們是從北邊過來，再從奇維達萊往大路南邊移動。他們不可能從南邊進攻。義大利軍隊甚至更危險，因為他們恐懼到見誰都會開槍。昨晚撤退途中，我們聽說在北邊有不少德國士兵穿著義軍制服混入撤退部隊。我不相信這種鬼話，戰爭期間都會出現這類謠言，這正是敵軍混淆視聽的手段。我們就沒聽過有人穿著德軍制服魚目混珠，也許確有其事，但聽起來難上加難。我認為德軍不可能會這麼做，也覺得他們沒有非做不可的理由，真的沒必要擾亂我們的撤退部隊。我們部隊的士兵數量那麼多，可以撤退的道路那麼少，本身就足夠混亂了。目前已無人發號施令，更甭提德軍需要搗亂。不過，義大利人還是把我們當成德軍開槍，殺死了艾伊莫。乾草的味道很舒服，躺在穀倉的乾草裡讓人回到童年。小時候，我與玩伴常常躺在乾草堆中聊天，看到麻雀棲息在穀倉牆壁的三角缺口上，就拿出空氣槍射擊牠。如今穀倉早已不復存在，某年原來的鐵杉林也被砍光，只剩下殘幹、乾枯樹梢、樹枝和雜草。你不可能回去了。假如無法向前走，又會發生什麼事？你就永遠回不去米蘭了。就算你回到米蘭，又能怎麼樣？我聽著靠近烏迪內北邊傳來的槍聲。也可以聽見機關槍掃射的聲音，但沒有轟炸聲，實在可怕。我認為，德軍肯定在路上部署了士兵。我朝著半暗半明的乾草倉庫裡往下看，發現皮亞尼站在搬運乾草的樓面上，他手拿一條長長的香腸、一罐不曉得是什麼東西、腋下夾著兩瓶葡萄酒。

「上來吧，這裡有樓梯。」我說完才發覺自己應該去幫他拿點東西，便下樓幫忙。我先前在乾草堆裡躺了一下，幾乎快睡著了，腦袋還有點昏沉。

「波內洛在哪？」我問。

「等等說。」皮亞尼說。我們走上樓梯，把食物放在乾草上。皮亞尼拿出附有開瓶器的小刀，準備拔酒瓶的軟木塞。

「開口居然還有封蠟耶，」他微笑地說：「絕對是上等貨。」

「波內洛在哪？」我問他。

皮亞尼看了我一眼。

「中尉，他剛才離開了，說想要投降當戰俘。」他說。

我沉默以對。

「他怕我們都會被殺光。」

我拿著那瓶酒，依然不發一語。

「中尉，反正我們也對戰爭沒信心嘛。」

「那你怎麼沒走？」我問他。

「我不想留下你一個人啊。」

「他往哪裡走了？」

「中尉，我不知道，他就是離開了。」

「好吧，麻煩你切香腸吧。」我說。

皮亞尼在昏暗的光線中看著我。

「我切的時候，我們來聊聊吧。」他說。我們坐在乾草堆上，邊吃香腸邊喝酒，這想必是屋主本來打算留到婚禮再喝的酒，都放到失去光澤了。

「你守著那個窗戶，盧易吉，」我說：「我負責盯另一個窗戶。」

我們各自拿了一瓶酒灌起來，我拎著自己那瓶走到窗邊，整個人躺在乾草上，從窄窗眺望溼答答的鄉間田野。我現在也不曉得，當時自己期待看到什麼場景，反正我只看到連綿的田野和光禿禿的桑樹，以及嘩啦落下的雨水。我喝了葡萄酒後，覺得有點反胃，酒放太久變質了，失去了醇度和色澤。我盯著外頭的天色漸暗，迅速拉下夜幕，那會是烏黑的雨夜。天黑後，我就算再看下去也沒什麼用，所以就走到皮亞尼身邊。他正躺著睡覺，我沒有叫醒他，只是坐在他身邊片刻。他是個大塊頭，睡得很熟。不久後，我把他搖醒，我們便上路了。

那一夜非常奇怪，至今我仍不曉得自己當時的想法，也許是抱持大不了一死的決心，還有黑暗中開槍、奔跑，但最後居然什麼都沒發生。我們在路邊水溝旁匍伏等待德軍一個營部的兵力經過。他們走遠後，我們才敢跨越大路，一路向北。我們有兩度在雨中離德國士兵非常近，但幸好他們都沒發現。我們經過烏迪內鎮再往北走，沒有遇見任何義大利士兵。過一陣子，我們來到主要的撤退路線，朝塔利亞門多河的方向徒步了一整晚。先前，我都沒意識到撤退的規模有多大，全國軍民似乎都動了起來。我們整晚都沒休息，甚至比塞在路上的車陣還快。我的腿開始發疼，整個人疲憊不堪，但我們走了好長一段路。波內洛居然蠢到要投降當俘虜。我們沒有遭遇任何危險，步行穿越兩批部隊，但都沒有發生意外。假如艾伊莫沒有被射殺，我們真的會感覺自己沒有陷入險境。我們正大光明地沿著鐵軌走路，卻完全沒有人管我們。殺戮來得突然、毫無理由。我不禁好奇，波內洛如今人在哪裡。

「中尉，你還好嗎？」皮亞尼問。我們順著路肩前進，路上塞滿了車輛與部隊。

「還好。」

「我走得好煩喔。」

「嗯，現在我們只要繼續走路就好，不用擔心。」
「波內洛有夠笨欸。」
「他的確是個笨蛋。」
「中尉，你會怎麼處置他？」
「我不知道。」
「難道不能當作他真的被敵人俘虜嗎？」
「我不知道。」
「如果戰爭沒完沒了，他的家人會有麻煩耶。」
「戰爭不會沒完沒了啦，」士兵說：「我們要回家了，戰爭結束了。」
「大家都要回家了。」
「我們全都要回家了。」
「中尉，走吧！」皮亞尼說。他想快點通過車陣。
「中尉？你說誰是中尉？軍官都給我滾蛋啦！」
「我最好直接叫你的名字，」皮亞尼抓著我的手臂說：「不然他們可能會惹事生非，先前已經射殺一些軍官了。」我們快步經過他們。
「我的報告不會連累他的家人，」我接著我們剛才的話題。
「要是戰爭結束了，那就無所謂啦，」皮亞尼說：「只是我不相信戰爭結束了，真的就這樣打完仗，未免太過美好了。」

「我們很快就會知道了。」我說。

「我認為還沒結束啦。他們覺得打完了，但我偏不相信。」

「和平萬歲！」一名士兵歡呼：「我們要回家了！」

「要是我們都能回家就好了，」皮亞尼說：「你不想回家嗎？」

「想啊。」

「我們回不了家啦。我覺得還有打咧。」

「我們回家吧！」又一名士兵高呼。

「他們連步槍都扔了，」皮亞尼說：「他們一邊行軍，一邊拿下步槍丟掉，然後就大喊口號。」

「他們應該把步槍保管好啊。」

「他們覺得，只要連步槍都丟了，軍方就不能逼他們打仗。」

在漆黑的雨夜裡，我們沿著路邊往前走，我看見不少部隊還是帶著步槍，槍管從士兵的斗篷裡露出來。

「你們屬於哪個部隊的？」有個軍官大聲問。

「和平部隊！和平部隊！」有人大聲回答。那位軍官聽了沒說話。

「他說什麼？那位軍官說什麼？」

「軍官都去死！和平萬歲！」

「走吧。」皮亞尼說。我們經過兩輛英國救護車，如今都被棄置在車陣中。

「這兩輛車是從哥里加來的，」皮亞尼說：「我認得這兩台車。」

「他們開得比我們遠。」

「他們先動身了。」

「真不曉得駕駛們跑哪去了？」

「大概在前面吧。」

「德軍已經在烏迪內外停下，這些人都可以安全渡河。」我說。

「是啊，」皮亞尼說：「所以啦，我就說戰爭會繼續下去。」

「德國部人明明可以攻擊啊，但他們卻不要，真是讓人納悶。」我說。

「我不知道。這類型的戰爭我壓根不懂耶。」

「我猜他們在等交通工具吧。」

「我不知道。」皮亞尼說。他獨自跟我在一起時，表現溫和多了。每次身旁有其他駕駛，他講話就會變得很難聽。

「盧易吉，你結婚了嗎？」

「你知道我結婚了。」

「所以你才不想當俘虜？」

「這是一個原因。中尉，那你結婚了嗎？」

「還沒。」

「波內洛也還沒。」

我說：「男人結婚前後好像差別不太大，但是我覺得已婚男人會想回家找老婆。」我很樂意聊聊妻子這個話題。

「是啊。」

「你的腳好點了嗎？」

「滿痠痛的。」

日出前，我們抵達塔利亞門多河岸，沿著高漲的河面來到一條橋，即所有人車唯一的渡河點。

「他們應該可以守住這條河吧。」皮亞尼說。在黑夜中，河面看起來又高又寬，河水不斷翻攪。那座木橋長度約四分之三英里，而這條河平時不太暴漲，只在寬廣的石子河床細細地流動，距離上方木橋非常遠，此時河面卻已逼近橋底。我們在河岸邊移動，逐漸擠進過橋的人群。我們在雨中，緩慢地在橋上移動，下方幾英尺就是暴漲的河水，擁擠不堪，前方就是一箱彈藥。我朝著旁邊看著河水，現在無法按照平時行進速度，我實在感到身心俱疲。過橋的我絲毫沒有喜悅，不禁好奇要是在白天，軍機飛來轟炸會有何下場。

「皮亞尼！」我大喊。

「中尉，我在這裡。」他在前方不遠的人群中，所有人都很安靜，一心想著要盡快過橋。我們即將到達橋的另一頭時，部分軍官和憲兵拿著手電筒駐守在兩旁。我看見他們背對天際線的身形輪廓。我們快走到他們面前時，我發現一位軍官指著人群中一名男子。憲兵一個箭步就跑進去抓他，扭著他的手臂把他帶出人群。男子被抓走當下，我們差不多與他們面對面。幾位軍官打量著經過的每個人，有時彼此交談，走到前面用手電筒照人臉。我們準備下橋時，他們又抓走另一個人。我知道那個人是位中校，因為他被手電筒照到時，我看見他臂章方框裡的星星。他頂著一頭白髮，身材矮胖。憲兵把他抓到一排軍官後面。我們到了橋另一頭時，我看見一、兩位軍官盯著我，其中一人指著我，對憲兵說了幾句話。那名憲兵繞過隊伍往我走來，接著便是感覺被他抓住了我的衣領。

「你幹嘛啊？」我厲聲說，揮拳打了他的臉，同時看見帽子下的那張臉，有著上翹八字鬍，鮮血正流下臉頰。另一名憲兵朝我們衝過來。

「你又是幹嘛啊？」我說，他沒答腔，只在找機會抓住我。我把手臂伸向後方，想要拿出槍套內的手槍。

「你不知道自己不可以對軍官動手嗎？」

另外一名憲兵從後面抓住我，把我雙臂往上拉到快脫臼。我整個身子順著他往後轉，剛才的憲兵勒住我的脖子。我用力踹他的小腿骨，並使勁地用左膝頂他的鼠蹊部。

「如果他抵抗，就直接開槍。」我聽見旁邊有人說。

「這到底是在幹嘛啊？」我想要大吼，聲音卻出不來。此時，他們已把我押到路邊了。

「如果他抵抗，就直接開槍，」一位軍官說：「把他帶到後面去。」

「你誰啊？」

「你等等就知道了。」

「你又是誰啊？」

「憲兵。」另一位軍官說。

「幹嘛不叫我自己過去，非得找這些戴飛機帽的來抓我？」

他們沒有必要回答，畢竟他們這些人是憲兵。

「把他帶到後面，跟其他人作伴。」一開始那位軍官說。

「你看，他的義大利語有口音。」

「你也有，你這個混帳。」我說。

「把他帶到後面，跟其他人作伴。」那位軍官說。他們把我押到大路下方一排軍官後面，跟河畔田野的一群人集合。我們走過去的當下，聽到好幾聲槍響，我見到步槍冒出火花，還聽見了爆炸聲。我們來到那群人前面，共站了四位軍官，前方站著一名男子，男子兩側各有一名憲兵。一群站著的男子由憲兵看守著，審訊官旁邊還有四名憲兵待命，身子都靠著卡賓槍。這些憲兵全都頭戴寬帽。抓著我的兩名憲兵把我推進那群人中候審。我看著當下被審訊的男子，即那位身材矮胖、頭髮斑駁的中校，他原本也是在過橋隊伍中，硬是被憲兵給抓出來。審訊官的態度幹練、冷漠又自制，明顯是負責開槍殺人，而沒有人敢對他開槍的義大利人。

「哪一旅？」

他老實回答。

「哪一團？」

他老實回答。

「你為什麼沒有跟部隊在一起？」

他老實回答。

「難道你不知道軍官應該跟部隊行動嗎？」

他當然知道。

問話就到這裡，另一位軍官開口。

「就是有你和你的同類，野蠻人才會侵犯祖國的神聖領土。」

「你在說什麼？」那位中校說。

「就是因為你們叛國，我們才會失去勝利的果實。」

「你參與過撤退嗎？」那位中校問。

「義大利絕不撤退。」

我們站在雨中聽著這番對話。我們面對那些軍官，中校站在前面，略微靠近我們。

「如果你們打算槍斃我，」那位中校說：「那現在就開槍，不用再問問題了，審訊過程有夠愚蠢。」他用手勢畫了十字架。軍官同時開口，一位在紙本上寫著罪名。

「拋棄部隊弟兄，下令槍斃。」他說。

兩名憲兵把中校帶到河岸。老中校沒戴帽子在雨中走著，左右各有一名憲兵。我沒親眼看見他被槍斃，只聽到了槍響。他們接著審訊起另一人，該軍官也是因為脫隊被抓起來。他沒有獲得自我申辯的許可，他們宣判紙本上的罪名與刑責時，他邊聽邊掉眼淚，隨後就被槍斃，此時又換一個人被審訊。他們刻意在前一個人遭槍斃之際，立刻審訊下一個人，就是要讓人感到束手無策。我不知道自己該等著被審訊，還是趁現在就逃走。我分明被當成穿著義軍制服的德國人，他們腦袋的運作模式被我猜中，前提是他們還有腦袋，而且腦袋還要能運作。他們都是想救國救民的年輕軍官。塔利亞門多河畔旁的第二支軍隊正在大換血，他們正處決官拜少校以上的脫隊軍官，同時也毫不拖泥帶水地槍決穿著義軍制服、妖言惑眾的德軍。這些年輕軍官全部都戴著鋼盔，被抓的人群中只有兩個人戴著鋼盔，部分憲兵也是戴鋼盔，其餘則戴著我們口中「飛機帽」的寬帽。我們站在大雨中，輪流被帶去審訊、隨後槍決。目前為止，凡是接受審訊的人都是死路一條。這些負責審訊的軍官態度漠然地落實嚴刑峻法，宛如掌握生殺大權者，自己往往毋需擔心死亡。他們此刻在審訊隸屬前線軍團的上校，又有三位軍官被押來了。

「他的軍團在哪裡？」

我瞧著那些憲兵，有些憲兵正看著剛被抓來的人，有些則看著被審訊的上校。我把身體蹲低，擠進兩個人之間，低頭往河流狂奔。我在河邊不小心跌倒，跌進河中當下濺起水花。河水凍得刺骨，我努力在裡面撐得久一點，可以感到水流在身體周圍翻攪，我在水中待到後來，還以為自己無法浮上來了。我浮出水面的那一刻，深吸了一口氣，然後又潛了進去。因為我身穿厚重衣物，雙腳又踩著靴子，想待在水面下其實頗為簡單。我第二次浮上水面時，看見身前有一根木頭，便伸出抓住木頭。我把自己的頭部藏在木頭後面，甚至沒有讓目光越過木頭。我不想看到河岸。我逃走時有聽見槍聲，首次浮出水面也有聽見槍聲。我快抵達水面之際，也聽見了槍響。這時已無人開槍。我單手抱著隨著水流翻動的那根木頭，看著岸上一切似乎像跑馬燈從眼前掠過。河流中飄著許多木頭，河水無比冰冷。我抱著木頭飄過一個河上小島的灌木叢。我改用雙手緊抱著木頭，任憑木頭帶我隨波逐流。這時，河岸早已看不見了。

第三十一章

當你在湍急的水流中，無法曉得自己究竟在水中待了多久，雖然感覺過了很久，但可能其實時間很短。冰冷的河水高漲，連帶捲來許多岸邊的東西，現在逐一漂過我身邊。幸好我抓到一條沉重的木頭，把下巴擱在上面，忍受冰冷的河水，雙手盡量放鬆，不要握太太力。我擔心會抽筋，希望能漂到岸邊。我一路往下漂流，轉了個長長的彎。天色逐漸亮了起來，所以我看得見河岸沿線的灌木叢。前方有一座灌木叢生的小島，河水都往岸邊移動。我原本在想是否該脫掉靴子衣服、再往岸邊游過去，最後決定作罷。我沒有多作思考，只覺得自己絕對會上岸，而如果我赤腳上岸恐怕會身處險境，我一定想辦法抵達梅斯特。

我眼見岸邊愈來愈近，又被河水帶著漂走，然後又靠近河岸，後來漂浮速度愈來愈慢。此刻河岸近在咫尺，我可以看見柳樹叢的細小樹枝。木頭緩緩地轉向，河岸就在我後面，而我知道木頭漂進了小漩渦。我在河上慢慢旋轉，隨著河岸再次映入眼簾，我嘗試用單臂抱著木頭，半游半踢地讓木頭往河岸移動，卻怎麼都無法靠得更近。我深怕自己離開漩渦，便單手抓著木頭、提起雙腳靠在木頭側邊，再奮力地往岸邊游過去。我看見了柳樹叢，不過即使我身體仍在移動、又拚了老命游著，卻還是慢慢被水流帶走。我當下以為自己會因為靴子太重而溺死，但我在水中手腳併用地划著，抬頭便發覺自己愈來愈靠岸邊，所以我卯足全力游著，恐慌得不得了，只怕被重重的靴子拖累。我一把抓住柳樹枝，但力氣不足以把自己拉上去，不過至少知道不會溺死了。剛才趴在那條木頭上，我都沒想過自己真的會死在水裡。由於我剛才使力過度，整個人覺得胃部和胸腔都很難受，只能抱著樹枝在原地等待。難受的感覺消失後，我就攀上柳樹叢再休息一下，雙臂環抱著柳樹、緊抓樹枝。後來，我辛苦地爬出樹叢，抵達岸上。那時天色半亮，四下無人，我呈大字形躺在河岸上，聽見河水聲和雨聲。

過了一會，我站了起來，開始沿著河岸走著。我知道，一路到拉蒂薩納前都沒有橋可以過河。我心想，對面可能就是聖維托。我開始思考接下來的打算。前方有一道水圳通往河流，我朝著它走過去。目前，四周不見任何人影，我坐在水圳旁的灌木叢旁脫下靴子，倒出裡頭的積水。我脫掉外套，拿出外套內側口袋裡的皮夾，裡頭證件和紙鈔都溼透了，再把外套、長褲逐一脫掉擰乾，接著是襯衫和內衣。我又拍又搓著身體，才又把衣物穿回來，我的軍帽早就弄丟了。

我在穿上外套前，先把袖子上的星星臂章割下來，放進外套的內側口袋，跟紙鈔擺在一起。紙鈔雖溼但沒有破損。我算了算，總共剩三千多里拉。我全身衣物又溼又黏，我拍著雙臂，設法保持血液循環。我的內衣是羊毛材質，假如持續移動下去，理應不會感冒。憲兵先前在路邊奪走我的槍，我把槍套藏在外套裡。如今身上少了斗篷，走在雨中頗為寒冷。我開始往運河的河岸走，此刻是破曉時分，鄉間地處低窪，溼漉漉一遍，看起來陰鬱不已。光禿禿的田野也是如此。在遙遠的另一端，我看到一座高聳的鐘樓坐落在平原上。我來到一條路上，看見前方有部隊迎面而來。我在路邊一拐一拐走著，部隊就這樣經過，絲毫沒留意到我。那是一支機關槍部隊，朝著河流前進。我繼續往前走去。

那天，我步行穿越了威尼斯平原。那片鄉間地勢偏低，在雨中感覺更加平坦。往大海的方向布滿鹽沼，鮮少有路可以走。所有的道路都與出海口平行，如果要穿越鄉間，就必須踏上運河邊的小徑。我從北往南穿越鄉間，跨過兩條鐵路與許多道路，最後在一條小徑盡頭走上另一條鐵路，剛好旁邊就是一大片鹽沼。這正是從威尼斯通往德里雅斯特的主要火車路線，路堤高厚、路基紮實，上頭鋪設了雙軌。繼續沿著鐵軌走一小段，就會來到一個旗站，我看見了一些衛兵。再往前走可以看到一座橋，下方是匯入鹽沼的小河。我也可以看到橋上有一名衛兵。先前在穿越北方田野時，我就看到一列火車在這條鐵軌上移動，畢竟平原毫無遮蔽，大老遠就看得見，我想也許會有火車從波爾托格魯阿羅出發。我仔細觀察著衛兵，趴在路堤上，好觀察雙向鐵軌沿線的動靜。橋上衛兵沿著鐵軌朝我的方向走了一小段，又轉身回頭往橋上走。我飢腸轆轆地趴著，等待火車經過。先前我看到的那列火車車身非常長，因此火車頭移動的速度非常緩慢，我肯定自己有辦法跳上去。就在我即將放棄希望之際，我看見一列火車駛來，火車頭直直靠近、愈來愈大。我看著橋上的衛兵，他走在靠近我這側的橋邊，但位於鐵軌另一頭，所以火車經過就會遮住他的視線。我看著火車頭愈來愈近，轟隆轟隆地向前移動，後頭有許多車廂。我知道火車上也會有衛兵，所以努力想看清他們的位置，但他們不在視線內。火車頭幾乎要開到我趴著的地方，等它一來到正前方不斷吐出黑煙，我看見火車司機從眼前經過，我才起身靠近移動中的一節節車廂。假如我被衛兵看見，站在鐵軌旁也比較不可疑。幾節關得緊緊的貨運車廂經過，然後我看見大家叫作「貢多拉」的低矮敞車，上頭蓋著帆布。我靜靜站著等候時機，在車廂快離開面前時跳上去，抓住後頭的把手，雙手拉了上去。我躲在賁多拉和後頭較高的貨運車廂之間蹲著，我覺得應該沒有人看得見我。我緊緊抓著把手，重心放得很低，雙腳踏在聯結器上。列車快來到橋的正對面。我還記得那衛兵，列車經過時，他看了我一眼。他的年紀輕輕，頭上的鋼盔明顯過大。我不屑地瞪回去，他把頭了轉過去，大概覺得我在列車上工作。

我們經過了那座橋，那名衛兵仍然滿臉不自在，看著其他車廂經過。我把身子壓低，想研究車廂帆布的固定方式，帆布邊緣附有索環，由繩索穿過後繫在車廂邊。我拿出小刀把繩索割斷，把手臂伸進帆布裡。帆布下有著堅硬的物體而外凸，淋雨下被帆布裹得緊密。我抬頭往前看，貨運車廂上有名衛兵，但他目光朝向前方。我鬆開把手，低身鑽進帆布下面，此時額頭忽然撞到東西，感覺有血流下臉頰，但我繼續往裡面爬然後躺平。

我躺在帆布下，我的旁邊就擺著大砲，散發出明顯的汽油與潤滑油味。我傾聽雨水打在帆布上的啪答聲，以及列車駛過鐵軌的喀喀聲。外頭透進了微光，我躺在那裡看著大砲，全部用帆布套包住了。我想這些槍砲必定是第三軍團運送而來。我額頭撞到的地方腫脹，我躺著不動，傷口已止血凝結，然後我把傷口四周的乾血剝掉，這點傷沒什麼大不了。我沒有手帕，但手指沾了帆布滴下的水，摸摸臉上把乾血洗去，再用外套袖子把臉擦乾淨，以免滿臉是血引人注目。我知道自己在抵達梅斯特前必須離開車廂，因為大砲全都要運送到梅斯特保管。眼下，軍方絕對不能失去或忘掉任何一門大砲。我實在餓得不得了。

第三十二章

我躺在貨運車廂底部，身旁是一門門大砲，上頭蓋著帆布，整個人溼冷又極度飢餓。後來我翻過身體，變成趴在地板上，雙臂枕著頭部。我的膝蓋僵硬，但至今已堪用了。瓦倫提尼醫生開刀技術不錯。部隊撤退過程中，我有大半路程都是走完，還游了一小段塔利亞門多河，全都靠他治療好我的右膝，根本可以算是他送給我的了，另一個膝蓋才是我自己的。醫生對病患身體動了刀後，就不是我們自己的身體了。腦袋是我的、肚子也是，肚子就是餓啊。我可以感覺肚子在翻滾。腦袋雖然是我的，但派不上用場，也不能好好思考，只能單純地回憶，卻又不能陷得太深。

我可以想念凱瑟琳，但我也知道，如果不確定能否再次聚首就去想她，我一定會發瘋，所以我不能太想念她，只能有一點點想念，隨著火車緩緩地喀噠前行，透過帆布進來的光線，想像跟她一起躺在平板車廂裡。扁平的地板堅硬，躺起來並不舒服，我只能用心感受而盡量不思考，畢竟離開她身邊太久了。我感受著溼透的衣服，地板持續微微晃動；我的內心備感孤單，全身溼答答又躺在硬地板上，幻想著妻子就在身邊。

幸好還能躲在帆布裡，有著大砲陪伴已算舒適了，只是沒有人愛躺在貨車地板上、帆布套內大砲濃烈的潤滑油味、滲進帆布的片片雨水。但真正愛著的人，根本不可能假裝她出現在這裡。你冷淡清楚地看透這一切，但情緒更像了然與空虛。你趴在車廂地板上，目光直入虛空，回想部隊撤退、敵軍挺進的過程中，你弄丟了救護車隊與夥伴，宛如百貨公司樓管在大火中沒了存貨，當初卻沒有保任何火災險。現在你離開了，沒有了責任義務。如果百貨公司在火災後，單純因為樓管說話口音重就把他解決了，那等百貨公司重新營運時，樓管當然不會回來工作。樓管也許會試試看其他工作，不過前提是還有其他工作可找，加上警察沒有出動逮捕。

河水既沖走我的責任義務，也洗去了我內心的憤怒。其實，在憲兵伸手扯我衣領那刻開始，我就不再扛著責任了。儘管我不太在意外在的形式，但我仍然寧願他們脫掉我的制服。我取下了鏽著星星的臂章是方便起見，與榮譽無關。我並沒有討厭那兩顆星星，只是受夠了。祝部隊的弟兄一切順利，裡頭還是好人與勇士、冷靜的人與講理的人，這些人都值得順利的人生。不過這場戲不再與我有關，只希望這班他媽的火車可以載我到梅斯特，好讓我飽餐一頓，不去東想西想。我腦袋真的得停了。

皮亞尼一定會跟部隊回報我被槍斃了。他們把人槍斃後會翻找身上的口袋，再把身分證件拿走。他們沒有我的證件，也許會說我溺水死了。我很好奇消息傳回美國會是什麼版本，可能是因為受傷陣亡或其他死因。天哪，我好餓，不曉得食堂那位神父後來怎麼了。

還有雷納迪，他也許在波代諾內吧，前提是部隊沒有撤退到更後面。嗯，看樣子我再也見不到他了，再也見不到部隊的弟兄，那段人生結束了。我不覺得他罹患梅毒，他們說只要及時服藥就不會太嚴重。但他還是會擔心，換成我得梅毒當然也會擔心，人之常情嘛。

我生來就不太愛思考，反而生來愛吃。天哪，千真萬確，我想跟凱瑟琳吃吃喝喝、共度良宵，也許是今晚吧。不對，根本不可能。那就明天晚上吧，我們先好好吃頓飯，再好好蓋被子睡覺，然後就再也不離開彼此身邊了。我很可能不得不離開，換作是她就會離開，我知道她一定會離開。我們何時一起離開呢？這件事要好好想一下。天色暗了下來，我趴著思考我們會去哪裡，全天下落腳的地方何其多啊。

第四部

第三十三章

一大清早，火車在天光未亮便緩緩駛進米蘭車站，我下車跨越鐵軌，從幾棟大樓之間鑽出來，接著走上街道。一家小店已開始營業，我進去喝了杯咖啡，裡頭混雜著早晨清新與灰塵揚起飛揚的氣味，咖啡杯裡擺著小湯匙，酒杯在桌上留著潮溼圓印。老闆站在吧檯後面，一張桌子坐著兩名士兵。我站在吧檯前喝了杯咖啡、配一片麵包下肚。咖啡加牛奶後灰撲撲的，我拿一小塊麵包抹去咖啡上那層脂肪。老闆看了我一眼。

「來杯格拉帕白蘭地？」

「謝了，先不用。」

「算我的啦，」他說完後倒了一小杯白蘭地，推過來給我，「前線還好嗎？」

「我怎麼會知道。」

「那兩個喝醉了。」他邊說邊指著那兩名士兵。我想他說得沒錯，兩人看來醉醺醺的。

「說吧，」他說：「前線還好嗎？」

「我不清楚前線的狀況耶。」

「我明明看見你從車站出來，才剛剛下火車吧。」

「大撤退啊。」

「報紙上有寫。怎麼了？打完了嗎？」

「我覺得還沒打完。」

他從一個矮瓶子把白蘭地倒進酒杯裡。「如果你現在有麻煩，我可以收留你喔。」他說。

「我沒有什麼麻煩。」

「你有麻煩的話，就住我家吧。」

「可以借住哪裡？」

「就這棟裡啊，很多人都住這裡。惹上麻煩的人都住在這裡。」

「很多人惹上麻煩嗎？」

「那得要看什麼麻煩囉。你是南美人？」

「不是。」

「西班牙語還通嗎？」

「一點點。」

他擦著吧檯。

「現在很難離開義大利，但還是有可能啦。」

「我並沒有想離開啊。」

「你想在這裡住多久都可以，你會知道我不是壞人。」

「早上我得去別的地方，但是我會把地址記下來。」

「這種話就代表不會回來了。我猜你一定惹了大麻煩。」他搖頭說。

「我沒有惹什麼麻煩啦，只是很重視朋友的幫忙。」

我擺了一張十里拉的紙鈔在吧檯上，付咖啡的錢。

「陪我喝一杯白蘭地吧。」我說。

「不必啦。」

「就一杯吧。」

他倒了兩杯酒。

「別忘了可以來這裡，小心別被關起來啊。你在這裡才安全。」他說。

「我相信。」

「你相信？」

「對。」

他嚴肅了起來。「那就聽我的勸，不要穿著這件外套在外頭晃。」

「為什麼？」

「誰都看得出袖子上的星星臂章被剪掉了，那塊布的顏色不一樣。」我沒有吭聲。

「假如你沒有相關文件，我可以幫你弄來。」

「什麼文件？」

「休假證明。」

「我不需要文件，我自己就有文件了。」

「好吧，」他說：「不過，如果你需要文件，我可以幫你弄到。」

「要花多少錢才能拿到文件呢？」

「那要看是什麼種類，但是價格合理。」

「現在我沒有這個需求。」

他聳了聳肩。

「我沒事的。」我說。

我要走出門時，他說：「別忘記，我站在你這邊。」

「我會記得。」

「我們一定會再見。」他說。

「好喔。」我說。

我走到外頭，看見火車站有憲兵巡邏，便走到遠一點的小公園旁邊攔車。我把醫院地址告訴駕駛，抵達後便直接來到門房的住處。門房的妻子抱了我一下，他跟我握了握手。

「回來啦！你平安無事。」

「是啊。」

「吃早餐了嗎？」

「吃了。」

「中尉，都好嗎？一切還好吧？」他老婆問。

「還可以。」

「要不要一起吃個早餐？」

「不用了，謝謝。巴克莉小姐現在在醫院嗎？」

「巴克莉小姐？」

「那個英國護士。」

「他女友啦。」他老婆說。她拍了拍我的手臂，面帶微笑。

「不在耶，」門房說：「她出去了。」

我的心一沉。「你確定？我是說高高的金髮英國年輕護士唷。」

「我確定。她去斯特雷薩度假了。」

「什麼時候去的？」

「兩天前，跟另一個英國護士去的。」

「好，我想拜託你一件事情，麻煩不要跟別人說你見過我。這很重要。」我說。

「我不會跟任何人說的。」門房說。我給他一張十里拉紙鈔，他推還給我了。

「我說話算話，」他說：「我不收你的錢。」

「中尉，我們可以幫你什麼忙？」他老婆問。

「幫我保密就好。」我說。

「我們的口風很緊，如果需要幫忙，你會跟我說吧？」門房說。

「會的。再見，我會再來。」

他們站在門邊，看著我離開。

我叫了一輛計程車，跟司機報了朋友席蒙斯的地址，他正在義大利學唱歌劇。

席蒙斯住的地方好遠，在市中心靠紅門區一帶。我拜訪時，他還在床上睡覺。

「亨利，你也太早起床了吧。」他說。

「我搭早班火車進城的。」

「這次撤退到底是在幹嘛？那時候你在前線嗎？要不要抽根菸？桌上的盒子裡有菸。」他的房間很大，有張床擺在牆邊，另一頭則是鋼琴、梳妝台和桌子。我坐在床邊椅子上，席蒙斯靠著枕頭坐起身子，正抽著菸。

「席姆，我慘了。」我說。

「我也是，」他說：「我這輩子有夠慘。你不抽菸嗎？」

「不了。你知道有什麼管道可以到瑞士嗎？」我說。

「你嗎？義大利人不會讓你離開啦。」

「對，我知道。但是瑞士人呢？他們能怎麼樣？」

「他們會拘禁你。」

「我知道。但整個過程大概是怎麼樣？」

「不怎麼樣。很簡單，你還是可以自由活動。我認為，你只需要跟官方報備之類的。怎麼這麼問？你在躲憲兵嗎？」

「情況還不太明確。」

「不想說就不要說啦。只是聽起來應該滿有意思，這裡沒有什麼新鮮事。我在皮亞琴察的表演好失敗。」

「太可惜了。」

「哎對啊。我的表演很爛，但是歌唱得很好。我會到里瑞可歌劇院再試試看。」

「我想去捧場。」

「太客氣了。你沒有闖下大禍吧？」

「我不知道。」

「不想說就別說啦。你怎麼會正巧離開他媽的前線呀？」

「我覺得自己受夠這場戰爭了。」

「好小子。我就知道你還有腦袋。我可以幫你什麼忙嗎？」

「可是你好忙耶。」

「親愛的亨利，我一點也不忙啊，完全不忙欸。我很樂意幫任何的忙唷。」

「我們身材差不多。可不可以拜託你出去買一套便服給我？我自己也有衣服，但全部都在羅馬。」

「你還真的住過羅馬喔。那裡好髒欸。你怎麼會去住那裡？」

「本來我想當建築師啊。」

「那裡也學不好建築。不必買衣服了，你要什麼衣服我都給你。我會幫你好好打理一番，你會帥到掉渣，趕快去換衣服吧，裡面有個衣櫃，想要什麼就拿走。兄弟，你不用買衣服喔。」

「我寧願自己買啦，席姆。」

「兄弟，與其要我出去幫你買，還不如讓我直接送你比較簡單。你身上有護照嗎？如果沒有護照，你就沒辦法自由行動。」

「有，護照還在我身上。」

「那就去換衣服吧，我親愛的朋友，然後就去赫爾維夏吧。」

「沒那麼簡單，我得先去一趟斯特雷薩。」

「那更好，兄弟，到了斯特雷薩，你只要划船就可以到瑞士了。可惜我要表演，不然就陪你去了。我還沒去過耶。」

「你可以去學唱瑞士山歌。」

「兄弟，我總有一天會學。不過我很會唱歌唷，說來奇怪吧。」

「我也猜你很會唱歌。」

他在床上輕鬆往後靠，手上刁著菸。

「別太肯定了。但我的確會唱歌。這真他媽有夠奇怪，不過我還能唱歌，也喜歡唱歌。我想唱一下，你聽聽看。」他高聲唱起了〈非洲女人〉，臉紅脖子粗，青筋都冒出來。他說：「我很能唱喔，觀眾喜不喜歡都沒關係。」我望向窗外說道：「我先下樓去叫車離開。」

「兄弟，等你回來我們一起吃早餐。」他走下床，站直身體、深呼吸，便開始做伸展操。我下樓付了車錢。

第三十四章

我換上便服後，覺得彷彿在參加化妝舞會，因為我長久以來習慣穿軍服，還頗想念被軍服包覆著的感覺，現在的長褲穿起來有夠鬆垮。我先前買了一張米蘭往斯特雷薩的火車票，也買了一頂新帽子。我戴不下席蒙的帽子，不過衣服算是合身，散發淡淡的菸草味。我坐在車廂裡朝窗外看，那頂帽子戴起來很新，衣服穿起來很舊。窗外是倫巴底潮溼的鄉間，感覺與我同樣哀傷。同車廂也坐了幾位飛行員，他們沒怎麼留意我，完全不正眼看我，相當瞧不起這年紀的平民，但我並不會覺得被侮辱。以前的我早就出口罵人、上前打架了。他們在加拉拉泰下了車，我慶幸自己可以獨處了。我手邊有報紙，但並沒有心情讀，因為完全不想讀到戰爭相關的新聞。我打算把這場戰爭拋諸腦後，也在心裡與自己和解了。我覺得寂寞難耐，看到火車抵達斯特雷薩才開心起來。

到了火車站，我本來以為會看到各家飯店行李員來幫忙，現場卻一個也沒有，度假旺季結束已久，沒有人來等火車。我提著行李下了火車，那是我跟席蒙借來的行李袋，十分輕便，因為裡面還很空，只有兩件襯衫。火車開走了，我在雨中的屋簷下站著。我在車站裡還見一名男子，便請他推薦營業中的飯店。波羅梅群島大飯店有開，另外有幾家旅館全年無休。我提著行李，冒雨徒步前往波羅梅群島大飯店。我看見一輛馬車從街上開來，便對車夫招了招手，搭馬車實在比較舒服。我們來到大飯店入口，門房撐傘出來接我，態度客客氣氣。

我選了一間很棒的客房。空間寬敞、採光好又眺望湖色風光。湖上有雲朵飄下，但等陽光灑落就會很美。我說，我在等我太太。客房內擺了一張「letto matrimoniale」，即義大利文的加大雙人床，上頭套著錦緞床單。這家飯店相當豪華。我走在長廊上，沿著寬大的階梯下樓，經過一間又一間客房後走進酒吧。我認識那個酒保，便坐在高腳椅上，吃著鹽味杏仁和洋芋片，那杯馬丁尼喝起來冷冽清爽。

「你怎麼穿便服來喝酒啊？」酒保調了第二杯馬丁尼後問我。

「放假啊，我放病假。」

「生意冷清到不行。搞不懂飯店幹嘛要營業。」

「你最近有沒有去釣魚呀？」

「我釣到幾條很肥美的魚，這個季節釣到的魚特別好看。」

「有沒有收到我寄過去的菸？」

「有喔，你有沒有收到我的卡片咧？」

我笑出聲。我其實一直沒辦法幫他弄到菸，他想要美國的菸斗絲，但親戚沒再寄來了，或是被中途攔截，反正我根本沒拿到。

「我會再想辦法弄些菸來。」我說：「對了，你有沒有在城裡看過兩個英國少女？」

「她們不住在這家飯店。」

「她們是護士。」

「我見過兩個護士。等等我再幫你打聽她們的下落。」

「其中一個是我老婆，」我說：「我來這裡就是要見她。」

「另一個還是我老婆咧。」

「我沒在跟你開玩笑。」

「不好意思，我的笑話不好笑，」他說：「我剛剛沒聽懂。」他說完就離開了，消失了好一陣子。我吃了些橄欖、鹽味杏仁與洋芋片，盯著吧檯後方鏡中穿便服的自己。酒保回來說：「她們住在火車站旁邊的小旅館。」

「可以吃點三明治嗎？」

「我打電話幫你叫。你也曉得現在這裡什麼觀光客都沒有，所以東西很缺。」

「真的沒有任何人來嗎？」

「有啦，小貓兩三隻。」

三明治送來後，我把三個吃下肚、喝掉兩杯馬丁尼。我還真沒喝過這麼清爽的東西，感覺整個人回到了文明世界。我先前實在喝了太多紅酒、吃了太多麵包和起司、喝了太多難喝的咖啡和格拉帕白蘭地。我坐在高腳椅上，身前是賞心悅目的桃花心木吧檯，上頭飾有黃銅及鏡子，我不去想任何事。酒保問了我一些問題。

「別聊戰爭了。」我說，戰爭感覺好遙遠，也許根本沒有戰爭了，這裡就沒有戰爭啊。接著我才明白，戰爭對我來說確實結束了，但我還沒有結束的實感。我好像是明明自己逃學了，卻還在想著學校現在上到哪一節課。

我抵達那間旅館時，凱瑟琳與海倫・佛格森正在吃晚餐。我站在走廊上，看見她們坐在餐桌旁，凱瑟琳的正臉離我很遠，我看見她的髮絲與臉龐、還有漂亮的脖子雙肩。佛格森正在說話，看我走進去時就停了下來。

「天哪！」她說。

「你好呀。」我說。

「你怎麼會在這裡！」凱瑟琳說，她整張臉亮了起來，看起來高興到難以置信。我親了她一下，害她滿臉通紅。我坐了下來。

「你看起來氣色真糟欸，」佛格森說：「在這裡幹嘛？吃過晚餐了嗎？」

「還沒。」女服務生走進來，我請她拿個盤子給我。凱瑟琳的眼神離不開我，整個人眉開眼笑。

「你怎麼會穿便服呀？」佛格森問。

「我加入內閣啦。」

「你看起來麻煩大了。」

「開心點嘛，小佛，開心一點。」

「見到你真的很難開心，你捅的簍子害得這個女生多可憐。我才不想見到你。」

凱瑟琳對我微笑，在桌底下用腳碰碰我。

「沒有人害我啦，小佛。我是自己害自己。」

「我受不了他，」佛格森說：「他什麼用都沒有，只會用義大利人的小手段害了妳。美國人比義大利人還差勁。」

「蘇格蘭人就很高尚囉。」凱瑟琳說。

「我不是這個意思，我是說他跟義大利人一樣賊得很。」

「小佛，我很賊嗎？」

「賊啊，你還更糟糕，根本像蛇一樣，是穿著義大利軍服的蛇，脖子周圍還繫著斗篷。」

「現在我沒有穿義大利軍服啊。」

「這再次證明了你有多賊了。你整個夏天都在談戀愛，把這個女生的肚子搞大了，現在你想必會開溜吧。」

我和凱瑟琳對著彼此微笑。

「我們會一起開溜。」她說。

「你們還真是半斤八兩，」佛格森說：「凱瑟琳．巴克莉小姐，我真的替妳覺得丟臉耶，難道妳沒有羞恥心，也不在乎個人名譽，妳跟他一樣賊兮兮的。」

「好嘛，小佛。」凱瑟琳邊說邊輕拍她的手，「不要罵我了。妳知道我們互相喜歡呀。」

「妳把手拿開喔。」佛格森說，臉色漲紅。「如果妳還有點羞恥心就不會這樣了。但是天曉得妳現在懷孕幾個月了，然後還在這邊鬧，看到誘惑妳的人來了居然滿臉笑容。妳真的很沒羞恥心又冷血欸。」她哭了起來，凱瑟琳過去抱了抱她，站著安慰佛格森，我看出來她的身材沒怎麼變。

「我不管啦，」佛格森啜泣著說：「這整件事爛死了。」

「好嘛、好嘛，小佛，」凱瑟琳安慰她，「我也覺得很羞恥，別哭，小佛。別哭嘛，小佛。」

「我才沒有哭，」佛格森啜泣地說：「我不是在哭，只是覺得妳很衰欸。」她又看著我說：「我討厭死你了，她休想叫我喜歡你。你這賊頭賊腦又骯髒的假義大利人。」她的雙眼和鼻子都哭得紅通通的。

凱瑟琳對我微笑。

「不准妳邊抱我邊對他笑。」

「妳太不講道理囉，小佛。」

「我知道，」佛格森啜泣著，「別理我，你們都不要理我。我只是太難過，我不講道理。我全都知道。我希望你們兩個可以開開心心嘛。」

「我們很開心啊，貼心的小佛。」凱瑟琳說。

佛格森又哭了起來。「你們這樣哪裡幸福了？幹嘛不結婚？你該不會討了別的老婆吧？」

「才沒有。」我說。凱瑟琳笑了起來。

「這一點都不好笑，」佛格森說：「很多男人都三妻四妾啊。」

「我們會結婚的，小佛，」凱瑟琳說：「開心點吧。」

「不是為了我開心，你們應該會想要結婚啊。」

「我們忙死了。」

「對啊，我知道，忙著做人嘛。」我本來以為她又要哭了，但她只是用酸溜溜的語氣接著說：「我猜妳今天晚上就要跟他走囉？」

「嗯，如果他想要我的話。」凱瑟琳說。

「那我呢？」

「妳害怕自己一個人嗎？」

「我怕啊。」

「那我就留下來陪妳。」

「算了，跟他走吧，現在就跟他走，你們兩個礙眼死了。」

「我們最好先把晚餐吃完吧。」

「不必吃了，馬上走。」

「小佛，講講道理嘛。」

「我說馬上離開，你們都給我走吧！」

「那我們就走吧，」我說。我也覺得小佛真是夠了。

「妳還真的想走欸。妳看看妳，居然想要把我留在這裡，讓我孤孤單單的吃晚餐。我一直都想來義大利湖區觀光，沒想到居然是這種結果，嗚嗚嗚……」她啜泣說著，然後看了凱瑟琳一眼，又哽咽了起來。

「那我們吃完晚餐再走呀，」凱瑟琳說：「假如妳希望我留下來陪妳，我也不會拋下妳唷。我不會留妳一個人，小佛。」

「不行、不行，我要妳走，我就是要妳走。」她擦了擦眼淚，「我太不講道理了，不要管我啦。」

送餐的女服務生也被她的哭聲弄得滿臉不悅。如今她端來下一道菜，看到氣氛好轉了，看起來也鬆一口氣。

那天在飯店的晚上，房間外頭的長廊空蕩蕩，我們倆的鞋子擺在客房外，房內鋪著厚地毯，窗外的雨不停歇，房內明亮、舒適又快活。熄燈後，我們在光滑的被單與舒服的床墊之間雲雨，覺得彷彿回到家了，不再孤單，半夜醒來看到身邊有彼此陪著，而不是在遙遠的彼方，其餘的事感覺都不真實。我們累了就睡去，而一個人醒來，另一個也會醒來，兩人都不孤單。男人通常會想要獨處，女人也會想要獨處，而如果一男一女相愛，都會嫉妒對方的獨處時光，但我真的可以老實說，我們倆從來沒有那種感覺。我們在一起時還是可以覺得孤獨，是對抗全世界的那種孤獨，而這種感覺我只有過一次。以前，我跟許多女生在一起時都有孤獨感，那是一個人最寂寞的感受。但我跟凱瑟琳在一起時，從未孤單過，也從未害怕過。我知道夜晚不同於白天，也明白所有東西不盡相同，夜晚會出現許多白天難以解釋的現象，因為它們在白天根本不存在。而一旦寂寞開始湧上心頭，夜晚對於寂寞的人們可能十分恐怖。但我只要跟凱瑟琳在一起，日夜幾乎毫無差異，夜晚甚至更加美好。如果人類帶給這個世界太多勇氣，世界得殺掉人類來重挫人類的意志，因此當然就毫不留情。這世界會給予每個人挫折，而不少人會愈挫愈勇。但凡是不願意受挫的人，就會被世界給殺死。而這個世界偏偏都殺死格外善良、格外溫柔和格外勇敢的人。如果你不善良、不溫柔也不勇敢，當然也會被世界殺死，但就不會成為主要目標。

我還記得自己隔天早上醒來，凱瑟琳依然熟睡。日光從窗戶灑進來，外頭雨已停下，下床後我走到客房另一頭的窗邊，往下看是一座座花園，如今光禿禿，卻有整齊的美感，那一條條的礫石小徑、一棵棵樹木，還有湖邊的一道石牆，湖水在陽光下波光粼粼，遠方是綿延的山巒。我站在窗邊向外望，轉身發現凱瑟琳醒了，她正看著我。

「早安，親愛的，」她說：「今天天氣很棒吧？」

「妳感覺怎麼樣？」

「感覺很棒。昨天晚上好幸福唷。」

「想吃早餐嗎？」

她想吃早餐，我也餓了。我們直接在床上吃，大腿上擺著早餐盤，十一月的陽光透過窗戶灑落。

「你不想看報紙嗎？之前在醫院你都會想看報紙吧？」

「不用，我現在不想看報紙。」我說。

「戰爭糟糕到你連報紙都不想看了啊？」

「我不想看相關報導。」

「要是當時我也在那裡就好，這樣我就能了解啦。」

「如果有天我想通了，就會告訴妳。」

「但是假如他們抓到你沒穿軍服，不會逮捕你嗎？」

「可能會開槍把我射死。」

「那我們就不要待在這裡啦，離開這個國家吧。」

「這我也想過了。」

「我們走啦，親愛的，你不要傻傻地拿性命開玩笑。跟我說說，你是怎麼從梅斯特回到米蘭呀？」

「搭火車，那個時候我還穿軍服。」

「不危險嗎？」

「還好啦。我有一張舊的調派令，就在梅斯特填了日期。」

「親愛的，你隨時都有可能被抓欸。我沒辦法接受，這樣太傻了。要是他們抓走你，我們該怎麼辦？」

「不用想那麼多啦，我都想到煩了。」

「如果有人來抓你，你會怎麼辦？」

「開槍啊。」

「你看看自己，有夠傻。除非我們遠走高飛，否則你不准離開這家飯店。」

「我們還有哪裡可以去？」

「不要說這種話，親愛的，你說去哪就去哪，但是拜託快點找個可以去的地方。」

「這片湖再過去是瑞士，我們可以去那裡。」

「那就太好了。」

外頭開始烏雲密布，湖面也漸漸變暗。

「真希望我們不必活得跟逃犯一樣。」我說。

「親愛的，不要說這種話。你當逃犯還沒有很久，我們絕對不會活得像逃犯，而是會過得快快樂樂。」

「我覺得自己好像罪犯，畢竟是逃兵了。」

「親愛的，拜託你理智一點。你才不是逃兵，只是離開義大利軍隊啊。」

我笑著說：「你真貼心，我們回床上去吧，我覺得在床上很舒服。」

過一陣子凱瑟琳說：「你不會真的覺得自己是逃犯吧？」

「沒有，跟妳在一起時不會。」我說。

「你真是傻裡傻氣，」她說：「不過我會照顧你啦。親愛的，太好了，我今天早上居然沒有害喜欸！」

「太棒了。」

「你都不曉得自己的老婆有多好呢。但是我無所謂，我會帶你到一個沒有人會抓你的地方，然後我們過著幸福快樂的生活。」

「那現在就走吧。」

「親愛的，我們之後一定會出發的，時間地點都聽你的。」

「我們先不要想那麼多吧。」

「好。」

第三十五章

凱瑟琳沿著湖畔走回那家小旅館找佛格森，我坐在酒吧裡看報紙。酒吧的皮椅十分舒適，我坐著看報紙直到酒保進來。義軍沒有守住塔利亞門多河，反而撤退到皮亞韋河。我記得皮亞韋河，火車都在聖多納附近跨河到前線。那裡的河水很深、流速慢且河道窄，往下有蚊蟲肆虐的沼澤，還有幾條運河。有些別墅看起來頗為典雅。在戰爭爆發前，我有次為了到北方山城科爾蒂納丹佩佐，我沿著皮亞韋河在山上走了數小時，上游看來就像鱒魚出沒的小河，流速很快，大石影子下有著淺沙洲與水池。山路沿著皮亞韋河延伸，兩者在卡多雷才分開。我不禁納悶，部隊要怎要從那山區下來啊？酒保走了進來。

「葛瑞菲伯爵想見你。」他說。

「誰？」

「葛瑞菲伯爵，記得上次你來酒吧的時候那位老先生嗎？」

「他在飯店？」

「對啊，他陪姪女來的。我跟他說你也在，他想找你打撞球。」

「他人呢？」

「現在去散步了。」

「他還好嗎？」

「感覺更年輕耶。昨天吃晚餐前，他還先喝掉三杯香檳調酒。」

「他撞球打得怎樣？」

「很厲害，他打敗過我。我跟他說你也在這裡，他很開心，這裡沒人陪他打球。」

葛瑞菲伯爵是個九十四歲的老先生，跟奧國前首相梅特涅同個年代，髮鬚皆白且文質彬彬。他過去曾是奧地利與義大利的外交人員，他的生日派對每每都是米蘭社交圈的大事。他快活到一百歲了，打撞球的身手依然敏捷，很不像是九十四歲的老骨頭。我曾在斯特雷薩的旅遊淡季與他打過照面，我們邊打撞球邊喝香檳。我覺得這個習慣很棒。明明他每一百分都讓我十五分，結果還是打贏了。

「你怎麼沒跟我說他在這裡？」

「我忘啦。」

「還有誰也在呀？」

「其他人你都不認識，房客總共也才六個。」

「那你現在要忙什麼嗎？」

「沒事啊。」

「跟我去釣魚吧。」

「我可以陪你一小時。」

「來啦。帶上釣魚線唷。」

酒保穿上外套，我們便一起出去。下樓後，我們找來一艘船，由我負責划，酒保坐在船尾拋出釣線，釣線上有假餌和用來拖釣湖中鱒魚的重重鉛錘。我們沿著湖畔往前划，酒保手拿釣線，偶爾往前拉動線的方向。從湖上的視角看著斯特雷薩，真的是幾無人煙，只有一排排光禿禿的樹木、一間間大飯店與一家家歇業的別墅。我把船划到湖上另一頭的貝拉島，貼近小島邊緣岩壁，那裡湖水驟然變深，可見岩壁斜斜地延伸到清澈的湖水中，我再繼續往北划到漁人島。太陽被一片雲遮住，湖面顯得陰暗、平靜又冰冷。我們看見有些魚游到水面留下的漣漪，可惜沒有釣到魚。

我划到漁人島對面，通常小船會在此停靠、修補漁網。

「要不要喝一杯？」

「行啊。」

我把小船划向石造碼頭，酒保拉起釣線，捲成一圈後擺在船底，再把魚餌掛在船舷上。我下去把船繫好。我們走進一家小酒館，在一張簡陋木桌旁坐下，點了兩杯苦艾酒。

「划到累了嗎？」

「還好。」

「回程換我划吧。」他說。

「我喜歡划船耶。」

「換成你拿釣線，說不定運氣會變好。」

「好唷。」

「說一下最近的戰況吧。」

「慘到不行。」

「我年紀大到不用當兵，葛瑞菲伯爵也是。」

「說不定只是還沒輪到你。」

「明年，軍方會召集我們這一年的人，但是我不會去。」

「那你要幹嘛？」

「出國啊，我才不要打仗，我有次在阿比西尼亞打仗，真的不了。你為什麼去呢？」

「我也不知道，太笨了吧。」

「再來一杯苦艾？」

「好啊。」

回程換酒保划船。我們朝著北邊划，經過斯特雷薩後再往南划，與湖岸離得很近。我拉著緊繃的釣線，因為感受假餌在水中旋轉引發的微微晃動，同時盯著十一月的深色湖水與空蕩蕩的湖岸。酒保往前划的臂距較長，小船向前行進時，釣線也跟著震動。有次我真的釣到魚，釣線緊繃到一直被往後拖，我用力一拉，感受到鱒魚活蹦亂跳的重量，然後釣線又回到先前的震動。魚逃掉了。

「感覺大隻嗎？」

「滿大隻的。」

「有一次我自己到湖上拖釣，還用牙齒咬釣線，結果有魚上鉤，差點扯爛我的嘴。」

「最好是把釣線纏在腿上，魚上鉤就會感覺得到，也不會被扯掉牙齒。」我說。

我把手伸進湖水裡，非常寒冷，我們已快划到大飯店對面。

「我得回去了，」酒保說：「十一點前要上工，那是餐前調酒時間。」

「好吧。」

我把釣線拉回來，纏繞在兩端都有凹口的棍子上。酒保把小船停在石壁的停泊區，再用鏈條和掛鎖鎖起來。

「你想到湖上划船可以隨時找我，我會給你鑰匙。」

「謝啦。」

我們往上走到飯店，進了酒吧。我不想一大早就喝酒，所以先回樓上房間。飯店服務生剛剛整理好客房，凱瑟琳還沒回來。我躺在床上，努力不去胡思亂想。

凱瑟琳一回來，我就覺得安心多了。她說佛格森在樓下準備吃午餐。

「我知道你不會介意。」凱瑟琳說。

「嗯。」我說。

「親愛的，怎麼了？」

「我也搞不清楚。」

「我很清楚。因為你沒事做。你只有我了，但我又不在你身邊。」

「沒錯。」

「好心疼你。突然沒有事情可以做，你的心情一定很差吧。」

「我以前生活什麼都不缺，現在只要妳不在我身邊，我在這世界上就一無所有。」我說。

「但我會陪著你啊。我只是出去兩個小時，你沒有其他事情做嗎？」

「我跟酒保出去釣魚。」

「不好玩嗎？」

「好玩。」

「我不在你身邊時，你就先別想我啊。」

「我在前線時就是這樣。不過那時候我還有事情可以做。」

「你就像沒事幹的奧賽羅。」她取笑我。

「奧賽羅是個黑人，」我說：「更何況我沒像他那麼愛吃醋，我全心全意地愛妳，其他事情都不在意。」

「那你可以聽我的話，對佛格森好一點嗎？」

「我對佛格森一直都很好啊，除非她亂罵我。」

「對她客氣一點嘛。你想想，我們什麼都有，她什麼都沒有。」

「我並不覺得她想要跟我們一樣。」

「親愛的，你其實很聰明啊，卻連這個都不懂。」

「我會對她客氣啦。」

「我知道你會說到做到。你最善解人意了。」

「吃完飯她不會留下來吧？」

「不會，我會想辦法甩掉她。」

「然後我們就回樓上來。」

「當然。不然你以為我想幹嘛？」

我們下了樓，跟佛格森一起吃午餐。她非常驚豔於這家飯店與華麗的餐廳。我們吃了頓美味的午餐、喝了兩瓶卡布里白酒。葛瑞菲伯爵走進餐廳，禮貌地鞠了躬。他的姪女也在他身邊，外表有點神似我祖母。我向凱瑟琳、佛格森介紹了一下，佛格森聽完讚嘆不已。這家飯店寬敞華麗又門可羅雀，不過食物倒是很棒，紅酒順口香醇，尤其是最後的酒讓我們都很盡興。凱瑟琳不必刻意提振心情，她本來心情就很好。但是連佛格森都變得開朗起來，我自己也是興致高昂。午餐過後，佛格森就回去下榻的旅館，說她午餐後想要躺一下休息。

下午快傍晚時分，有人敲了我們的房門。

「誰呀？」

「葛瑞菲伯爵想知道您是否有空一起打撞球？」

我把先前脫掉的手表從枕頭下拿出來看。

「親愛的，你非去不可嗎？」凱瑟琳悄聲說。

「我去一下比較好。」手表顯示著四點十五分。我大聲說：「麻煩轉達伯爵，五點鐘我在撞球室碰面。」

四點四十五分時，我親了一下凱瑟琳，再走進浴室穿好衣服。我打了領帶，看著鏡中一身便服的自己，忽然覺得好陌生。我一定要記得多買些襯衫和襪子。

「你會去很久嗎？」凱瑟琳問我。她在床上看起來真是撫媚。「麻煩把梳子拿給我一下。」

我看著她梳頭髮。她的頭傾向一邊，所有髮絲都往下垂。外頭天色漸暗，床頭燈打在她的秀髮還有肩頸上。我走過去親了她一下，握著她拿著梳子的手，她的頭往枕頭躺了回去。我親了親她的脖子和肩膀。我真的愛她愛到無法自拔，有種飄飄然的感覺。

「我好不想離開妳。」

「我也不希望你離開。」

「那我就不走囉。」

「好啦，你還是去啦。去一下下就回來唷。」

「那我們在樓上吃晚餐。」

「快去快回喔。」

我到了撞球室，看見葛瑞菲伯爵已在練習擊球。在撞球檯燈光的映照下，他看來弱不禁風。另一頭的牌桌上擺著一只銀色冰桶，裡頭有兩瓶香檳酒，瓶頸和瓶塞露出桶外。我朝撞球檯走過去時，葛瑞菲伯爵站直了身子朝我走來。他伸出手說：「幸會，幸會，謝謝你來陪我打撞球。」

「不敢當，你太客氣了。」

「你身體還好嗎？聽說你在伊松佐河受傷了。希望你早日康復。」

「我現在身體好得很。那你最近好嗎？」

「噢，我一直都很硬朗啊，就是年紀愈來愈大，我現在也發覺有些老了的跡象。」

「我才不相信。」

「是真的。想聽聽嗎？我說義大利語比較簡單，但是我都會盡量管好嘴巴不去講，可是現在只要累了就容易脫口而出。所以我知道自己絕對變老了。」

「我們可以用義大利語聊天。我也有點累。」

「噢，但如果你累了應該是脫口說出英語才對。」

「是美語。」

「對，美語。那請你說美語吧，聽起來很順耳耶。」

「我很少遇見美國人。」

「你一定很想念祖國的同胞吧，人之常情啦，特別會想念女性同胞。我也是過來人。我們要打球嗎？還是你太累就算了？」

「其實我不累，只是開玩笑啦。你要讓我幾分呢？」

「你最近常打撞球嗎？」

「完全沒打。」

「你的技術很好。每一百分讓我十分？」

「太抬舉我了。」

「十五分？」

「可以，不過這樣你一定會贏。」

「我們該下個注嗎？你以前一直想下注來玩玩。」

「這樣比較好玩啊。」

「那行，我讓你十八分，每分算一法郎。」

他打了很漂亮的一局，即使他都讓我十八分了，累積到五十分時，我也才不過領先四分。葛瑞菲伯爵按了牆上按鈕叫酒保來。

「麻煩開一瓶酒。」他說，又對我說：「我們來喝點酒，提振一下精神。」葡萄酒喝來冰涼不甜又相當醇厚。

「我們可以用義大利語聊天嗎？你介意嗎？現在這是我的弱項了。」

我們繼續打了一局，輪流啜飲著酒，改用義大利語有一搭沒一搭地聊著，專心地打著撞球。伯爵先得到一百分，而雖然我被讓了分，卻只拿了九十四分。他面露微笑，拍了拍我的肩膀。

「我們再來喝一瓶吧，換你跟我說說前線戰況。」他等我坐下。

「什麼都可以聊，就這個不想聊。」我說。

「你不想聊喔？好吧，你最近都讀什麼書？」

「沒讀書耶，」我說：「我這個人很無聊。」

「才不會，但是你應該找書來讀啦。」

「戰爭時期還有出什麼書嗎？」

「法國作家巴比塞寫的《戰火》，還有《布利林先生看透一切》。」

「他才沒看透咧。」

「什麼意思？」

「他並沒有看透一切。醫院裡就擺了這兩本書。」

「所以你真的讀了些書囉？」

「有啊，但是沒什麼好書。」

「我先前是覺得《布利林先生看透一切》把英國中產階級的靈魂研究得很仔細。」

「靈魂的部分我就不太確定了。」

「可憐的孩子。我們沒有人真正了解靈魂啦。你信神嗎？」

「晚上才信。」

葛瑞菲伯爵又展露微笑，稍微動手指轉著酒杯。「我原本以為年紀愈大會愈虔誠，但是我莫名地沒有變得更虔誠，」他說：「真是太可惜了。」

「你希望有死後有來世嗎？」死亡的問題一出口，我就覺得自己像笨蛋了，但他卻不忌諱那個字。

「那要看生活的品質吧。如果人生開開心心，那我就會想要長生不老，」他微笑地說：「我自己也差不多了。」

我們坐在椅面很深的皮椅上，香檳在桶子裡冰鎮著，兩個杯子擺在兩人中間的桌上。

「要是你能活到我這把年紀，就會發現各種奇怪的現象。」

「你看起來一點也不老。」

「是我的身體老了，有時候我很怕手指頭被自己折斷，就像折斷粉筆那樣簡單，而且我的精神雖然沒有老，但也沒有長多少智慧。」

「你很有智慧啊。」

「不，老人很有智慧的說法根本一大謬誤。人的智慧不會隨著年紀增加，只是會更小心翼翼。」

「也許那就是智慧囉。」

「那是缺乏魅力的智慧。你最重視什麼？」

「我愛的人啊。」

「跟我一樣。不過這並非智慧。你重視生命嗎？」

「重視啊。」

「我也重視。因為我只有一條命。我也重視生日聚會，」他笑著說：「你八成比我更有智慧。你也不舉辦生日聚會啊。」

我們舉杯喝酒。

「老實說，你對於這場戰爭有什麼想法啊？」我問。

「我覺得蠢斃了。」

「誰會贏呢？」

「義大利。」

「為什麼？」

「因為比較年輕。」

「年輕的國家一定就能打勝仗嗎？」

「通常比較容易贏啦。」

「然後呢？」

「然後他們就不年輕啦。」

「看吧，你還說自己缺乏智慧。」

「親愛的小朋友，這不是智慧，這是厭世。」

「但我聽起來覺得很有智慧。」

「並沒有喔。我可以引述反面的例子給你聽。不過這也不算差啦。香檳喝完了嗎？」

「快喝完了。」

「我們要再點嗎？那我要換衣服。」

「也許下次比較好吧。」

「你確定不想多喝點酒？」

「確定。」他站了起來。

「祝你活得非得幸福快樂、非常非常健康。」

「謝謝，也祝你長命百歲。」

「謝謝，我已經快當百歲人瑞了。還有，如果哪天我死了，你剛好信神了，就麻煩你為我禱告吧。我已經拜託了幾個朋友了。我本來以為自己會很虔誠，可惜沒有。」我覺得他的微笑透露出一絲哀傷，但無法百分百肯定。他早就老到滿臉皺在一起，微笑起來都會牽動一堆紋路，無法區分細微的表情。

「我可能會變得很虔誠。好，我會為你禱告。」我說。

「我一直以為自己早晚會是虔誠的教徒，我每個家人到死都很虔誠，可是不知道為什麼我自己就不是。」

「因為時間還早囉。」

「也有可能是太晚了。也許我活到了不會信神的年紀。」

「我自己都是晚上才會信。」

「那代表你也在談戀愛。別忘了，愛情也是信仰。」

「你相信？」

「當然。」他走近桌子一步。「謝謝你陪我打撞球呀。」

「榮幸之至。」

「我們一起走上樓吧。」

第三十六章

那天晚上有暴風雨來襲，我醒來時聽見雨敲打窗戶的聲音，部分雨水從一面敞開的窗戶灑了進來。有人敲門，我不想吵醒凱瑟琳，便悄悄走到門邊，開門後就看見酒保站在門口。他身穿大衣，手裡拎著溼透的帽子。

「中尉，方便跟你談談嗎？」

「怎麼了嗎？」

「事關重大。」

我環顧四周，房間一片漆黑，我從窗戶看見地板上有積水。我說：「進來吧。」我扶著他的手臂走進浴室，鎖門後開燈，坐在浴缸邊上。

「發生什麼事了，艾米里歐？你惹上麻煩了嗎？」

「不是，惹上麻煩的是你，中尉。」

「我？」

「明天早上他們要來抓你。」

「抓我？」

「我就是來告訴你這件事情。我先前在城裡的咖啡館，聽到有人在聊這件事。」

「原來如此。」

他站在那裡，外套早就溼透了，抓著手中溼掉的帽子，不發一語。

「為什麼要抓我？」

「跟戰爭有關。」

「你知道是什麼罪嗎？」

「不知道，我只知道你先前來這裡還穿著軍官的制服，這次卻沒穿制服。在這次撤退完畢後，他們要把大家一網打盡。」

我想了想。

「他們什麼時候會來抓我？」

「早上，但是不知道確切時間。」

「那我該怎麼辦啊？」

他把帽子擺在洗臉盆裡，帽子溼到一直滴水到地板上。

「如果你沒什麼好怕的，被抓也不會怎樣。但是被抓絕對是壞事，眼下特別壞。」

「我不想被抓啊。」

「那就去瑞士吧。」

「怎麼去？」

「坐我的小船。」

「現在風雨交加欸。」我說。

「暴風雨過境了。天氣不太好，不過你們不會有事的。」

「我們該什麼時候走？」

「馬上，他們可能一大早就來抓你了。」

「那我們的行李怎麼辦？」

「現在打包啊，叫你太太換好衣服，我來幫忙處理行李。」

「你會在哪裡？」

「我會在這裡等，我不希望被人看到我在外面的走廊上。」

我開門後把門帶上，走進臥室。凱瑟琳醒了。

「怎麼啦，親愛的？」

「沒事，凱兒，」我說：「想不想要現在換衣服，跟我一起搭船到瑞士呀？」

「真的嗎？」

「其實不想，我比較想回床上睡覺。」我說。

「那是怎麼回事？」

「酒保說早上有人要來抓我。」

「那酒保瘋了嗎？」

「沒有。」

「那快點啊，親愛的，換好衣服後我們就出發。」她在床邊坐起來，滿臉睡意。「酒保現在在浴室嗎？」

「對。」

「那我就不盥洗了。親愛的，麻煩你把頭轉過去，我一下子就會換好衣服了。」

我看著她脫掉睡衣後露出白皙的背，就按她要求把頭轉過去。她因為懷孕身形變得豐腴，不希望給我看到。我邊換衣服，邊聽著打在窗戶上的雨聲，自己要打包的東西很少。

「凱兒，如果妳有需要，我的行李還可以裝很多東西。」

她說：「我快打包好了。親愛的，算我笨，但是酒保在浴室裡做什麼啊？」

「他在等著幫我們把行李拿下樓啊。」

「他人超好。」

「他是老朋友了，有一次我本來還想寄給他菸斗用的菸絲。」

我從打開的窗戶欣賞夜空，完全看不見馬焦雷湖，四周只剩黑暗、雨水，只是風較為和緩了。

「我準備好了，親愛的。」凱瑟琳說。

「好。」我走到浴室門口說：「艾米里歐，行李在這裡。」酒保接過兩件行李。

「你是大好人，這麼幫我們的忙。」凱瑟琳說。

「哪裡、哪裡，小姐，」酒保說：「只要我不會自己捲入麻煩，我都很樂意幫你們。仔細聽好囉，」他對我說：「我會拿著行李從員工專用的樓梯下去，往我的小船走。你們只要一副在散步的樣子就好。」

「今天晚上真適合散步呢。」凱瑟琳說。

「今天晚上的天氣明明爛死了。」

「幸好我有帶傘。」凱瑟琳說。

我們在走廊上散步，再從那鋪著厚地毯的寬階梯下樓，走到樓梯底部，門房就坐在門邊的櫃檯後面。

他滿臉驚訝地看著我們。

「先生，你們該不會要出去吧？」他問。

「對啊，我們想去看看風雨交加的湖邊。」我說。

「你們都沒有傘嗎？」

「沒有，這件外套是防水的。」我說。

他半信半疑地看著那件外套說：「先生，我去幫你們拿一把傘來。」他離開了一下，回來時手上拿著一把大傘。他說：「先生，這把傘有點大。」我給他一張十里拉的紙鈔。他說：「噢，先生您太客氣了，太感謝了。」他幫忙開著門，我們走進雨裡。他對凱瑟琳微笑，她也回以微笑。他說：「別在暴風雨裡面待太久，你們會全身溼喔，先生女士。」他只是飯店較年輕的門房，英語說得不太流利。

「我們等等就會回來了。」我說。我們撐著那把大傘，沿著小徑往前走，穿越烏漆抹黑又溼漉漉的花園來到大路上，再穿越到那條搭著棚架的湖畔小路。此刻，風正好吹往湖面，是十一月溼冷的風，我知道山上肯定在下雪。我們沿著碼頭往下走，經過一艘艘上了鎖鏈的小船，來到酒保的泊船處。湖水在石頭的對比下呈現深黑色，酒保從一排樹木後面走出來。

「你們的行李都在小船上啦。」他說。

「我想付船錢給你。」我說。

「你有多少錢？」

「不多。」

「你可以之後再把錢寄給我，沒關係。」

「寄多少？」

「你說了算。」

「說個金額嘛。」

「如果你偷渡成功，那就寄五百法郎給我，否則你也沒空管這件事情啦。」

「好。」

「這裡有三明治。」他遞了一包東西給我。「酒吧裡的東西都在這裡面了，還有一瓶白蘭地、一瓶葡萄酒。」我把東西都擺進行李袋裡。「先讓我付這些的錢嘛。」

「好啦，給我五十里拉就好。」

我付錢給他。「這瓶白蘭地很讚喔，」他說：「不必擔心，儘管給你太太喝。她最好趕快上船。」他扶著船，船身在石牆邊起起伏伏。我把凱瑟琳牽進小船，她坐在船尾，把身上的披肩圍了一圈。

「你知道要往哪裡嗎？」

「湖的另一頭。」

「你知道多遠嗎？」

「過了盧伊諾就是。」

「過了盧伊諾、堪內羅、堪諾比奧、特朗札諾一直到布里薩戈，才真正在瑞士國境內，途中還得通過塔瑪拉山。」

「現在幾點了？」凱瑟琳問。

「才十一點。」我說。

「你一直划的話，應該明早七點就可以到瑞士。」

「這麼遠啊？」

「總共三十五公里。」

「我們要怎麼找方向？雨這麼大，我們需要羅盤吧。」

「不必啦。先划到貝拉島，再到母親島另一側之後，就可以順風划，一路划到帕蘭札會看見燈火，然後就沿著湖岸往北。」

「風向可能會改變啊。」

「不會，風會像這樣持續吹三天，直接從馬特羅內山下來。小船上有個罐子可以拿來舀水。」他說。

「我先付些船錢給你吧。」

「不用啦，我比較想冒個險。你真的到了瑞士的話，想付我多少都可以。」

「好吧。」

「我覺得你們不會溺死啦。」

「那就好。」

「順風沿著湖往北划就好。」

「了解。」我踏上船。

「你有沒有把飯店的費用留下來？」

「有，放在房間的一個信封裡。」

「好的，那就一路順風啦，中尉。」

「一切順利，我們真的很感激你。」

「溺死就不用感激我啦。」

「他說什麼？」凱瑟琳問。

「他祝我們一路順風。」

「你也順利，」凱瑟琳說：「非常感謝你。」

「你們準備好了嗎？」

「好了。」

他彎下腰，用力把船推開岸邊。我一面用槳划水、一面向酒保揮手道別，他也客氣地朝我們揮手。我看著飯店的燈光往外划去，直到看不見燈光。湖水滔滔，但我們正順風而行。

第三十七章

我在黑暗中划著船，風持續打到我的臉上，雨勢現已停歇，但偶爾強風會夾帶陣雨。四周非常昏暗，湖面的風冷颼颼。我看得見坐在船尾的凱瑟琳，但看不見槳葉入水。船槳頗長，上頭缺乏止滑的皮革。我得把槳往後拉、舉起，整個人前傾，把槳放入水中再往後拉，盡量以省力的方式划船。由於我們是順風，因此我划船時不必讓槳葉保持水平。我知道自己的雙手一定會起水泡，但還是想盡量撐久一點，希望水泡晚點出現。船身很輕，一下就可以划得動。我在黑壓壓的湖水中持續划槳，什麼都看不到，只期盼另一頭可以快點看見帕蘭札。

但我們卻沒看見帕蘭札。風往湖的另一頭吹，我們經過了漆黑中擋住帕蘭札的岬角，始終沒有看見燈火。後來我們總算看到燈火出現，但已來到湖的更北邊，接近因特拉沿岸。但有好長一段時間，我們看不見任何燈火，也看不見湖岸，只好在黑暗中隨著湖水前行。有時湖浪把船身高高抬起，導致雙槳吃不到水。湖面起伏劇烈，但我努力划個不停，突然間就靠近湖岸，一面岩岬在旁邊聳立著。湖浪拍打著岩岬，往高處沖刷後落下。我把右邊的槳用力往後拉，再用左邊的槳擋掉水花，再度回到了湖面。岩岬也消失在視野中，我們繼續往湖的北方前進。

「我們來到湖的另一邊囉。」我對凱瑟琳說。

「我們不會看到帕蘭札了嗎？」

「我們錯過帕蘭札了。」

「親愛的，你還好嗎？」

「還好啊。」

「可以換我划一下喔。」

「沒關係，我可以。」

「好心疼佛格森，」凱瑟琳說：「早上她到飯店才會發現我們已經離開了。」

「現在我管不了那麼多了，我只怕天亮前沒辦法到達瑞士境內，然後被義大利海關給發現。」我說。

「還有很遠嗎？」

「從這裡開始算的話，還有大約三十公里。」

我划了整個晚上，最後雙手實在太痠，連槳柄都難以握緊，我們有幾次還差點撞上湖岸。我都讓船靠近湖岸前進，因為我很怕在湖上失去方向，得花更多時間。有時，我們近到看得見成排樹木、沿岸道路與遠方群山。雨停了下來，風吹跑了雲朵，月亮才露出臉來，我回頭才看見卡斯塔紐拉長黑岩岬與打著白色浪花的湖面，遠處可見月亮在白雪皚皚的山巒上方。雲層後來又擋住了月亮，群山與湖泊又不復見，但天色已亮了起來，湖岸依然目視可及。我看得十分清楚，假如往帕蘭札的途中有海關人員，我就可以划到他們看不見的地方。月亮又出現時，湖岸坡上的樹林間可見一棟棟白色別墅。過程中我依然划個不停。

湖面愈發寬廣了起來，另一頭的湖岸上，可見到山腳下部分燈火，應該就是盧伊諾了。我看見對岸的山間有個楔狀山口，心想一定是盧伊諾了，這樣看來我們的速度還真快。我拉起了兩支船槳，整個人躺在座位上，實在是划到筋疲力盡，我的兩條手臂、肩膀與背部不斷發疼，雙手也很痠痛。

「我可以撐著傘，這樣我們就可以乘風前進。」凱瑟琳說。

「妳會控制方向嗎？」

「我覺得可以。」

「這根槳給妳夾在腋下，你要緊緊靠著船側來划，我負責撐傘。」我回到船尾，示範如何握槳給她看。我拿了門房給我們的大傘，面對船頭坐好後把傘打開，傘啪一聲打開後，我讓把手鈎著座位，跨坐在把手上固定著，傘內灌滿了風，我拚命緊拉著傘的左右邊，感覺船身正被風推進，風的拉力強大，整艘船快速移動著。

「船跑得好快喔。」凱瑟琳說。我只看得見傘骨，整支傘被風吹得緊繃、拉力很強，我覺得我們完全被風拉著走。我穩住雙腳、身體向後頂住，但突然間傘骨斷了，我覺得似乎有一根打中我的額頭。我嘗試抓住被風折彎的傘頂，但傘骨斷到由裡往外翻；我原本控制滿是風力的鼓帆，如今跨坐的是把破傘。我取下勾在座位的把手，將傘擺在船頭，再回凱瑟琳身邊拿槳。她笑得開懷，抓著我的手笑個不停。

「怎麼啦？」我拿了船槳。

「你握著破傘的模樣好好笑。」

「我想也是。」

「親愛的，別生氣。真的很好笑。你抓著破傘兩邊的時候，看起來差不多有二十英尺寬，也太可愛了吧——」她笑到嗆了一下。

「換我划吧。」

「休息一下，喝點酒。今天晚上真是太厲害，我們居然能航行那麼遠。」

「我要好好穩定方向，以免把船開進浪裡。」

「那我去拿酒來。親愛的，然後休息一下吧。」

我舉起船槳，隨著浪頭前行。凱瑟琳打開行李袋，把白蘭地遞給我。我用小刀把瓶塞拔掉，灌了一大口，喝起來口感滑順、辣感明顯，全身逐漸熱了起來，我覺得既暖和又開心。我說：「這白蘭地太好喝了。」月亮又跑到雲後，但我仍看得見湖岸，似乎又有一條長長的岩岬延伸至湖中。

「妳這樣夠暖嗎，凱兒？」

「我好得不得了，只是有點僵硬。」

「你先把船底的水舀掉，就可以把腳放下來了。」

我繼續划船，聽著槳架的聲響、船尾座位下方的舀水聲以及罐子的摩擦聲。

「妳可以把罐子拿給我嗎？我想喝點水。」我說。

「罐子很髒耶。」

「沒關係，我會沖一下。」

我聽見凱瑟琳在船邊沖洗罐子，然後她裝滿一罐子的水給我。先前的白蘭地讓我覺得好渴，現在罐子的水則是冰冷到我牙痛。我朝湖岸望去，我們愈來愈靠近那條長長的岩岬。前方的湖灣有些燈火。

「謝謝。」語畢，我把錫罐拿回去給她。

「客氣什麼，」凱瑟琳說：「想喝的話還有很多。」

「妳不吃點東西嗎？」

「不用，再一下才會餓，我們留到那時候再吃。」

「也好。」

結果前方那片看似海岬的地方，其實是又高又長的陸岬。我要往外划才能繞過去，這時湖面看起來狹窄許多。月亮又露臉了，假如警察一直緊盯湖面，很可能就會看見我們的船影。

「妳還好嗎，凱兒？」我問。

「我沒事。我們到哪裡了？」

「大概剩下八英里左右的距離。」

「可是要划過去還是很辛苦，可憐的寶貝，你應該累壞了吧？」

「我沒事啦，只是兩隻手很痠而已。」

我們繼續往北划船，右手邊的湖岸有一處山間的缺口，是湖岸地勢較低的平坦處，我覺得一定是堪諾比奧。我遠離湖岸划著船，因為現在開始最容易被警察發現。前方不遠處的對岸有一座圓頂高山。我划得好累，剩下的距離不太長，但在狀況不佳時體感會十分遙遠。我知道在來到瑞士管轄的水域之前，我還得經過那座山、往北再划至少五英里。月亮快要下沉了，但此刻天空又滿布烏雲，天色一片漆黑。我讓船持續在偏離湖岸的路線上前進，划一陣子就休息舉著船槳，任風吹打槳葉。

「讓我來划一下嘛。」凱瑟琳說。

「我覺得妳應該不要划比較好。」

「你胡說。這樣對我才有好處，活絡我僵硬的身體。」

「凱兒，我覺得妳不該划船。」

「胡說。只要動作別太大，划船對孕婦是很有益的運動。」

「好吧，那妳輕輕划就好，我先到後面去，妳再站起來接手，記得扶好船的兩邊。」

我坐在船尾，穿好外套、拉好領子，看著凱瑟琳划船。她划得很不賴，可惜槳長到讓她不太順手。我打開了行李袋，吃掉兩個三明治、喝了一口白蘭地，這下子感受舒服多了。我又喝了一口酒。

「累了要說喔。」我說。不久後，我又說：「小心，不要被槳柄打到肚子了。」

凱瑟琳在划槳的空檔說：「假如這樣的話，人生可能就簡單多了。」

我又喝了一口白蘭地。

「划得還好嗎？」

「還好。」

「想休息要說喔。」

「好。」

我再喝了一口白蘭地，手扶船的兩側，往前移動。

「坐回去，我划得很順手。」

「回船尾啦，我休息得很久了。」

在白蘭地的助興下，我一度划得輕鬆穩定。然後我開始把槳划得太深，很快就變成像是胡亂打水，加上酒後划得太賣力，開始微微嘗到膽汁逆流的苦澀。

「給我喝口水好嗎？」我說。

「小事。」凱瑟琳說。

破曉前開始下起細雨，風力已然減弱，或許是環著湖灣的群山保護了我們。我知道天色即將變亮後，便開始坐好，拚命划了起來。我不曉得我們確切的位置，但一心想著要抵達瑞士的水域。天空慢慢露出曙光，我們已十分靠近湖岸，可以看見岩岸與樹林。

「那是什麼聲音？」凱瑟琳說。

我把船槳擺好，豎耳傾聽，那是汽艇在湖上航行的軋軋聲。我把船划近湖岸，保持安靜。汽艇的引擎聲愈來愈近，然後我們在雨中看見，離船尾不遠處出現一艘汽艇，四名海關警察站在船尾，他們的阿爾卑斯山警帽壓得老低、斗篷的領子上翻、斜背著卡賓槍。這麼大清早，他們滿臉睏意。我看得見他們警帽的黃色圖樣，還有斗篷領子上的黃色徽章。汽艇不斷發出軋軋聲，最後在雨中逐漸看不見。

我把船划往湖面。假如我們真的這麼靠近邊境，我絕對不想途中被哨兵喝止。我把船維持在隱約能看見湖岸的距離，持續在雨中划了四十五分鐘。我們又聽見了汽艇的聲響，但我一路上毫不吭聲，直到引擎聲在湖面另一頭消失。

「我覺得我們到瑞士了，凱兒。」我說。

「真的嗎？」

「但要看見瑞士軍隊才能確定。」

「你是說瑞士海軍。」

「瑞士海軍可不是開玩笑的，我們剛剛聽見的汽艇可能就是瑞士海軍。」

「如果我們抵達瑞士了，就來吃頓豐盛的早餐吧。瑞士不管是蛋糕捲、奶油果醬都超級好吃。」

這時天空已全亮，但下著毛毛雨。風仍吹往湖面北方吹拂，我們看見白浪逐漸遠離，湧向湖的另一頭。我很肯定，此刻我們已在瑞士境內。岸上樹林後方有許多房屋，更遠的湖岸上有座村落，石屋林立，山丘上有些別墅和一間教堂。我一直緊盯著環湖道路，看看是否有衛兵，可是沒見到半個人影。如今這條路離湖很近，只見一名士兵走出一家路邊咖啡館。他身穿灰綠色制服，頭戴類似德軍的鋼盔，滿臉健康紅潤，蓄著一些牙刷般的八字鬍。他看了我們一眼。

「朝他揮手。」我對凱瑟琳說。她揮了揮手，士兵難為情地微笑著，然後也揮手回應。我放緩划船的速度，正經過村落的水岸邊。

「我們絕對早就在瑞士境內了。」我說。

「我們最好要搞清楚，親愛的，可別在邊境就被遣返了。」

「邊境要往後走，已經離我們很遠了。這裡大概就是海關所在地，我敢說這裡就是布里薩戈。」

「這裡會不會有義大利人?只要是海關所在地，都會兩個國家的人員。」

「打仗是例外。我覺得他們不會讓義大利人跨越邊境。」

那座小鎮看起來十分迷人，好多漁船沿著碼頭停泊，漁網攤開擺在架子上。十一月的細雨綿綿，但雨中的小鎮仍是舒適乾淨的模樣。

「我們上岸去吃早餐好嗎?」

「好啊。」

我把左邊的槳往後用力一拉，朝著湖岸划去，接近碼頭時再把船身轉向停在碼頭邊。我收起船槳、拉住鐵環、腳踏溼滑的石頭，正式來到瑞士境內。我繫好小船，伸手扶凱瑟琳上岸。

「上來吧，凱兒。太爽了。」

「行李怎麼辦?」

「留在船上吧。」

凱瑟琳也踏上碼頭，我們一起來到瑞士了。

「這個國家真棒。」她說。

「很讚吧!」

「我們去吃早餐吧!」

「這國家很讚吧?腳下踩著這片土地的感覺太美好了。」

「我的身體太僵硬，目前還感覺不太到，但好像真的是很棒的國家。親愛的，我們真的到瑞士了，終究逃離以前那個鬼地方了，你有意識到嗎？」

「對啊，真的現在才有感覺，以前我根本過得渾渾噩噩的。」

「你看那些房子，廣場看起來好漂亮喔！我們可以去那裡吃早餐。」

「這裡連雨都很漂亮，跟義大利的雨完全不一樣，這裡的雨讓人精神百倍。」

「我們真的到瑞士了！親愛的，你有沒有意識到這件事？」

我們走進了咖啡廳，找了一張乾淨的木桌坐下，興奮到快飛上天了。一位外表乾淨、身穿圍裙的女士前來幫我們點餐。

「蛋糕捲配果醬，再來一杯咖啡。」凱瑟琳說。

「不好意思，現在是戰爭期間，我們沒有供應瑞士捲。」

「那就麵包吧。」

「我可以幫你們烤點吐司。」

「好啊。」

「我還想要點煎蛋。」

「先生要幾個煎蛋？」

「三個。」

「那就四個吧，親愛的。」

「四個煎蛋。」

那位女士離開後，我吻著凱瑟琳，緊緊握著她的手。我們在咖啡廳中凝視彼此。

「親愛的，這樣好棒唷！」

「太爽了。」我說。

「我不在意沒有蛋糕捲可以吃，」凱瑟琳說：「我昨天晚上一直在想瑞士的蛋糕捲，但是我完全不在意耶。」

「我猜我們很快就會被抓了。」

「不要胡思亂想，親愛的。我們先吃早餐吧，吃完早餐以後就算被抓也沒關係，況且他們也不能對我們怎麼樣，我們是堂堂正止的英國公民和美國公民耶。」

「妳的護照有放在身上吧？」

「當然啦，好了，我們別聊這個，開心一下。」

「我開心到極點啦。」我說。一隻胖胖的灰貓從另一邊地板走到我們的桌邊，尾巴彷彿羽毛般高高翹著，身體貼在我小腿邊磨蹭，發出呼嚕的聲音。我彎腰伸手摸摸貓咪，凱瑟琳幸福地對我微笑。「咖啡來囉。」她說。

吃完早餐後，我們就被逮捕了。我們先在小鎮裡散步一下，才晃到碼頭去拿行李袋，此時已有一名士兵站在船邊守候著。

「這是你們的船嗎？」

「對。」

「你們從哪裡來的？」

「湖的另一頭。」

「要麻煩你們跟我走一趟。」

「那我們的行李怎麼辦？」

「你們可以帶在身上。」

我提著行李袋，凱瑟琳走在我旁邊，士兵則跟在後頭，我們來到了一間老舊的海關小屋。在小屋裡，一位瘦巴巴的中尉負責審訊我們，他非常有軍人氣勢。

「你們的國籍是？」

「美國與英國。」

「給我看看你們的護照。」

我把我的護照交給他，凱瑟琳也從袋子裡拿出她的護照。

他仔細研究了很久。

「你們為什麼會划船到瑞士來？」

「我是運動員，」我說：「划船剛好是我拿手的運動，只要有機會就會划一下。」

「你們來這裡的有什麼目的？」

「是要從事冬季運動。我們兩個是觀光客，想要嘗試冬季運動。」

「這裡不適合做冬季運動。」

「明白，我們只是想要去有冬季運動的地方。」

「你們之前在義大利都在做什麼？」

「我主修建築，我表妹主修藝術。」

「你們為什麼會離開義大利？」

「我們想要做冬季運動呀，因為打仗打好久，我也沒辦法繼續學建築了。」

「請你們待在這裡。」中尉說完，便拿著我們的護照走進屋裡。

「好厲害，親愛的，」凱瑟琳說：「只要同一套說詞就好，說你想從事冬季運動。」

「妳懂藝術嗎？」

「只聽過魯本斯。」凱瑟琳說。

「又高又胖。」我說。

「提香。」凱瑟琳說。

「紅頭髮。」我說：「那曼帖那呢？」

「太難了，」凱瑟琳說：「但是我懂一點，作品看來都很難受。」

「很痛苦，」我說：「被釘出很多洞。」

「看吧，我有資格當聰慧的太太，」凱瑟琳說：「我可以跟你的客人聊藝術。」

「他來了。」我說。瘦中尉從屋內另一頭走來，手持我們的護照。

「我得把你們送往羅加諾，」他說：「你們可以叫一輛馬車，會有士兵陪同前往。」

「好的，可是那艘船怎麼辦？」我說。

「小船被沒收了。你們的行李裝了些什麼東西？」

他把兩個行李袋都翻過一遍，舉起那瓶只剩四分之一的白蘭地。「長官想跟我喝一杯嗎？」我問。

「不用，謝了。」他挺直身子。「你們身上有多少錢？」

「兩千五百里拉。」

他露出頗為欣賞的表情。「那你表妹呢？」

凱瑟琳有一千兩百多里拉，中尉很是滿意，態度也沒有之前來得傲慢。

「如果你們想從事冬季運動，」他說：「那要去溫根才對。我父親在那裡開了一間很高級的飯店，全年無休喔。」

「太好了，可以告訴我名字嗎？」我說。

「我寫在卡片給你。」他客氣地把卡片遞給我。

「那名士兵會帶你們去羅加諾，幫你們保管護照。不好意思，這些都是必要的程序。你們到了羅加諾之後，政府單位八成就會發下簽證或警察居留證。」

他把兩本護照交給士兵，我們往小鎮走去打算叫馬車。「喂！」中尉朝士兵喊了一聲，接著用德語方言交代了兩句話。士兵隨即背起步槍，接過了行李。

「瑞士真的是很棒的國家。」我對凱瑟琳說。

「非常務實的國家。」

「感激不盡。」我對中尉說。

他揮了揮手說：「小事！」我們跟著士兵走進小鎮。

我們搭乘馬車前往羅加諾，士兵坐在前座的車夫旁邊。到了羅加諾後，我們也沒有被刁難。雖然有人前來偵訊，但語氣都很有禮貌，因為我們既有護照又有現金。我覺他們根本不相信我編的故事，我自己聽了都覺得很蠢，但這不就跟真實的法庭一樣嗎？你不必有合理的說詞，只要遵照法律細節，堅守立場就好，不必多作解釋。我們都有護照，也會在瑞士花錢，所以政府發了臨時簽證給我們。

這種簽證隨時都有可能被撤銷，我們到哪裡都必須前往當地警察局報備。

我們想去哪裡都可以？對。那究竟要去哪裡呢？

「妳想去哪裡，凱兒？」

「蒙特勒。」

「那裡的風光不錯，」官員說：「我覺得你們會喜歡。」

「羅加諾就很棒啦！」另一位官員說：「我保證你們一定會很喜歡羅加諾，這個城鎮很有魅力喔。」

「我們想要去可以從事冬季運動的地方。」

「蒙特勒沒有冬季運動啊。」

「真是不好意思，」第一位官員說：「我老家就在蒙特勒。蒙特勒到伯恩的高地鐵路沿線都會舉辦冬季運動。否認這件事情就是在說謊。」

「我沒有否認啊，我只是說蒙特勒沒有冬季運動。」

「我質疑這句話啊，」另一位官員說：「我不相信你這句話。」

「我為自己說的話負責。」

「你這話我不相信，我自己就坐過小雪橇一路溜到蒙特勒大街上，而且不只一次，是好幾次。坐小雪橇當然是冬季運動啊。」

另一位官員轉身面對我。

「先生，滑小雪橇是你心目中的冬季運動項目嗎？要我說，你待在羅加諾就很自在了，一定會覺得這裡的氣候舒服、環境宜人，絕對會愛上這裡。」

「這位先生已經表達了想去蒙特勒的意願。」

「坐什麼小雪橇？」我問。

「你看，他根本沒聽過小雪橇！」

這句話聽在另一位官員耳裡很重要，他得意極了。

「小雪橇就是平底雪橇。」第一位官員說。

「我不同意，」另一位官員搖頭說：「我必須再度提出反對意見，平底雪橇跟小雪橇根本兩件事情啊。平底雪橇是加拿大製造的，底部是木頭滑板；小雪橇是普通雪橇的改良版，底部裝了直刀。」

「我們不能滑平底雪橇嗎？」我問。

「當然可以滑平底雪橇啊，」第一位官員說：「你們可以想怎麼滑就怎麼滑，可以在蒙特勒買到一流的加拿大平底雪橇。奧赫兄弟公司專門賣平底雪橇，全部都是自己進口的貨源。」

第二位官員轉身說：「平底雪橇必須在特定滑道上才滑得動，你不可能在蒙特勒滑平底雪橇啦。你們會住哪裡？」

「還不知道，」我說：「我們才剛剛從布里薩戈過來，馬車還在外面。」

「去蒙特勒絕對錯不了啦，」第一位官員說：「你們會喜歡那裡舒服宜人的氣候，不必大老遠去其他地方從事冬季運動。」

「如果你們真的對冬季運動有興趣，」第二位官員說：「你們就要去恩加丁或牧倫，我反對你建議他們去蒙特勒從事冬季運動。」

「蒙特勒山上的勒薩方村裡有很精采的冬季運動。」建議我到蒙特勒的官員怒瞪他的同事。

「兩位，我們恐怕得先走了。」我說：「我表妹累了，我們暫時預訂會去蒙特勒。」

「恭喜、恭喜啊。」第一位官員跟我握手。

「你們一定會後悔離開羅加諾啦，」另一位官員說：「總之，到了蒙特勒你們必須去當地警局報備喔。」

「警方不會刁難你們的，」第一位官員向我保證，「當地居民都很友善、很客氣。」

「非常感謝兩位，真的謝謝你們的建議。」我說。

「再見，太感謝你們了。」凱瑟琳說。

他們鞠躬目送我們到門口，但建議我們在羅加諾玩的官員略帶冷淡。我們走下階梯，隨即上了馬車。

「天啊，親愛的，」凱瑟琳說：「難道我們不能早點脫身嗎？」其中一位官員推薦了一家飯店，我把名字告訴車夫。他舉起韁繩後出發。

「你把士兵給忘了。」凱瑟琳說。那名士兵站在馬車旁，我遞給他一張十里拉的紙鈔後說：「我身上沒有瑞士幣。」他表示感謝，敬了禮就離開了。馬車載我們去飯店。

「妳是碰巧選了蒙特勒嗎？還是真的想去那裡？」我問凱瑟琳。

「那是我最先想到的地方，」她說：「還不錯啦。我們可以在蒙特勒的山區找住宿。」

「妳睏嗎？」

「我現在快睡著了。」

「我們好好睡一覺吧。可憐的凱兒，今晚真是辛苦妳了。」

「我很開心啊，」凱瑟琳說：「尤其是你在船上撐傘那時候。」

「妳知道我們真的在瑞士了吧？」

「還不太有實感，很怕醒來後發現這一切只是夢。」

「我也是耶。」

「這是真的吧，親愛的？我們不是在送你去米蘭火車站的馬車上吧？」

「希望不是。」

「別那麼說，我會怕啦。也許我們就是要去那裡。」

「我頭好昏，不知道啦。」我說。

「把手給我看看。」

我伸出雙手，兩手都起滿了水泡。

「還好我的肚子沒有洞。」我說。

「別講這種大不敬的話。」

我整個人疲憊不堪、思緒模糊，原本湧上心頭的興奮也已消退。馬車在街道上前進。

「可憐的小手。」凱瑟琳說。

「不要碰嘛，」我說：「天啊，我連我們在哪裡都不知道。車夫，我們要上哪去？」車夫停下馬車。

「大都會飯店。您不是要去那裡嗎？」

「對啦，」我說：「沒事，凱兒。」

「沒關係，親愛的，不要生氣。我們好好睡一覺，明天就不會覺得昏沉了。」

「我現在的腦袋簡直是一團漿糊，我們今天好像在演戲欸，我大概餓壞了。」我說。

「你只是累了，親愛的，沒事的。」馬車停在飯店門口，有人出來幫忙提行李。

「我沒事。」我說。下車後，我們踏上人行道，準備走進飯店。

「我知道你會沒事的，只是太累了，你太久沒闔眼了。」

「反正我們到了。」

「對啊，我們真的到了。」

我們跟在拿行李的年輕人後面，進入了飯店。

第五部

第三十八章

那年秋天，雪下得很晚。我們住在山邊松樹林內的棕色木屋裡，晚上都會結霜，所以到了早上，梳妝台上兩個水壺內都浮著薄冰。葛廷根太太每天大清早都會走進房間，關上所有窗戶，在高高的瓷製爐裡生火。松木啪嗞啪嗞作響、冒出火花，爐裡燃起熊熊的火焰，葛廷根太太再度進來房間，手上帶著幾大條木柴，以及一壺熱水。房間暖和起來以後，她才送來早餐。我們坐在床上吃早餐，觀賞湖泊與對岸法國那側的山脈。山頂都覆蓋著白雪，湖水透著鐵灰藍。

外頭，小屋前有條路通往山上。車輪軌跡與路旁田埂都因為結霜而活像鋼鐵般堅硬，這條路穿越森林，持續爬升環繞了整座山，最後來到樹林邊緣的大片草地，草地上有穀倉與小木屋眺望著山谷。山谷極深，底部有條小溪流入湖中。只要有風吹過山谷，就可以聽見小溪流過岩石的潺潺流水聲。

有時，我們刻意走上一條穿越松樹林的小徑。林地走起來感覺鬆軟，結霜沒有先前的道路嚴重。但我們其實也不在意路面堅硬，因為我們穿著釘靴，靴跟可以緊咬住結凍的車輪壓痕，走起路來頗為輕鬆，又讓人精神一振。不過，光是在松樹林裡散步就很舒服了。

在我們住的屋子前方，有片陡坡往下延伸到湖泊沿岸的小平原，我們坐在灑滿陽光的門廊上，欣賞沿著山邊蜿蜒向下的道路，以及矮丘邊種植葡萄的梯田。冬天的葡萄藤都已枯死，一片片田野之間都隔著石牆，葡萄園下方的岸邊狹窄平原上，是一座座鎮上的房屋。湖上有座長了兩棵樹的小島，宛如雙帆豎立的漁船。湖泊另一頭山巒險峻，湖的盡頭是夾在兩座山脈之間的隆河河谷平原。河谷上方被正午牙峰所阻隔。那是一座高聳的雪山，俯視整個河谷，但太過遙遠，因此並未留下陰影。

陽光明媚時，我們會在門廊上吃午餐，其餘時間就待在樓上小房間裡用餐。小房間四面都是木牆，角落有個大爐子。我們會到城內買書本、雜誌，加上一本霍伊爾[15]的紙牌攻略，學了許多兩個人的紙牌遊戲。這個有爐子的小房間就是我們的客廳，擺了兩張舒服的椅子，與擺了書籍雜誌的桌子，餐桌收乾淨後就是我們玩紙牌遊戲的空間。葛廷根太太與她丈夫就住在樓下，有時傍晚我們會聽到他們夫妻在聊天，聽起來感情也是十分融洽。葛廷根先生以前是領班，太太則在同一家飯店當女傭，兩人努力存錢買下這棟小屋。他們的兒子則是見習領班，正在蘇黎世一家飯店工作。樓下是販售葡萄酒與啤酒的酒鋪，有時傍晚會聽見馬車停在外頭，有人上樓到酒鋪裡喝酒。

客聽外面走廊上有箱木柴供我生火，不過我們都不太熬夜。我們會摸黑在寬敞的房間裡上床睡覺，我脫了衣服都會去開窗，看看夜裡冷冷的星空和窗外的松樹林，然後盡速爬上床。空氣冷冽清新、窗外黑夜寂靜，睡起覺來非常舒服。我們的睡眠品質很好，如果我在半夜裡忽然

15 霍伊爾（Edmond Hoyle, 1672-1769）：英國作家，以研究紙牌遊戲的攻略聞名。

醒來，都只會出於一個理由。我會把羽毛被輕輕推開，以免吵醒凱瑟琳，換上輕薄但仍溫暖的涼被，然後又回去睡覺。戰爭彷彿像別人家大學的美式足球賽，距離我好遠好遠。但從報紙上，我還是看見兩軍在山區激戰的報導，因為一直都沒有下雪。

有時我們會下山到蒙特勒，剛好有條小徑下山，但因為太陡了，所以我們通常會走主要道路，先穿過田野間寬闊的堅硬道路，再經過葡萄園的眾多石牆下方，然後穿越過一棟棟村內小屋。當地一共有三個村莊，分別是夏奈與楓丹尼文，剩下那個名字我忘記了。接著，我們在路上經過山邊岩架上的一座方形石造城堡，梯狀葡萄園依山排列，每條葡萄藤都攀附在一根棍子上，葡萄藤皆已乾枯呈褐色，土壤等待著初雪降臨，下方鐵灰色湖面平靜無波。城堡下方是長長的坡道，右轉是極度陡峭的卵石道路，一路通往蒙特勒。

我們在蒙特勒人生地不熟，先沿著湖畔散步，看見天鵝、許多海鷗和燕鷗，牠們只要有人靠近就飛得老高，一邊啼叫一邊俯瞰水面。湖面較遠處棲息著一群群又小又黑的鸊鷉，游過湖面時留下一道道漣漪。我們在城裡都逛著主要大街，欣賞一家家櫥窗。許多大飯店都已歇業，不過大部分店家仍在營業，光是看見有客人就很開心了。城裡有一間髮廊很不錯，凱瑟琳固定去那裡做頭髮。老闆娘性格爽朗，也是我們在蒙特勒唯一認識的朋友。凱瑟琳去做頭髮時，我都會去一家酒吧，喝慕尼黑啤酒、看看報紙。我會讀米蘭《晚郵報》，還有巴黎送來的英美報紙。所有報紙都不准刊登廣告，應該是為了避免有人藉此串通敵軍。報紙讀了都讓人沮喪，各地局勢都十分糟糕。我坐在角落的椅子上，面前是裝了黑啤酒的厚厚馬克杯，還有一包蠟光紙已拆開的扭結餅。我喜歡扭結餅的鹹味，不但讓黑啤酒更好喝，可以忍受報導中的災難。我原以為凱瑟琳會來找我，但是她沒有出現，所以我把報紙擺回架上，付了酒錢後就上街去找她。那天寒冷陰暗又刮風，連房屋的石頭感覺都好冷。凱瑟琳還在髮廊裡，老闆娘正在幫她燙頭髮。我坐在一個小隔間裡看得興致高昂，凱瑟琳笑著跟我聊天，我的聲音興奮到有點沙啞。火鉗發出啪啪的悅耳聲，我看見三面鏡子裡的凱瑟琳，小隔間既舒適又溫暖。頭髮燙好後，凱瑟琳看了看鏡子，稍微調整了髮型，把部分髮夾拿下又夾上，然後站起來說：「不好意思，久等了耶。」

「先生看得很起勁呢，先生您說是吧？」

「是啊。」我說。

我們出了髮廊後走在街道上。當天冷風颼颼。「欸親愛的，好愛妳喔。」我說。

「我們現在很開心吧？」凱瑟琳說：「我看我們不要喝茶了，找個地方喝點啤酒。啤酒對小凱瑟琳才好，這樣她就會一直小小的。」

「小凱瑟琳是小懶蟲。」我說。

「她一直都很乖耶，」凱瑟琳說：「很少讓我麻煩。醫生說啤酒我喝了有好處，會讓她體型保持嬌小。」

「如果妳讓她保持小小的，但是最後生出來是男生，可能就會去當騎師喔。」

「我覺得如果我們真的把孩子生下來，應該要結婚才對。」凱瑟琳說。我們的桌子在啤酒館角落，天色漸漸變暗。雖然時間仍早，但天空陰陰的，暮色已提早降臨。

「那我們現在就去結婚吧。」我說。

「不可以，」凱瑟琳說：「現在去結婚也太難為情了。我的肚子這麼大，我絕對不要這個模樣在大家面前結婚。」

「好希望我們已經結婚了。」

「那樣確實會比較好。不過親愛的，我們先前哪有可能結婚啊？」

「我也不曉得。」

「我知道一件事情，就是我不要在身體這麼腫的時候結婚。」

「妳才不腫啊。」

「哎，我真的很腫啊，親愛的。髮廊老闆娘還問我是不是第一胎。我只好騙她說我們已經生了兩男兩女。」

「那我們什麼時候要結婚呀？」

「等我瘦下來就可以了。我想要辦一場美美的婚禮，讓大家都覺得我們是年輕貌美的一對夫妻。」

「妳不擔心嗎？」

「親愛的，我為什麼要擔心咧？我唯一心情不好的那次，是在米蘭旅館裡覺得自己活像個妓女，不過那時候也難過了七分鐘，況且那都是旅館客房裝潢的錯，我早就是你的好老婆了吧？」

「妳是我最可愛的老婆。」

「那就不要太講究了嘛，親愛的，我只要瘦下來就立刻嫁給你。」

「好啦。」

「你覺得我該再喝一杯啤酒嗎？醫生說我骨盆太窄，最好不要讓小凱瑟琳長太大。」

「他還說了什麼呢？」我不禁擔心了起來。

「沒什麼。我的血壓很標準，親愛的，他稱讚我把血壓維持得很好耶。」

「針對妳骨盆太窄，他還有說什麼嗎？」

「沒有耶，完全沒多說，只說我不該滑雪。」

「說得對。」

「他說要是我以前沒有滑過雪，這時候才要開始學就太晚了。除非我不會滑倒，否則我不能滑雪。」

「他人很好啦，就是愛開玩笑。」

「他人真的很好，生小孩應該請他幫忙。」

「妳有沒有問他我該不該結婚？」

「沒有，因為我跟他說我們結婚四年了。親愛的，你要知道，假如我嫁給你就會變成美國人，而只要我們按照美國法律結婚，孩子就不會是私生子。」

「妳怎麼知道的呀？」

「因為我在圖書館看了《紐約世界年鑑》。」

「妳真是很棒的太太。」

「我超樂意當美國人呀，親愛的，我們會一起去美國吧？我想去看看尼加拉大瀑布。」

「妳真是太讚了。」

「我還有其他地方想參觀，但現在想不起來。」

「屠宰場嗎？」

「才不是，我想不起來啦。」

「伍爾沃斯大樓？」

「不是。」

「大峽谷？」

「不是，不過我確實想去看大峽谷。」

「那是什麼呀？」

「金門大橋啦！我想去看金門大橋。在哪裡呢？」

「舊金山。」

「那我們就去舊金山吧。反正我本來就想去舊金山看看。」

「好啊，那我們就去舊金山囉。」

「現在我們回山上吧，好不好？我們可以搭高地鐵路電車嗎？」

「五點出頭有一班車。」

「我們就搭那一班。」

「好，不過讓我再喝一杯啤酒。」

我們離開啤酒館後就順著大街散步，爬樓梯到車站。這時氣溫很低，冷風沿著隆河河谷吹拂而來。商店櫥窗都亮起了燈，我們爬著石階來到上層街道，又爬另一段階梯才進入車站。那班電車已在等著發車，所有燈都打開了。顯示發車時間的指針指著五點十分。我看著車站時鐘，再五分鐘發車。上車後，我看見司機與列車長從車站內酒鋪裡走了出來。我們坐了下來、打開窗戶，電車內有靠電力供給的暖氣，車廂內部有些悶熱，幸好有新鮮的冷空氣從窗戶灌進來。

「妳累了嗎，凱兒？」我問。

「不累啊，我精神很好。」

「不需要搭太久就會到了。」

「我喜歡搭電車，」她說：「親愛的，別擔心我，我沒事的。」

聖誕節前三天才終於下雪。一天早上我們醒來時，就發現外頭雪花滿天飛。我們賴著床，傍著熊熊燃燒的爐火，欣賞白雪落下的景色。葛廷根太太把早餐托盤收走，順便替爐子添了些柴火。那天風雪很大，她說午夜前後就開始下雪了。我走到窗邊往外看，卻完全看不見對街，可見風雪威力強大。我回到了床上，跟凱瑟琳躺著聊天。

「要是我會滑雪就好了，」凱瑟琳說：「滑不了雪也太慘。」

「我們可以買一台大雪橇，一路往下滑。這樣跟搭汽車也差不多。」

「不會很晃嗎？」

「滑了才知道。」

「希望不要太晃。」

「等一下我們去雪中散步吧。」

「午餐前好了，」凱瑟琳說：「散完步比較開胃。」

「我無時無刻不餓。」

「我也是。」

我們進到冰天雪地中，但風雪大到我們走不了太遠。我在前面帶著路，開闢出一條通往車站的雪徑，但我們抵達後覺得走夠遠了，暴風雪中能見度幾乎是零，我們只好到躲進車站旁邊一家旅舍，用掃帚把彼此身上的雪清掉，然後坐在長板凳上喝苦艾酒。

「外頭暴風雪有夠大。」女酒保說。

「對啊。」

「今年雪下得很晚。」

「沒錯。」

「我可以吃一條巧克力棒嗎？」凱瑟琳問道：「還是剛好太接近午餐時間了？我的肚子老是在叫餓。」

「想吃就吃啊。」我說。

「麻煩來一條榛果巧克力棒。」凱瑟琳說。

「那個好吃喔，」年輕女酒保說：「也是我的最愛。」

「麻煩再給我一杯苦艾酒。」我說。

我們離開旅舍要往回走時，原本的道路已滿是積雪，只隱約看見剛剛的腳印。雪花直接往我們臉上吹，眼前幾乎什麼都看不見。我們先把身上的雪拍乾淨才進屋吃飯，葛廷根先生送來了午餐。

「明天就可以滑雪了。亨利先生會滑雪嗎？」他說。

「不會，但是我想學看看。」

「學起來很容易啦，我兒子會回來過聖誕節，他可以教你。」

「太好了。他什麼時候回來？」

「明天晚上。」

午餐過後，我們坐在小房間裡的爐火旁，欣賞窗外的雪景。「親愛的，你想不想自己去玩，跟其他男生一起去滑雪？」凱瑟琳說。

「不想啊，我為什麼要自己去玩？」

「我想說有時候除了我以外，你也會想見見其他人啊。」

「那妳想見其他人嗎？」

「不想。」

「我也不想。」

「我知道。但你不一樣啊。我現在是因為懷著身孕，什麼都不做也很滿足。我知道自己現在腦袋空空的、又很囉嗦，所以才覺得你應該去透透氣，以免覺得我很煩。」

「妳希望我離開嗎？」

「不希望，我想要你待在我身邊。」

「我一定會待在妳身旁。」

「過來一下，我想摸摸看你頭上的那個腫包，真的有夠腫呢。」她邊說邊用一根手指撫觸。「親愛的，你想留鬍子嗎？」

「妳希望我留嗎？」

「也許會很好玩，我想看你有落腮鬍的樣子。」

「好啊，我來留鬍子看看，現在就開始留。這個主意不錯，讓我可以找點事做。」

「你會擔心自己太閒嗎？」

「不會啊。我喜歡閒閒的生活，過得很開心。妳不也是嗎？」

「我也過得很開心，只是我怕自己現在變胖了，也許你會覺得煩。」

「欸，凱兒，妳不知道我對你有多著迷耶。」

「現在這樣也是嗎？」

「妳本來的樣子就很好。這段時間我很開心，我們不是過得很幸福嗎？」

「我是啊，但我以為也許你覺得膩了。」

「不會啦，只是有時候我會想起前線的生活，想起我認識的那些人，但是我並不會擔心，也不太去想東想西。」

「你會想起誰？」

「雷納迪和神父啊，還有其他認識的很多人，但是我不會太常想起他們，我不想要去回想打仗的日子，我受夠了。」

「那現在你在想什麼？」

「什麼都沒想。」

「明明就有，說嘛。」

「我在想雷納迪是不是得了梅毒。」

「就這樣？」

「嗯。」

「那他有梅毒嗎？」

「不知道。」

「幸好你沒有，你有沒有得過類似的病毒？」

「我得過淋病。」

「我不想知道耶。親愛的，痛不痛？」

「痛死了。」

「真希望替你受罪。」

「妳會後悔。」

「真的啦。要是我也跟你一樣得過淋病就好了，要是我跟你交往過的女生當過室友就好了，這樣我就可以在你面前嘲笑她們。」

「那場面一定很精采。」

「你得淋病可不怎麼精采。」

「我知道，我們來看雪吧。」

「我比較想看你，親愛的，你怎麼不把頭髮留長呢？」

「多長？」

「長一點點就好。」

「現在就夠長啦。」

「不夠長，我希望你的頭髮再長一點，這樣我就可以把頭髮剪得一樣長，只不過我們一個人是金髮、一個人是黑髮。」

「我不准妳把頭髮剪短喔。」

「一定會很好玩，長頭髮很麻煩耶，晚上躺在床上很討厭呢。」

「但是我喜歡啊。」

「你不喜歡我留短髮嗎？」

「可能會喜歡，但是妳現在這樣子我就很喜歡了。」

「說不定我短髮的樣子很好看喔，我們就會長得很像了。噢，親愛的。我好愛你，愛到想要變成你。」

「妳是我啊，我們同一個人唷。」

「我知道，晚上確實如此。」

「我們在一起的晚上實在很美好。」

「我想要我們兩個合而為一，我不希望你離開，我說出口了，但是你想去就去吧，趕快回來就好。親愛的，沒有了你，我根本活不下去。」

「我不會離開妳身邊唷，沒有妳的陪伴，我也很悽慘，活像行屍走肉。」

「我希望你好好生活，活得精采。但我們會有彼此的陪伴，對吧？」

「那妳希望我不要留鬍子，還是繼續留長呢？」

「繼續留啊，好好留起來。一定值得期待，說不定是新年新氣象喔。」

「現在妳想下棋嗎？」

「我比較想跟你玩。」

「先別玩。我們來下棋吧。」

「下完棋再玩？」

「好。」

「沒問題。」

我拿出了棋盤、擺好棋子，戶外依舊大雪紛飛。

有次我半夜醒來，知道凱瑟琳還醒著。潔白的月光映照窗戶，窗格陰影投射在床上。

「寶貝，妳醒著嗎？」

「嗯。你睡不著？」

「我剛醒來，突然想到我當初認識妳的時候，整個人瘋瘋癲癲的，記得嗎？」

「一點點瘋啦。」

「後來我就沒事了，現在很棒，我喜歡聽妳說『很棒』甜美語氣，說給我聽。」

「很棒。」

「噢，妳真可愛。現在我不瘋了，而是非常、非常、非常幸福。」

「繼續睡吧。」我說。

「好喔，我們在同一時間睡著吧。」

「好啊。」

但我們都沒有睡著。好長一段時間，我仍然在想東想西、看著凱瑟琳睡覺的模樣，還有她月光下的臉龐。接著，我也睡著了。

第三十九章

一月中，我蓄起了落腮鬍。冬季天氣逐漸穩定，白天晴朗、夜晚嚴寒。我們又可以在大路上散步了。雪橇運送著乾草和木柴，加上要載許多山上的圓木，來回把積雪壓得堅硬平滑。整個鄉間成了一片雪國，幾乎一路延伸到蒙特勒。日內瓦湖另一頭的山脈呈銀白色，隆河河谷平原也白雪皚皚。我們在山的另一頭走了很長一段路，來到阿利亞茲溫泉館。凱瑟琳穿著釘靴、披著斗篷，手持一支尖尖的鋼製登山杖。斗篷遮蓋了她大腹便便的肚子，我們沒有走得太快，她走累了就停下來，坐在路旁圓木上小歇一下。

阿利亞茲溫泉館附近的林子有家小旅舍，常有樵夫會去那裡休息喝一杯。我們坐在裡面的火爐邊取暖，喝著當地人添加香料和檸檬的熱紅酒，這真是好東西，喝了就全身發熱，也適合各式慶祝的場合。旅舍裡燈光昏暗、瀰漫著煙霧，一出門被外頭冷冽的空氣灌進肺部，就讓人鼻頭都凍麻了。我們回頭一看，只見旅舍內燈光從窗戶照出來，樵夫的馬在外面踩著蹄、甩著頭來發熱取暖，口鼻細毛都結了一層霜，呼吸也成了團團霧氣。回程的路途上，有段路面平坦滑溜，在馬的踩踏下冰霜變成橙黃色，一路延伸至運送圓木的轉角。後來路面再度是白皙扎實的積雪，穿越一大片林子，我們傍晚回家看見了兩次狐狸。

鄉間美不勝收，我們出遊都非常開心。

「你現在的落腮鬍真帥耶，」凱瑟琳說：「好像樵夫的樣子！有沒有看到戴著小小金耳環的人？」

「他是山羚獵人，聽說戴耳環可以讓聽力更敏銳。」我說。

「真的嗎？我不相信。我猜他們只是為了凸顯自己山羚獵人的身分，這附近看得到山羚嗎？」

「可以啊，雅芒峰那一帶。」

「看到狐狸好好玩喔。」

「牠們睡覺會用尾巴裹住身體保暖唷。」

「感覺一定很舒服。」

「我都想要尾巴了。要是我們長出狐狸尾巴，應該很有趣吧？」

「只是這樣穿衣服應該很辛苦。」

「我們可以穿特別的衣服啊，不然就是住在習慣這種事情的國家。」

「我們現在住的這個國家，大家也沒差啊，幾乎不太會遇見認識的人，多棒啊！妳也不想見到別人吧，親愛的？」

「不想。」

「我們可以在這裡坐一下子嗎？我有點累了。」

我們一起坐在圓木上，前面是一條穿越森林的道路。

「她不會動搖我們的感情吧？我是說這個小妮子。」

「才不會。我們不會受到影響。」

「那我們錢夠用嗎？」

「還有很多啊，最後一張支票也兌現了。」

「既然你的家人知道你在瑞士了，難道他們不會來找你嗎？」

「可能會吧。我會寫信跟他們聯絡。」

「你還沒寫信給他們？」

「沒有，只有要了支票。」

「幸好我不是你的家人。」

「我會發電報給他們啦。」

「你不關心他們嗎？」

「我關心啊，但後來太常吵架，吵到很煩。」

「我覺得我會喜歡他們，可能會非常喜歡唷。」

「別聊我的家人了，不然我都要開始擔心他們了。」過了一下子我又說：「如果妳休息好了，我們就上路吧。」

「我休息夠了。」

我們繼續往前走，這時天色已全黑。我們把雪地踩得吱吱作響，夜晚既乾又冷，空氣十分清新。

「我太愛你的落腮鬍了，很適合你呢！鬍子又挺又有氣勢，摸起來卻很軟，好好玩喔。」

凱瑟琳說。

「妳比較喜歡我有鬍子的樣子呀？」

「我覺得是耶。親愛的，我打算在小凱瑟琳出生之前都不去剪頭髮。我太胖了，很像老媽子。不過等到她出生以後，我瘦下來會把頭髮剪掉，再用全新的樣子出現在你面前，變成不一樣的美女。我們可以一起去剪頭髮，也可以我自己去，回家再給你驚喜。」

我沒有回答。

「你不會不准吧？」

「不會。我覺得應該很值得期待。」

「噢，你真貼心。親愛的，說不定我看起來會又瘦又有魅力，讓你再次愛上我。」

「說什麼傻話，」我說：「我現在就很愛妳了？妳還想怎樣？要我愛到死掉？」

「對，我要你愛死我。」

「好，遵命。」我說。

第四十章

我們日子過得舒適自在，就這樣度過一月和二月，整個冬天都很愜意，我們好不開心。後來在暖風吹拂之際，出現了短暫的融雪期，雪漸漸軟化了，空氣似乎瀰漫著春天的氣息，但常常動輒又出現酷寒，讓人感受到冬天餘威。三月，寒冬初次見歇，有個夜晚開始下雨，接連下了整個早上，白雪變成一片爛泥，山邊路況糟糕透頂。湖泊與山谷上方烏雲密集，高山正下著雨。凱瑟琳穿著沉重罩靴，我穿著葛廷根先生的橡膠靴，兩人共撐一把傘步行到車站，腳踩軟爛的雪泥，雨水不斷沖刷著路面結冰。午餐前，我們先到了一間酒吧停歇，喝一杯苦艾酒，外頭的雨聲仍清晰可聞。

「妳覺得我們應該搬到鎮上嗎？」

「你覺得呢？」凱瑟琳問。

「如果冬天過了雨還下個不停，待在山上就很無趣。小凱瑟琳還要多久才會出來呀？」

「大概一個月，可能會稍微晚於一個月。」

「我們可以下山，住在蒙特勒。」

「為什麼我們不去洛桑呢？醫院在洛桑呀。」

「是可以，只是我覺得洛桑好像太大了。」

「大城鎮也沒關係呀，我們還是可以過自己的生活，洛桑也許住起來很舒服。」

「我們應該什麼時候出發呢？」

「都可以呀，你想出發我們就出發，親愛的，你想待在山上也很好唷。」

「我們再看看天氣的狀況吧。」

大雨下了整整三天，此時車站下方的山邊積雪已完全消失了。雪水摻雜著泥巴在大路上像小河快速流動。溼氣太重、泥濘不堪，我們出不了門。到了第三天早上，我們決定下山進城。

「沒關係，亨利先生，」葛廷根說：「你們不用先通知我。天氣這麼惡劣，我本來就覺得你們不會想住下去。」

「考量到我太太快生產了，我們不得不住在醫院附近。」

「我明白，」他說：「你們以後還會回來住一陣子？帶著小寶寶來？」

「當然，只要你們有空房就住。」

「春天很適合你們來享受一下。我們可以安排小寶寶和保姆住在家庭房，只是現在暫時沒有開放而已，你們夫妻倆可以自己住一間，就是面對湖景的同一間客房。」

「要來之前我會先寫信告知。」我說。我們打好包行李，吃完午餐就搭車下山。葛廷根夫婦陪我們一起到車站，葛廷根先生駕駛雪橇，幫忙載我們的行李，穿越泥濘的雪地。他們站在車站旁，雨中揮手跟我們道別。

「他們夫妻真的好貼心。」凱瑟琳說。

「他們對我們很和善耶。」

我們從蒙特勒搭電車前往洛桑。從車窗望向我們那幾個月住的山區，全都被厚厚的雲層給擋住了。電車在沃維停靠一下，隨後繼續向前行駛，一側是湖光景色，一側是潮溼的褐色田野、光禿禿的樹林與溼答答的房屋。我們到了洛桑後，落腳在一家中型飯店。雨不停歇，我們坐著馬車穿越街道，抵達飯店的馬車入口。由於我們先前在葛廷根夫婦的山中小屋住了好一陣子，如今見到衣領掛著黃銅鑰匙的門房、電梯、鋪著地毯的樓板、閃閃發光的潔白洗手檯、黃銅床架、舒適寬敞的房間，都覺得飯店實在無比豪華。從客房窗戶向外望，下頭是雨水打溼的花園，花園牆壁頂部罩著鐵製圍籬。外頭的街道是陡峭的斜坡，附近另一家飯店也類似的牆壁與花園。我看著窗外雨水不斷落入花園噴水池。

凱瑟琳把所有的燈全都打開，把行李內的家當拿出來整理。我點了一杯威士忌蘇打，躺在床上讀著先前在車站買的報紙。當時是一九一八年三月，德軍已開始在法國發動攻擊。我一邊喝酒一邊讀報，凱瑟琳繼續整理著行李，四處走動。

「親愛的，你知道我得買些東西吧。」她說。

「什麼東西？」

「寶寶的衣服呀。我都快生了，卻什麼嬰兒用品都沒有，應該沒幾個孕婦跟我一樣。」

「可以買啊。」

「我知道，我明天才要去買，我先來看看哪些東西必買不可。」

「妳應該知道吧，妳以前是護士耶。」

「但是幾乎沒有士兵會在醫院生小孩呀。」

「我啊。」

她拿起枕頭砸向我，威士忌蘇打灑了出來。

「不好意思，害酒灑出來了，」她說：「我點一杯賠你。」

「本來就沒剩多少了，來床上陪我躺一下嘛。」

「不行。我要整理一下房間，才會看起來比較像樣。」

「像什麼？」

「像我們的家啊。」

「把協約國的國旗掛起來囉。」

「噢，閉嘴啦。」

「再說一遍。」

「閉嘴啦。」

「妳說話的語氣好小心，好像很怕得罪人欸。」我說。

「我的確不想得罪人。」

「那就來床上嘛。」

「好啦。」她來床上坐著。「我知道你現在對我沒興趣了，親愛的，我根本活像個大大的水桶。」

「妳才不是水桶，妳漂亮又可愛。」

「我只是又醜又胖的太太。」

「妳才不是，妳愈來愈漂亮耶。」

「不過我會瘦下來啦，親愛的。」

「妳現在就很瘦啊。」

「我看你是喝醉了。」

「我明明只喝了威士忌蘇打。」

「另一杯馬上就會送來了，」她說：「然後我們是不是該叫晚餐到房間裡吃呢？」

「好啊。」

「那我們就不用出門了吧？今天晚上我們就待在房間裡。」

「好好玩一下。」我說。

「我要喝些葡萄酒，」凱瑟琳說：「葡萄酒對我無害，說不定這裡喝得到以前的卡布里白酒。」

「肯定喝得到，」我說：「這家飯店還算大，應該會有義大利的葡萄酒。」

服務生敲了敲門，端了一個盤子，上面擺著一杯加冰塊的威士忌，還有一瓶蘇打水。

「謝謝，」我說：「放在這裡就好，我們想要點兩份晚餐送到客房，還有兩瓶冰鎮過的卡布里白酒。」

「兩位用餐前想喝湯嗎？」

「凱兒，妳想喝湯嗎？」

「麻煩了。」

「那就加送一份湯。」

「謝謝，先生。」他離開客房時順手把門關上。我轉頭繼續讀起報紙上寫的戰況，然後把蘇打水慢慢澆著威士忌裡的冰塊。下次我要特別交待他們，不要直接把冰塊放在威士忌裡，冰塊和威士忌應該分開放才對，方便看看本來杯子裡有多少威士忌，以免加了蘇打水之後酒味變太淡。我寧願自己買一瓶威士忌，再叫他們送冰塊和蘇打水，這樣比較符合常理。品質好的威士忌喝了讓人心情好，屬於人生一大樂事。

「你在想什麼呀，親愛的？」

「在想威士忌。」

「威士忌怎麼了？」

「威士忌很好喝呀。」

凱瑟琳做了個鬼臉說：「好喔。」

我們在那家飯店住了三週，住宿體驗還不錯，餐廳通常沒人光顧，我們經常就在客房裡吃晚餐。我們也會到洛桑市區晃晃，搭乘火車南下烏契，然後在日內瓦湖邊散步。天氣熱了起來，好像春天一樣。我們本來還想念山上的生活，但春暖沒幾天後，冬天刺骨的寒氣再度來到。

凱瑟琳在市區北邊買了她需要的東西，我則去拱廊街一家體育館練拳擊，運動一下。通常，我都是早上趁凱瑟琳賴床時才前去。春天乍暖還寒的那些日子，練完拳擊後沖個澡，沿著街頭散步，聞著春天的氣息，隨後坐在咖啡館喝苦艾酒，看著往來的行人或讀報紙，可說是十分愜意。我再從咖啡館走回飯店，陪凱瑟琳共進午餐。體育館裡的拳擊教練蓄著八字鬍，出拳時俐落精準，但假如你出拳慢了些，他就會大發雷霆。但在體育館運動還是滿自在的，裡頭空氣流通、採光極佳，我運動得很勤，還會跳繩、空拳訓練，躺在地板上仰臥起坐，陽光剛好從打開的窗戶灑落身上，偶爾在跟教練對打時，還會嚇他一跳。起初，我不太習慣站在又長又窄的鏡子前打空拳，因為看著有落腮鬍的人練拳擊太奇怪了。但後來，我單純覺得看起來很搞笑。剛開始練習拳擊時，我就考慮過要刮掉鬍子，只是凱瑟琳不希望我刮掉。

有時候我和凱瑟琳會搭馬車到鄉間逛逛。陽光明媚時，搭馬車真是舒服，我們還找到兩個適合吃飯的好餐廳。凱瑟琳現在沒辦法走太遠，我剛好也很愛跟她一起搭馬車到鄉間兜風。只要是晴朗的日子，我們都玩得很盡興，從來沒有敗興而歸。我們也知道寶寶快出生了，這讓我們都有被追著跑的感覺，彷彿得抓緊時間享受兩人時光。

第四十一章

某天凌晨三點左右，我醒了過來，聽到凱瑟琳在床上翻來覆去。

「還好嗎？凱兒？」

「親愛的，我一直覺得有陣痛耶。」

「陣痛間隔規律嗎？」

「沒有，不太規律。」

「要是妳陣痛開始很規律，我們就會出發去醫院喔。」

我當時好睏，倒頭就繼續睡了。沒過多久，我再度醒來。

「你最好打電話叫醫生一下，」凱瑟琳說：「我覺得可能快生了。」

我走到電話旁、打給醫生。醫生問：「陣痛的頻率大概是？」

「凱兒，妳每隔多久出現陣痛？」

「應該是每十五分鐘吧。」

「你們應該動身去醫院了，」醫生說：「我先換好衣服，馬上就會過去。」

我掛掉電話後，又打給火車站附近的計程車站，想叫一輛計程車，但等了很久都沒有人接聽，最後才有男人接了電話，答應會立刻派車來接我們。凱瑟琳正在換衣服，待產包裝滿了在醫院需要的東西，以及雜七雜八的嬰兒用品。我在走廊上按鈴叫電梯，卻遲遲無人回應，只好自己走下樓。當時，樓下除了夜班警衛，完全不見其他人影。我便自己按電梯上樓，把凱瑟琳的待產包拿進電梯放好，她走進電梯後，我們便一起下樓。夜班警衛幫我們開了門，我們坐在樓梯旁的石板上，等計程車開來，樓下就是車道。晴朗的夜空中，閃爍著許多星星，凱瑟琳滿臉期待。

「好開心喔，要生出來了。」她說：「再過一下子，一切就會結束了。」

「妳真的很勇敢耶。」

「我才不怕呢，只希望計程車快點來。」

我們聽見計程車從大街駛來的聲音，也看見車頭燈。計程車轉進了車道，我扶凱瑟琳先坐上車，司機幫我們把待產包擺在前座。

「去醫院。」我說。

我們出了車道，開始走一段爬坡路。

我們抵達後一起走進醫院，我拎著待產包。櫃檯一位女士幫凱瑟琳把姓名、年齡、地址、宗教信仰與家屬資料都寫在一本冊子上。凱瑟琳說自己沒有宗教信仰，那位女士便在那個欄位畫上一條線。凱瑟琳報的全名是凱瑟琳·亨利。

「我帶你們上樓到病房。」她說。我們搭電梯上樓。她把電梯停下，我們走出去，跟在她後面走在走廊上。凱瑟琳緊緊握著我的手臂。

「就是這間，」女士說：「請妳換好衣服後，上床躺著，這件睡衣給妳穿。」

「我自己有睡衣。」凱瑟琳說。

「穿醫院制式的睡衣比較好。」女士說。

我走到外面，坐在走廊一張椅子上。

「你可以進來了。」女士站在門口對我說。凱瑟琳如今躺在窄床上，全身已換上剪裁樸素的睡衣，材質很像粗糙的床單。她對我投以微笑。

「我肚子好痛喔！」她說。女士一手握著凱瑟琳的手腕，一手拿著手表計算陣痛頻率。

「這次有夠痛耶！」凱瑟琳說，從表情就看得出來她的難受。

「醫生在哪裡？」我問那位女士。

「他還躺著休息，需要的話，他會過來的。」

「我現在必須幫這位太太處理一下，」護士說：「麻煩請你到外頭好嗎？」

我走到外面走廊上，四周空蕩蕩，只有兩扇窗戶，每間病房的門都關著，空氣瀰漫著醫院的氣味。我坐在椅子上，盯著地板，為凱瑟琳禱告。

「你可以進去了。」聽到護士這麼說，我才走了進去。

「哈囉，親愛的。」凱瑟琳說。

「還好嗎？」

「陣痛愈來愈頻繁了。」她的臉部皺了一下，才又露出微笑。

「真的痛到不行。護士小姐，麻煩妳再把手放在我背上好嗎？」

「可以啊。」護士說。

「你先離開啦，親愛的，」凱瑟琳說：「出去買點東西吃。護士小姐說，我可能還要痛很久。」

「第一次生產都會花比較多時間。」護士說。

「好嘛，你快出去吃點東西，」凱瑟琳說：「我真的沒事啦。」

「我再待一下下。」我說。

陣痛來得相當頻繁，然後又漸漸趨緩。凱瑟琳十分期待，每當她痛得受不了，就說痛得太好了，但等到疼痛消退後，她卻感到失望又難為情。

「親愛的，你出去吧，」她說：「我覺得你這樣我會不太自在啦。」她臉部緊繃起來，「好嘛好嘛，我好多了。我真的很想當好老婆，乖乖生下這個孩子。拜託你出去吃點早餐再回來，親愛的，我不會想你喔。護士小姐人太好了。」

「你有很多時間吃頓早餐。」那位護士說。

「那我先出去囉。回頭見，寶貝。」

「等等見，」凱瑟琳說：「幫我好好吃頓豐盛的早餐喔。」

「哪裡可以買早餐呀？」我問護士。

「這條街繼續往前走到廣場，就有一家咖啡廳，」她說：「現在應該已經開門了。」

外頭天色漸亮，我走在空蕩蕩的街上，抵達咖啡館，看到窗內有燈亮著。我進去後，站在亮晃晃的吧檯前，一位老人遞給我一杯白酒和布里歐麵包。布里歐麵包是昨天才烤好的，我蘸著白酒吃，然後喝了一杯咖啡。

「你怎麼一大清早就出門呀？」老人問。

「我老婆人在醫院，快要生了。」

「原來如此，祝生產順利唷。」

「再給我一杯酒吧。」

他拿了瓶子倒酒，不小心滿了出來，有些酒流到吧檯上。我喝完酒、付了錢，就離開了。外頭街上，只見家家戶戶門口都有垃圾桶等人清運，一隻狗在垃圾桶旁拚命嗅著。

「你在找什麼呀？」我開口問狗，看看有沒有東西可以幫牠拉出來，但只在上頭看到咖啡渣、灰塵和枯死的花朵，其餘什麼也沒有。

「狗狗，沒有東西啦。」我說。那隻狗跑到對街去。我回到醫院後，爬樓梯到凱瑟琳那層樓，順著走廊走到病房。我敲了敲門，沒人回應，便自己開門進去，卻發現裡頭沒有人，只剩凱瑟琳的待產包擺在椅子上，還有她的衣服掛在牆壁鉤子上。我走出病房後，在走廊上找人問情況，找到一名護士。

「亨利太太人呢了？」

「有個小姐剛剛進了產房。」

「在哪裡？」

「我帶你去。」

她帶我來到了走廊盡頭，產房的門半開著，我看見凱瑟琳躺在一個檯子上，身上蓋著一條被單。護士與醫生站在檯子兩側。醫生旁邊放了幾支鋼瓶，手中拿著接了管子的橡膠面罩。

「我給你一件隔離衣，你就可以進來了。」那位護士說。

「裡面請。」

她幫我套上一件白色隔離衣，再用安全別針把隔離衣別好。

「現在你可以進去了。」她說，於是我走進產房。

「嗨，親愛的，」凱瑟琳的語氣十分吃力，「我幫不上什麼忙。」

「亨利先生嗎？」醫生問。

「我是。醫生，一切還好嗎？」

「很順利，」醫生說：「我們推她來產房，是因為要用麻醉氣體止痛。」

「我現在就要！」凱瑟琳說。醫生把橡膠面罩放在她臉上，轉了開關。我看見凱瑟琳快速大口呼吸，然後又推開面罩，醫生再關上活栓。

「這次還不算太痛，剛才有次陣痛真的痛到快受不了。醫生讓我可以完全不痛，對不對啊，醫生？」她的聲音有點奇怪，講到最後的「醫生」，忽然語調變高。

醫生露出微笑。

「再給我吸一次。」凱瑟琳說完就把面罩緊緊蓋在臉上，迅速大口呼吸。我聽見她小聲哀叫，接著又把面罩移開，展露微笑。

「這次的陣痛好猛烈，」她說：「有夠痛，不用擔心，親愛的。你先離開，再去吃一次早餐。」

「我要留下來。」我說。

我們大約凌晨三點抵達醫院，到了中午時分凱瑟琳還待在產房。陣痛又緩和下來，她看起來真的疲憊不堪，但依然保持著開朗。

「我真是糊塗，親愛的，」她說：「對不起，我本來以為生小孩很簡單耶。哎唷，又開始痛了——」她伸手拿了面罩就蓋在臉上。醫生旋轉了一下控制鈕，觀察著她。過一下子，陣痛又消退了。

「這次不算太痛。」凱瑟琳微笑地說：「我好愛吸這個氣體喔，太棒了。」

「我們可以買一些回家唷。」我說。

「又來了！」凱瑟琳急促地說。醫生轉動開關，看了看手表。

「現在陣痛間隔多久？」我問。

「大約一分鐘。」

「你不想去吃午餐嗎？」

「等一下我就去吃了。」他說。

「醫生，你一定要吃點東西，」凱瑟琳說：「很不好意思，我居然生那麼久，可不可以讓我老公幫我轉開關就好？」

「好啊，」醫生說：「你把開關轉到數字二的地方就好。」

「了解。」我說。轉盤上有數字，指針會跟著動。

「我現在要吸！」凱瑟琳邊說邊把面罩緊緊蓋在臉上。我把開關調到數字二，凱瑟琳一拿掉面罩，我就關掉供氣。醫生太貼心了，讓我可以有點貢獻。

「你調好了嗎，親愛的？」凱瑟琳問，揉揉我的手腕。

「當然。」

「你好可愛喔。」她吸了麻醉氣體後有點恍惚。

「我到隔壁房用餐盤吃飯，」醫生說：「有事隨時可以叫我。」這段時間，我看著他吃完午餐，過了一會又躺下來抽一根菸。凱瑟琳的倦容愈來愈明顯。

「你覺得寶寶生得出來嗎？」她問。

「當然生得出來啊。」

「我已經很用力了，我努力往下推，但是一直跑掉。又要痛了！趕快給我吸！」

下午兩點，我離開醫院吃午餐。咖啡廳裡面，有幾名男人坐著喝咖啡，桌上還擺了幾杯可喜櫻桃酒或渣釀白蘭地。我找了張桌子坐下，問服務生：「還可以用餐嗎？」

「午餐時間結束囉。」

「有沒有全時段供應的食物呢？」

「你可以點德式酸菜。」

「那我要德式酸菜和啤酒。」

「小杯或大杯？」

「小杯淡啤酒。」

服務生送上一盤德式酸菜，一片火腿蓋在上頭，還有一條德腸埋在浸泡了熱葡萄酒的甘藍菜。我實在太餓，立即把餐點吃光、也喝了啤酒，觀察著咖啡廳的客人。其中一桌正在打牌，隔壁桌的兩名男人正在聊天抽菸。整間咖啡廳裡煙霧瀰漫，我剛才吃早餐坐的吧檯後方站了三個人，分別是之前那個老人、身穿黑洋裝的胖女人（她坐在櫃檯後記錄上桌的飲食），還有身穿圍裙的年輕人。我不禁好奇，那女人生過幾個孩子，生產的經驗又是如何。

吃完德式酸菜後，我便走回醫院，此刻街道上乾乾淨淨，外頭的垃圾桶都收起來了。雖然是陰天，但太陽努力地要從雲後露臉。

我搭著電梯上樓，出來後沿著走廊回到凱瑟琳的病房，先前我把白色隔離衣留在那裡。我穿上隔離衣，然後在脖子後方用別針固定，照了照鏡子，自己活像是個蓄了落腮鬍的冒牌醫生。我回到走廊前往產房，看到門是關著，便敲了敲門，但沒人回應，就逕自轉動把手走了進去。醫生正坐在凱瑟琳旁邊，護士則在另一頭打理雜事。

「妳先生來囉。」醫生說。

「噢，親愛的，醫生太棒了，」凱瑟琳用奇怪的語調說著：「他說了超級精采的故事耶，要是陣痛得太嚴重，他就會先讓我麻醉睡著，實在很棒。醫生，你真的太棒了。」

「妳好像醉了喔。」我說。

「我知道，」凱瑟琳說：「但是你不應該說出來呀。」她忽然又說：「給我吸！給我吸！」她抓了面罩就急促地大口呼吸，表情相當難受，讓呼吸器咯咯作響。接著，她嘆了長長的一口氣，醫生伸出左手撥開面罩。

「這次真的有夠痛，」凱瑟琳的聲音依然詭異，接著說：「親愛的，現在我不會死了。我已經過了會死的那個階段啦，開心嗎？」

「妳不准再亂說要死掉喔。」

「不會啦。但是我也不怕死，我不會死的，親愛的。」

「妳不會這麼傻啦。」醫生說：「妳才捨不得死掉，留下先生一個人。」

「噢，絕對不會，我不會死啦，我沒那麼傻。啊又痛起來了，趕快給我！」

過了一會，醫生說：「亨利先生，麻煩先迴避一下。我要幫太太檢查。」

「他想看看我現在的狀況。」凱瑟琳說：「你晚點再進來，親愛的。醫生，這樣可以嗎？」

「可以呀，」醫生說：「到時候，我會找人跟他說一聲。」

我走出病房，順著走廊走到凱瑟琳產後要住的病房。我坐在椅子上，看了一眼整個房間，我的外套口袋裡還裝著先前出門吃午餐買的報紙，也就順手拿出來看。天色愈變愈暗，我開起燈讀著。不久後，我放下報紙、關上燈，觀察漸暗的天色，納悶為何醫生沒叫人通知我，也許我不在場比較好吧，他大概希望我先離開一下。我瞧了瞧手表，假如十分鐘內再沒有人來通知，我就要自己走回去了。

辛苦我親愛的凱兒了。這就是同床共枕後要付出的代價，這就是落入陷阱的下場，這就是彼此相愛的結局。謝天謝地，幸好還有麻醉氣體。麻醉術還沒問世之前，一定可憐到難以想像。分娩開始後，疼痛就像水車的流水般一波波襲來。凱瑟琳懷孕期間過得還滿自在的，沒什麼害喜的狀況，一直到最後階段才很不舒服，到頭來還是一樣的下場，躲都躲不掉，躲得掉才有鬼！假如我們結婚五十次也一樣。要是她真的死掉怎麼辦？她不會死啦。這年頭不會有難產死掉這種事吧。當老公的人都會這麼想，雖說如此，但假如她真的死掉呢？她不會死啦，只是生得太辛苦了。初次生產的時間多半會拖得很久，她頂多就是多受點苦。之後生完了，我們都會說那時候有夠辛苦，然後凱瑟琳會說，其實也沒那麼苦啦。可是，萬一她死掉怎麼辦？她不可以死。對，但是萬一她死掉呢？她不可以死啊，亨利你不要耍笨了，她只是生得很辛苦而已，要她受這樣的罪，而且是因為第一次生小孩才會這樣，本來就會拖那麼久。說是這樣說，但萬一她死掉怎麼辦？她不可以死欸。她為什麼會死？有什麼理由她非死不可？只不過有個小孩要出生而已，是我們在米蘭過得太爽的產物。小孩就會惹痲煩，出世後你要好好照顧，說不定還會愈來愈愛。但是她萬一死掉怎麼辦？她不會死的。但是她要是死掉怎麼辦？她不會有事的。她平平安安的。但是萬一她真的死了怎麼辦？她不可以死。但是萬一她死了呢？不怕一萬，就怕萬一啊？萬一她死掉呢？

醫生走進病房。

「醫生，還好嗎？」

「不太好。」他說。

「什麼意思？」

「就不太好，我檢查了一下——」他詳細說明了診察結果，「後來我又觀察了一陣子，但是還是不太好。」

「你有什麼建議呢？」

「現在有兩個選擇，一個選擇是高位產鉗分娩，不過這可能會傷到小孩，還可能造成撕裂傷，十分危險。另一個選擇就是剖腹產。」

「剖腹產的風險是什麼？」萬一她死掉怎麼辦！

「風險跟自然產差不多。」

「要是你的話，會選擇剖腹嗎？」

「會，我可能需要準備器具，還有找刀助來幫忙，大概要一個小時，也許不用那麼久。」

「你覺得呢？」

「我建議就剖腹產吧。換作是我老婆的話，我會選擇剖腹產。」

「有沒有後遺症？」

「沒有，會留疤而已。」

「那會不會感染？」

「沒有高位產鉗分娩來得高。」

「要是什麼也不做呢？」

「最後還是要處理，亨利太太已經快沒力氣了，愈快開刀愈安全。」

「那就麻煩你盡快開刀吧。」我說。

「我先去叫大家準備一下。」

我走進產房。護士陪著手術檯上的凱瑟琳。她蓋著被單，大腹便便，慘白的臉色充滿倦容。

「你跟他說可以剖腹了嗎？」她問。

「嗯。」

「這豈不是太好了！再一小時就可以生完了。我差點要沒命了，親愛的，全身骨頭都快要散了。拜託給我吸！怎麼還是好痛。哎，麻醉沒用了！」

「深呼吸。」

「我有啊。哎唷，沒效了，沒效了！」

「換一瓶吧。」我對護士說。

「這瓶才剛換好。」

「我太傻了，親愛的，」凱瑟琳說：「但是連麻醉也沒用了。」她開始哭著說：「噢，我本來好希望生下寶寶，不要找任何人麻煩，可是我現在沒力氣了、骨頭要散掉了，麻醉又沒有用。噢，親愛的，麻醉一點用也沒有。乾脆死掉算了，不要再痛都好。噢，親愛的，拜託不要讓我再痛了。又來了！噢噢噢！」她淚流滿面，蓋著面罩呼吸。「麻醉沒用、沒用、沒用。不要管我了，親愛的。拜託不要哭，不要管我，我整個人都癱了，可憐的寶貝，我好愛你，我會好起來的，我一定會好起來的。他們不能打什麼藥嗎？拜託誰可以幫幫我就好了。」

「我會讓它有效的，我把麻醉開到最大。」

「現在就開到最大。」

我把旋鈕轉到底，她大口深呼吸，放在面罩上的手才放鬆下來。我關閉麻醉氣瓶，幫她取下面罩。她恍惚了好一陣子才回過神來。

「好舒服喔，親愛的。噢，你真貼心。」

「妳要勇敢喔，因為我不可能一直開最大，這樣可能會要妳的命喔。」

「我勇敢不起來了，親愛的，我真的累壞了，痛到好累，現在我才知道有多痛。」

「大家都是這樣。」

「但是好討厭欸，陣痛都愈來愈強，最後只會把人搞垮。」

「再一個小時就會結束了。」

「那不是很好嗎？親愛的，我不會死掉吧？」

「不會。我保證妳不會死掉。」

「我不想死，不想留你一個人，但是我真的好累，感覺快要死掉了。」

「不要亂說，大家都有一樣的感覺。」

「有時候，我真的曉得自己要死掉了。」

「妳不會死，妳不可以死。」

「萬一我真的死掉怎麼辦？」

「我不會讓妳死。」

「趕快給我吸麻醉，現在就給我！」接著她又說：「我不會死的。我不會讓自己就這樣死掉。」

「當然不會啊。」

「你會陪在我身邊嗎？」

「我不會在旁邊看開刀。」

「不是，你只要人在就好。」

「當然，我一直都會在啊。」

「你好貼心喔。快幫我加強劑量，最好多一點。現在還是好痛！」

我把度數轉到三，又轉到四。我暗自希望醫生趕快回來，因為害怕度數超過二。

另一位醫生終於帶著兩名護士進來，他們把凱瑟琳抬上附輪子的擔架，我們回到走廊往手術室的方向走。擔架快速移動著，進了電梯後，大家得緊貼著牆才能騰出空間。上樓後，電梯門打開，我們迅速走出電梯，滑著橡膠輪子來到手術室。我一時間沒認出那位醫生，因為他戴著手術帽跟口罩，旁邊還有另一位醫生與數名護士。

「給我什麼都好，」凱瑟琳說：「給我什麼都好，噢拜託，醫生，拜託讓我不要這麼痛！」

其中一位醫生把面罩蓋上她的臉，我從門外裡頭看，小小的手術室一片光亮。

「你可以從另一扇門進去，坐在上面。」一名護士對我說。

欄杆後有一排排長板凳，俯瞰著下方的燈光與白色手術檯。我看著凱瑟琳臉上蓋著面罩，此刻她十分安靜。他們把擔架向前推，我轉身回到走廊。兩名護士匆忙地趕往手術室的看臺入口。

「要剖腹，」一名護士說：「他們要剖腹產。」

另一名護士笑著說：「剛好趕上，我們的運氣真好耶。」她們走進通往看臺的門。

另一名護士走過來，同樣一副匆匆忙忙的樣子。

「你直接進去啊，直接進去。」她說。

「我待在外面就好。」

她三步併作兩步地進門。我在走廊上來回踱步，不敢走進去。我朝著窗戶向外看，外頭天色已黑，但在窗內透出燈光的映照下，我知道正在下雨。我走進走廊盡頭一個房間，看著玻璃櫃裡瓶瓶罐罐上的標籤。然後我又走了出來，站在空蕩蕩的走廊上，注視著手術室的門。

一位醫生走了出來，身後跟著一名護士。醫生手裡捧著看似剛剝皮的兔子，跑進走廊上另一扇門。我走到門口，看見他們在裡面照顧一個新生兒。醫生抓著嬰兒腳跟、倒過來抱著給我看，然後拍了拍他的屁股。

「他還好嗎？」

「好得不得了，應該有五千公克重喔。」

我對眼前的嬰兒一點感覺也沒有，他看起來彷彿跟我沒有任何關係，我也沒有當爸爸的喜悅。

「你看到兒子不會覺得很得意嗎？」護士問。他們幫嬰兒洗好身體，再把他裹起來。我看見嬰兒黑青的小臉蛋與小手，卻沒看到他在動、也沒聽到他在哭。醫生又在對嬰兒做些處置，表情似乎有些憂心。

「不會欸。」我說：「他快把自己媽媽折磨死了。」

「不要怪這個小可愛啦。你不是就想要兒子嗎？」

「沒有。」我說。醫生忙著處理嬰兒，抓起他的雙腳，又拍了拍屁股。我沒有留下來看，而是回到走廊上。我現在可以進去手術室探望了，便進了門，稍微走下看臺。坐在欄杆旁的護士們朝我比了比，在叫我下去。我搖了搖頭，因為站在那裡看就夠了。

我原以為凱瑟琳死了，她看起來就像個死人，我只看到她部分灰白的臉，看臺下方的醫生正在燈下縫合鉗子所撐開那條長長的傷口，傷口邊緣看起來很厚。另一位戴著口罩的醫生在施打麻醉，兩名戴口罩的護士負責遞器具，場景好像宗教法庭審判異端的一幅畫。眼前畫面如此赤裸，幸好我沒有觀看剖腹產的整個過程。即使是現在，我也覺得自己無法親眼看他們切開肚子，但我見證醫生猶如鞋匠般的高超縫合法，縫好後傷口凸起紅腫，不禁暗自慶幸。傷口縫好後，我又回到走廊上踱步。過了不久，一位醫生走出產房。

「她還好嗎？」

「還好。你剛才在旁邊看嗎？」

他看起來滿臉疲累。

「我看到你在縫合，開刀口看起來很長。」

「是嗎？」

「對啊，那個疤之後會消失嗎？」

「當然會啊。」

過了一會，他們把擔架推到走廊，快速推往電梯，我也進去站在旁邊。凱瑟琳痛苦地呻吟著。電梯下樓後，他們把她安置在病房內，我坐在床腳一張椅子上，有名護士也在病房內。我起身站在床邊，病房裡光線昏暗。凱瑟琳伸手對我說：「哈囉，親愛的。」她的聲音聽來非常虛弱。

「哈囉，寶貝。」

「小寶寶是男生還是女生？」

「噓，先不要說話。」護士說。

「是男生，高高胖胖，皮膚好黑喔。」

「他還好嗎？」

「嗯，他很好。」我說。

我看到護士看著我，眼神不太對勁。

「我累壞了，」凱瑟琳說：「真的痛死了。親愛的，你還好嗎？」

「我很好，妳不要說話。」

「你對我真好。噢，親愛的，我真的好痛。寶寶看起來怎麼樣？」

「他看起來好像是一隻被剝掉皮的兔子，臉跟老頭子一樣皺巴巴的。」

「麻煩你先出去，」護士說：「亨利太太不可以說話。」

「我會待在病房外。」

「先去買點東西吃吧。」

「不用，我就在外面。」我親了凱瑟琳一下。她毫無血色，既虛弱又疲憊。

「可以借一步說話嗎？」我跟護士說。她隨我來到走廊上，我再往前走了一小段。

「寶寶怎麼了？」我說。

「你不知道嗎？」

「不知道。」

「沒活下來。」

「他死了？」

「剛才他們沒辦法讓寶寶自主呼吸，好像是臍帶纏住寶寶脖子了。」

「所以他死了。」

「嗯，真的很遺憾。他胖嘟嘟的，長得很好看。我還以為你知道。」

「不知道，妳還是回去陪著我太太吧。」我說。

我坐在椅子上，前方桌子旁掛著護士的報告，都夾在夾板上。我望向窗外，只見落下的雨水穿越室內射出的光線。好，這就是結局了，寶寶死了，所以醫生才會看起來這麼累。那他們何必還要在產房裡忙東忙西呢？大概他們以為寶寶會醒來、開始呼吸吧？我沒有宗教信仰，但我知道他出生後理應要受洗。但假如他從來就沒呼吸過呢？他真的沒有，因為一生下來就死了，只有在凱瑟琳肚子裡時還活著，因為我常常摸到他踢來踢去，但過去一星期，我都沒摸到任何動靜。說不定，寶寶一直被臍帶勒著。可憐的孩子，我恨不得當年自己也被勒死就好了，好啦其實沒有，但是要是我死了，就不必遇到這些生死交關的事了。現在，凱瑟琳也快死了。人都是這樣，死得莫名其妙，從來沒有時間好好消化。好比你直接被丟進球場，剛剛聽完規則，但第一次離壘就被觸殺出局。但也有可能像艾伊莫那樣，好端端的人一條命就沒了。不然就像雷納迪運氣太差感染梅毒。但你到最後都還是會死掉，這點絕對可以肯定，等著瞧吧，早晚會被世界殺死。

有次露營，我把一根爬滿螞蟻的圓木放在火上烤，木頭開始燃燒時，一大堆螞蟻衝了出來，先逃往圓木中央，但那一段剛好有火，所以牠們又折返跑向尾端。最後，圓木尾端聚集了太多螞蟻，紛紛跌入火中。有些螞蟻逃出來，身體整個被燒扁，就失去方向地亂竄。但大部分的螞蟻還是直直往火衝，又轉頭逃往尾端，擠在溫度低的部分，但最後依然活活落入火中。我還記得那時自己在想：這就是世界末日的景象吧，正好是我扮演救世主的絕佳機會。我可以把圓木拿開丟出去，讓蟻群逃到地面上。但我什麼都沒做，只有把鋼杯裡的水澆在木頭上，好空出杯子來倒威士忌，然後加水進去。我覺得在燃燒的圓木上澆水，只會讓螞蟻被蒸氣燙死而已。

現在，我坐在外頭的走廊上等著聽凱瑟琳的狀況。護士沒有走出來，所以我等了一會就走到門邊，輕輕打開門、探頭進去。起初我什麼都看不見，因為走廊的燈光太強，而病房卻又黑漆抹烏。漸漸地，我看見護士坐在床邊，還有凱瑟琳的頭在枕頭上，身體在被子下平躺著。護士把一根手指放到唇邊要我安靜，再站起來走向門邊。

「她還好嗎？」我問。

「沒事，」護士說：「你去吃晚餐吧，吃完想回來再回來。」

我順著走廊下樓梯後，再走出醫院大門，走在雨中的陰暗街道上，來到咖啡廳。咖啡廳裡十分明亮，已滿是用餐的客人。我沒看到任何空位，一名服務生走來接過我溼答答的衣帽，帶我走向一張桌子，桌子對面有位老先生邊喝啤酒邊看晚報。我坐了下來，問服務生當日特餐的內容。

「小牛肉燉菜，不過賣完了。」

「那還剩什麼可以吃呢？」

「火腿蛋、起司蛋或是德式酸菜。」

「我中午才剛吃了德式酸菜。」我說。

「對欸，」他說：「說得對，你今天中午就是吃德式酸菜。」他是名中年男子，頭頂光禿，被往後梳的稀疏頭髮遮蓋，表情十分和善。

「那你想吃什麼？火腿蛋還是起司蛋？」

「火腿蛋，再來一杯啤酒。」我說。

「小杯淡啤酒？」

「嗯。」我說。

「我還記得，」他說：「中午你也是喝小杯淡啤酒。」

我吃了火腿蛋配啤酒。火腿蛋裝在一個圓盤裡，火腿平鋪在蛋下方，非常燙口，我才吃了一口就得喝口啤酒，好讓嘴巴降溫。我實在太餓，就又向服務生叫了一份餐點。我把幾杯啤酒喝下肚，整個人腦袋放空，看著前面老先生的晚報背面，上面一則報導是英軍前線遭德軍突破。後來他發現我也在讀他報紙的背面，就直接把報紙摺起來。我原本想叫服務生要一份報紙，但我沒辦法專心。咖啡廳裡相當悶熱，空氣不流通，很多客人認識彼此，幾桌客人在打牌，服務生則忙著從吧檯端酒到桌上。兩名男子走了進來，找不到空位坐，便站在我桌子的正對面。我又點了一杯啤酒，還沒打算離開。這樣就回醫院還太早了。我努力不去思考，想完全保持平靜。那兩名男子換了地方站，但都沒有人要走的意思，所以他們只好自行離開了。我又喝了一杯啤酒，此時桌上已有一疊小盤子。對面那位老先生已把眼鏡放回盒裡，摺好報紙放進口袋，手裡拿著酒杯，隨意看著四周。忽然間，我覺得自己該回醫院了。我叫服務生過來結帳，然後穿好外套後、戴上帽子，便走出咖啡廳。我淋著雨走回醫院。

上樓後，我看到護士從走廊另一頭走來。

「我剛剛打電話到飯店找你。」她說。我忽然心一沉。

「怎麼了？」

「亨利太太剛剛大出血了。」

「我可以進去嗎？」

「現在還不行，醫生正在緊急處理中。」

「有生命危險嗎？」

「非常危險。」護士走進病房，把門帶上。我坐在外頭的走廊上，內心好像被掏空了，我腦袋一片空白，也沒辦法思考。我知道她快死了，但還是祈禱她能活下來。不要讓她死啊，噢上帝保佑，拜託不要讓她死啊。要是祢能讓她不死，我願意做任何事情。求求祢，求求祢，求求祢，親愛的上帝，拜託別讓她死啊。拜託拜託拜託，不要讓她死。上帝請救她一命，如果祢能讓她不死，祢說什麼我都願意去做。祢才剛剛帶走了寶寶，至少不要讓她死啊。寶寶就算了，但是不要讓她死。求求祢，求求祢，親愛的上帝，不要讓她死啊。

護士打開門，用手指示意我進去。我跟著她走進病房，凱瑟琳沒有抬頭，我走到病床邊。醫生站在病床另一側。凱瑟琳看著我，露出微笑。我彎腰靠在床邊，哭了起來。

「親愛的，辛苦你了。」凱瑟琳的聲音非常虛弱，臉色好蒼白。

「沒事，凱兒。」我說：「妳不會有事的。」

「我要死掉了，」她停頓了一下，接著說：「好討厭喔。」我牽起她的手。

「不要碰我。」她說，我放開她的手，她又露出微笑。

「辛苦你了。想摸就摸啦。」

「妳不會有事的，凱兒，我知道妳會好好的。」

「原本我擔心自己有個萬一，想要寫一封信的給你，可是後來沒有寫。」

「妳要我幫妳叫神父來嗎？還是妳希望誰來看看妳嗎？」

「你在就好。」她說，後來又說：「我其實不怕，只是討厭這樣。」

「妳不可以一直說話。」醫生說。

「好啦。」凱瑟琳說。

「凱兒，妳要我替妳做什麼嗎？有什麼需要我幫忙的嗎？」凱瑟琳微笑說：「沒有。」過了一會她又說：「你不會跟別的女生做我們做的那些事、說那些對我說的話吧？」

「絕對不會。」

「可是，我還是希望你有女生陪伴。」

「我不要其他女生。」

「妳說太多話了，」醫生說：「亨利先生要先出去，等等再回來。妳不會死的，不要說傻話。」

「好吧，」凱瑟琳說：「我會好好陪你，每天晚上都陪你。」她字字句句都很費力。

「請先生到病房外面。」醫生說：「妳不要再說話了。」凱瑟琳朝我眨眨眼，整張臉毫無血色。「我就在門外等妳喔。」我說。

「放心啦，親愛的，」凱瑟琳說：「我一點都不怕，死亡就是一種賤招。」

「寶貝，妳最勇敢了。」

我回到走廊上等待。我等了好長一段時間，護士走到門口來跟我說：「亨利太太的狀況太嚴重，我擔心她撐不下去了。」

「她死了嗎？」

「還沒有，但已經失去意識了。」

她的血崩停不下來，醫護人員也止不了血。我走進病房，陪伴凱瑟琳生命的最後時刻；她終究沒有再醒過來，不久後就死了。

在病房外頭的走廊上，我對醫生說：「今天晚上我還可以做什麼嗎？」

「你現在什麼都不必做，我陪你回飯店好嗎？」

「不用，謝謝。我打算在這裡待一下子。」

「我知道現在說什麼都沒用，說什麼都沒辦法——」

「沒事，」我說：「真的不必多說了。」

「晚安，」他說：「真的不要我陪你回飯店嗎？」

「不用，謝謝你。」

「當時真的沒有其他辦法，」他說：「手術最後其實——」

「我現在不想聊這件事情。」我說。

「我真的很想陪你回飯店。」

「不用，謝謝你。」

他往走廊另一頭走去，我回到病房門口。

「你還不可以進來。」一名護士說。

「我說可以就可以。」我說。

「你還不能進來啦。」

「妳出去，」我說：「妳也出去。」

我把兩名護士都趕了出去，自己關上了門、關了燈，但其實也沒什麼用。我好像在跟一座雕像道別。過了一會，我才走出病房、離開醫院，淋著雨走回飯店。

海明威年表

一八九九年　七月二十一日出生於美國伊利諾州芝加哥橡樹園鎮。父親克萊倫斯・愛德蒙・海明威（Clarence Edmonds Hemingway）是一名醫生，母親葛蕾絲・霍爾・海明威（Grace Hall Hemingway）婚前從事音樂工作。海明威為次子，上有一個姊姊，下有四個弟弟妹妹。自小常隨父親狩獵、釣魚、露營。

一九一三年　進入橡樹園溪高中，熱中體育活動。負責編輯校園刊物，也在刊物上發表短篇小說。

一九一七年　從橡樹園溪高中畢業。於《堪薩斯星報》（*Kansas City Star*）擔任記者，遵循報社方針，養成簡潔及正面敘述的寫作風格。記者工作持續半年後即報名上戰場，因視力條件不符，改隨紅十字會赴義大利，擔任救護車司機。

一九一八年　於義大利因傷住院，結識護士艾格妮絲・馮・庫洛斯基（Agnes Hannah von Kurowsky Stanfield），兩人的戀情成為《戰地春夢》的原型。

一九一九年　返回美國。收到艾格妮絲通知另有婚約的分手信。開始為《多倫多星報》（*Toronto Star*）撰稿。

一九二〇年　結識哈德莉・理查遜，通信數個月後決定結婚。作家舍伍德・安德森推薦他們到巴黎旅遊，並為夫妻倆寫介紹信。

一九二一年　與哈德莉婚後前往巴黎。結識詹姆斯・喬伊思、葛楚・史坦等藝文界名人。持續撰寫報導與遊記，刊登於《多倫多星報》。

一九二三年　夫妻倆首次造訪西班牙潘普洛納的聖費爾明奔牛節，再訪多倫多，長子約翰・哈德利・尼卡諾・海明威出生。出版第一本書《三個故事與十首詩》（*Three Stories and Ten Poems*）。

一九二四年　偕哈德莉攜子二度造訪潘普洛納。協助福特・馬多克斯・福特（Ford Madox Ford）編輯當時重要英美文學刊物《跨大西洋評論》。於法國出版《我們的時代》（*in our time*）短篇小說集。

一九二五年　六月三度造訪潘普洛納的聖費爾明慶典，慶典結束後開始撰寫《太陽依舊升起》草稿。十月在美國出版《我們的時代》（*In Our Time*）。

一九二六年　於寶琳・菲佛（Pauline Pfeiffer）的協助下與史克芮納出版社（Charles Scribner’s Sons）簽約。十月《太陽依舊升起》正式出版。哈德莉發現了丈夫與寶琳的戀情，提出離婚。

一九二七年　一月與哈德莉離婚，五月與寶琳・菲佛結婚。十月，出版《沒有女人的男人》（*Men Without Women*）。

一九二八年　遷居佛羅里達州基韋斯特。次子派翠克・海明威（Patrick Miller Hemingway）出生。收到父親克萊倫斯自殺的消息。動手創作《戰地春夢》。

一九二九年　《戰地春夢》出版。

一九三一年　三子葛雷哥利・漢考克・海明威（Gregory Hancock Hemingway）出生。

一九三二年　隨筆集《午後之死》（*Death in the Afternoon*）出版。

一九三三年　短篇小說集《勝者一無所獲》（*Winner Take Nothing*）。造訪非洲。

一九三五年　隨筆集《非洲青山》（*Green Hills of Africa*）出版。

一九三七年　撰寫有關西班牙內戰的報導。因反對法西斯、懷疑天主教信仰而導致與寶琳感情生隙。

一九三八年　短篇小說集《第五縱隊與四十九個故事》（*The Fifth Column and the First Forty-Nine Stories*）出版。

一九四〇年　與寶琳離婚。與瑪莎・葛洪（Martha Gellhorn）結婚。出版《戰地鐘聲》。

一九四四年　第二次世界大戰期間，主動加入海軍偵查工作。

一九四五年　與瑪莎離婚。

一九四六年　與瑪莉・威爾許（Mary Welsh）結婚。

一九五〇年　出版《渡河入林》（*Across the River and Into the Trees*）。

一九五二年　出版《老人與海》（*The Old Man and the Sea*）。

一九五三年　獲頒普立茲文學獎。

一九五四年　獲頒諾貝爾文學獎。

一九六一年　歷經多年疾病、酗酒等問題，七月二日於家中舉槍自盡。葬於美國愛達荷州凱徹姆公墓。

一九六四年　散文《流動的饗宴》（*A Moveable Feast*）出版。

一九七二年　短篇小說集《尼克．亞當故事集》出版。

一九八五年　隨筆集《危險夏日》（*The Dangerous Summer*）出版。

一九八六年　小說《伊甸園》（*The Garden of Eden*）出版。

GREAT! 64 **戰地春夢**

作　　者	海明威（Ernest Miller Hemingway）
譯　　者	林步昇
封面設計	之一設計
排　　版	張彩梅
主　　編	徐　凡
責任編輯	吳貞儀
總 編 輯	巫維珍
編輯總監	劉麗真
事業群總經理	謝至平
發 行 人	何飛鵬
出　　版	麥田出版 地址：115020台北市南港區昆陽街16號4樓 電話：(02)2500-0888　傳真：(02)2500-1951
發　　行	英屬蓋曼群島商家庭傳媒股份有限公司城邦分公司 地址：115020台北市南港區昆陽街16號8樓 網址：www.cite.com.tw 客服專線：(02)2500-7718｜2500-7719 24小時傳真專線：(02)-2500-1990｜2500-1991 服務時間：週一至週五09:30-12:00｜13:30-17:00 劃撥帳號：19863813　戶名：書虫股份有限公司 讀者服務信箱：service@readingclub.com.tw
香港發行所	城邦（香港）出版集團有限公司 地址：香港九龍土瓜灣土瓜灣道86號順聯工業大廈6樓A室 電話：+852-2508-6231　傳真：+852-2578-9337
馬新發行所	城邦（馬新）出版集團【Cite(M) Sdn Bhd】 地址：41, Jalan Radin Anum, Bandar Baru Seri Petaling, 57000 Kuala Lumpur, Malaysia. 電話：+603-9056-3833　傳真：+603-9057-6622 電郵：services@cite.my
麥田部落格	http://ryefield.pixnet.net
印　　刷	前進彩藝有限公司
初版一刷	2024年9月
定　　價	499元
ISBN	978-626-310-710-6
電子書ISBN	978-626-310-706-9（EPUB）

國家圖書館出版品預行編目資料

戰地春夢／海明威（Ernest Miller Hemingway）著；林步昇譯. -- 初版. -- 臺北市：麥田出版：英屬蓋曼群島商家庭傳媒股份有限公司城邦分公司發行，2024.09
　面：　公分. --（Great!；RC7064）
譯自：A farewell to arms.
ISBN 978-626-310-710-6（平裝）

874.57　　113008243

城邦讀書花園
www.cite.com.tw

Printed in Taiwan.